KB120754

복잡한 세상을 횡단하여
광활한 우주로 들어가는

사×과×책

복잡한 세상을 횡단하여
광활한 우주로 들어가는

사×과×책

천문학자와 정치학자의
깊고 넓은 사회책×과학책 읽기

문병철 × 이명현 지음

다산북스

프롤로그

"사회과학책은 읽기가 지루해요. 사회과학책 읽기의 문턱을 넘으려면 어디서 시작해야 할까요?"

사회과학책 읽기에 관해 얘기하다 보면 자주 듣게 되는 질문이다. 정답은 없다. 다만 내가 내놓을 수 있는 답안은 '관심'이다. 바로 사회과학책을 펼쳐보기 어렵다면, 사회현상에 관심을 가지고 정치·경제의 영역에서 그리고 국제사회에서 어떤 일이 벌어지고 있는지 지속적으로 들여다보는 것만이 문턱을 넘는 방법이라고 덧붙인다.

선거철이 되면 정치적 견해가 다른 정파들이 경제 성장이나 소득 분배, 권력 구조의 개편 등 여러 가지 정책을 공약으로 쏟아낸다. 또 국제적으로 기후 위기나 아프가니스탄 난민 등 수많은 뉴스가 매일같이 쏟아져 나온다. 내가 자각을 하든 못 하든 간에, 이런 것들이 모두 나와 관련되어 있고 결국 나의 생활을 규정한다는 사실을 인식해야 한다. 그것이 사회과학책을 찾게 되는 출발점이다. 먼저 사회현상에 관심을 갖게 되면 그것을 제대로 이해하고자 하는 동기를 가지게 되고, 사회현상을 이해하기 위한 기본 개념을 숙지하고 체계적인 인식의 틀을 갖추려면 사회과학책 읽기가 필수적이라는 걸 깨닫게 된다. 한편, 자유·인권·정의 등 사회과학이 다루는 전통적인 핵심 가치만으로는 설명하기 어려운 사회현상도 존재한다. '기후난민'이 대표적인 예다.

키리바시(Kiribati)는 지구상에서 해가 가장 먼저 뜨는 곳이다. 남태평양상에 수십 개의 산호초 섬으로 이뤄진 이 작은 나라는 인구 11만 명에 불과한데, 800제곱킬로미터 남짓한 국토가 해마다 바닷물에 침식되고 있다. 방파제를 쌓으면 부서지고, 다시 쌓으면 또 부서지는 가혹한 시련은 해수면 상승이 초래한 재앙이다. 수십 년 내에 나라 전체가 수몰될 운명임을 알고 있는 키리바시 정부는 모든 주민을 집단 이주시킬 방안을 마련하는 일에 골몰하고 있다. '존엄한 이주(Migration with dignity)' 정책은 이들이 내놓은 장기 이주 전략이다. 다른 나라로 이주하더라도 경제적 약자로 전락하지 않도록 다양한 기술을 가르쳐서 양질의 일자리를 구할 수 있는 기반을 만들어주려는 것이다. 키리바시 사례는 기후변화가 초래한 기후난민의 실상을 아주 적나라하게 보여준다. 석탄, 석유 등 화석연료를 사용함으로써 배출되는 이산화탄소와 목축 산업에서 뿜어져 나오는 메탄가스가 대기 온도를 상승시켜 지구온난화를 초래했다는 것은 상식이 됐다. 지구온난화로 인한 대규모 해빙은 해수면 상승으로 이어졌고, 키리바시 주민들이 그 대가를 치르고 있는 셈이다.

이처럼 사회현상과 자연현상은 완전히 동떨어진 별개의 영역이 아니다. 인간의 경제활동(산업활동)이 기후변화를 초래하고, 기후변화가 다시 인간의 생존 공간 및 생존 방식의 변화를 강제하는 흐름은 인간 사회와 자연 생태계가 결국 지구 생태계라는 커다란 틀 안에서 상호작용하고 있음을 여실히 보여준다. 사회과학책 읽기와 자연과학책 읽기를 함께해야 하는 필요성이 여기에 있다.

"과학책은 어려워요. 하루하루 넘쳐나는 정보를 수용하기도 힘든데, 그 어려운 과학책까지 읽어야 할까요?"

과학책은 어렵다. 어려운 것을 쉬운 것처럼 속일 수는 없다. 그럼에도 과학책을 읽는다는 것은 어떤 의미가 있을까. 자연과학적인 현상인 기후변화가 한 나라 인구 전체를 난민으로 만드는 것처럼 현대 사회의 대부분 문제가 과학 및 기술과 연관되어 있다고 해도 과언이 아니다. 동시대적인 사고를 하고 현대적인 삶을 누리려면 과학에 대한 이해가 필수가 된 시대다. 어느 정도의 과학 지식이 있어야 하고 어느 정도의 과학적 태도를 갖춰야 세상을 제대로 바라보고 적절하게 대처할 수 있다.

물론 다른 매체를 통해 지식을 습득하고 태도를 기를 수 있지만 독서만큼 직접적으로 문해력(literacy)을 높이는 데 효과적인 도구는 없는 것 같다. 문해력이란 글을 읽고 그 맥락을 파악하는 능력으로, 문해력이 향상됐다는 것은 학습 능력이 높아졌음을 뜻한다. 이런 독서의 효용은 책을 읽는 행위 자체가 요구하는 시간과 노력에서 비롯된다. 책은 의지를 갖고 능동적으로 일정한 시간 동안 직접 읽어야 한다. 그 시간과 노력이 책에 담긴 지식과 태도를 온전히 자기 것으로 내재화할 수 있게 한다. 독서의 영향력이 점점 줄어들고 있으나 문해력을 단박에 향상시키는 인공칩을 뇌에 삽입하는 일이 일상화되기 전까지는 독서를 통한 문해력 장착은 여전히 유효하다.

우리가 이 책에서 자연과학책 읽기와 사회과학책 읽기를 한 권으로 묶은 것은 정말이지 현명한 일이었다고 생각한다. 사회과학책 읽기와 자연과학책 읽기를 관통하는 핵심은 '과학적 책 읽기'다. 하지만 과학적 책 읽기가 거창한 독서 개념이나 독서 방법론을 내세우는 것은 아니다. 과학적 책 읽기는 인간이 무엇인가를 배우고 적용하는 학습 방법 가운데 가장 중요한 것이 독서라는 것을 고려할 때, 어떻게 하면 독서를 더 체계적으로 할 수 있을까라는 질문에서 출발한 것이다.

사회과학책을 읽는 것이나 자연과학책을 읽는 것은 모두 사회현상과 자연현상을 제대로 알고 싶어 하는 호기심 때문이다. 과학도 사람의 일이다. 과학을 알고 이를 바탕으로 사회과학책을 읽으면 인간의 본성이 보일 것이다. 인간과 사회, 자연을 온전히 이해하기 위해서는 과학적 이해와 사회과학적 통찰이 동시에 필요하다. 사회과학책 읽기와 자연과학책 읽기가 함께 어우러져서 융합된다면 문해력과 비판적 사고 능력을 배양해 더 나은 지식체계와 세계관을 갖출 수 있으리라. 우리가 이 책의 제목을 '복잡한 세상을 횡단하여 광활한 우주로 들어가는 사X과X책'으로 정한 것도 그런 기대 때문이다.

차례

2 정치학자의 사회과학책 읽기

01.

책이 사람을 만든다

02.

사회과학책 읽기는 곧 세상 읽기다

03.

사회과학책의 문턱을 넘는 방법

3 우리는 이렇게 책을 읽는다

천문학자의 과학책 읽기

01.

나의 사적이면서도 공적인 독서생활

내 인생을 뒤흔든 책과의 만남

중학교 2학년 시절은 말하자면 내 인생에 찾아온 첫 번째 전환기였다. 특히 책과 관련해 두 차례의 큰 파도가 나를 휩쓸고 지나갔다. 첫 번째 파도는 중학교 2학년이던 어느 가을날, 초등학교 동창이자 지금은 나의 아내가 된 소녀로부터 이별을 알리는 편지 한 장을 받으면서 시작되었다. 처음 겪는 실연이었다. 소녀는 이별을 선언하면서 두 편의 시를 적어 보냈다. 김소월의 '초혼'과 윤동주의 '서시'였다. 중학생 소년의 감성으로는 두 편의 시가 뒤섞이며 혼을 다해서 사랑하지만 지금은 쓸쓸하게 혼자의 길을 가겠다는 뜻으로 읽혔다. 몇 날 며칠을 목 놓아 울던 나는 그렇게 윤동주 시인을 만났다.

그의 유고 시집《하늘과 바람과 별과 시》를 사서 한 편 한 편 소리 내 읽고 또 읽으면서 그녀에 대한 그리움을 달랬다. 학교가 끝나면 종로2가에 막 문을 연 동화서적으로 달려갔다. 닥치는 대로 시집을 손에 들고 시를 읽고 또 읽었다. 이별의 충격으로 시작된 윤동주 읽기는 세상 모든 시에 대한 사랑으로 번져나갔다. 겨울을 넘길 무렵 나는 도서관 서가에 꽂힌 대부분의 시집을 읽었다. 시를 읽는 것은 곧 그녀를 향한 복수였고 그리움의 표출이었다. 그 시절 윤동주의 '서시'는 내 삶의 상징이나 다름없었다.

중학교를 졸업하고 윤동주가 공부했던 숭실고등학교에 입학했다. 윤동주가 제작에 참여했던 평양 숭실고등학교의 교지《숭실 활천》의 정신을 이어서 '활천'이라는 이름의 문학동인회를 만들고 그 이름으로 동인지도 발행했다. 시 낭독회도 했고 시화전도 개최했다.

대학교도 윤동주를 좇아 그의 발자취가 남아 있는 연세대학교에 진학했다. 마음이 허할 때면 윤동주가 머물렀던 기숙사 방(지금은 윤동주 기념관)을 찾아가 기웃거리기도 했다. 핀슨관 앞에 있는 윤동주 시비는 나의 단골 쉼터가 되었다. 그러던 중 1학년 가을 어느 날 같은 학교에 입학한 아내를 윤동주 시비 앞에서 다시 만났다. 그곳은 우리 사랑의 표상이 되었다. 그렇게 나는 윤동주를 만나 '별을 노래하는 마음으로' 별을 관측하는 천문학자가 되었다.

두 번째 파도가 시작된 것은 중학교 2학년 여름방학 때였다. 학교를 대표해서 종로도서관에서 열린 독서 캠프에 참가하여 매일 책을 읽고 토론하고 글을 쓰기를 반복했다. 캠프가 끝나갈 무렵 학교 대항 문학 퀴즈 대회가 열렸다. 나는 3학년 선배와 함께 짝을 이루어서 대표로 참가했다. 우리는, 아니 선배는 무적이었다. 워낙 해박한 지식을 갖고 있었던 터라 내가 답을 생각하고 있는 동안 선배의 입에서 먼저 정답이 튀어나왔다. 우리는 가볍게 우승했다.

내가 맞힌 건 단 두 문제였다. 선배가《주홍글씨》의 여주인공이 가슴에 새기고 다녔던 글자 'A'의 스펠링을 헷갈리는 순간 내가 'Adultery(간통)'라고 스펠링을 정확하게 외쳤다. 그리고 안톤 체호프의 〈바냐 삼촌〉에 나오는 바냐의 풀네임을 묻는 문제가 나왔을 때 내 입에서 먼저 '이반 페트로비치 보이니츠키'라는 이름이 튀어나왔다. 우승에는 기여하지 못했으나 그날 바냐의 이름을 외친 순간 나도 모르게 체호프가 내 인생에 갑자기 끼어들었다는 느낌을 받았다(내가 가장 신뢰하는 체호프의 희곡집은 박현섭의 번역본 《체호프 희곡선》(을유문화사)이다. 〈바냐 아저씨〉로 더 많이 번역되었으나 여기에 실린 〈바냐 삼촌〉으로 소개한다. 사실 바냐는 소냐의 외삼촌이다).

내가 체호프를 알게 된 건 그의 작품이 아니라 TV 퀴즈 프로그램 도전자를 위한 퀴즈백과 책에서였다. 퀴즈백과에 나온 작품 제목과 줄거리 그리고 등장인물 소개를 모두 외우고 있었기에 마치 내가 그 작품을 다 읽은 것 같은 착각에 빠져 있었다. 책을 읽지도 않고 아는 척하던 게 시시해질 무렵, 퀴즈백과에서 만난 저자들이 내게 손가락질을 하는 꿈을 꾸었다. 문득 두려워졌다. 나는 외워서 알고 있던 책들을 읽기로 마음먹었다. 그때 서가에서 처음 마주친 작가가 안톤 체호프였다.

체호프의 희곡집을 뒤적거리다가 단편 희곡 〈바냐 삼촌〉을 발견하고 읽기 시작했다. 충격이었다. 외운 줄거리로 상상했던 〈바냐 삼촌〉과는 전혀 다른 이야기였다. 도서관 한쪽 구석에서 울면서 글을 읽었다. 다른 등장인물들은 전혀 눈에 들어오지 않았으며, 가엽고 아름다운 아내 엘레나에 대한 연민에 빠져들었다. 독선적인 교수 블라디미로비치를 저주했고 그녀를 구출하기 위해 급기야 〈바냐 삼촌〉을 내 멋대로 다시 썼다.

내친김에 체호프의 소설도 찾아 읽었다. 중학생 수준에서 다 이해할 수는 없었지만 그의 세계에 심취해버렸다. 과학을 공부하고 진화심리학을 접하면서 내가 체호프에 그토록 매료되었던 이유를 알게 되었다. 체호프의 작품들은 인간의 본성을 적나라하게 묘사한 진화심리학적인 내용 그 자체였던 것이다. 그의 작품 속에서 나는 등장인물들의 온갖 욕망과 열정, 분노, 시기, 위로, 꿈 같은 복잡한 감정을 공유하며 벌거벗은 나를 만났다. 이후로도 나는 내 삶의 교차로에서 머뭇거릴 때마다 체호프의 작품 속으로 들어갔다. 그는 나를 비추는 거울이기도 했고, 같이 늙어가는 오래된 애인이기도 했다. 그를 만나고 일상으로 돌아오면, 삶의 교차로에는 진짜 내가 가고 싶은 곳으로 향하는 이정표가 나타나곤 했다.

누구든 자신의 인생을 뒤흔든 책과 처음 마주친 순간이 있을 것이다. 나는 아주 어려서부터 책을 좋아하는 아이였고 책을 읽는 것이 습관화된 소년이었다. 그런데 중학교 2학년 때 내가 겪은 두 차례의 파도는 책과 나를 운명공동체로 엮어버렸다. 과학자를 꿈꾸던 소년, 문학청년으로서의 삶, 천문학자가 되어 걸었던 궤적들이 만나면서 자연스럽게 과학저술가가 되었다. 서로 다른 갈래로 뻗어나가는 것 같던 것들이 한곳에 모여 오늘의 내가 되었다. 지금도 책을 읽으면 설레고 행복하다.

아주 사적인 책 읽기

내가 독서를 보호해야 할 사생활로 인식하게 된 건 추리소설 한 편 때문이다. 그 소설의 제목도 저자도 기억나지 않지만, 대신 슬프고 중요한 교훈을 얻었다. 초등학교 3~4학년 무렵이었다. 선생님이 독후감 숙제를 내면서 책을 읽고 자신의 느낌을 솔직하게 쓰라고 일러주었다. 나는 추리소설 한 편을 읽고 독후감을 썼다. 책의 내용은 이랬다. 어느 탐정이 악당에게 잡혀서 죽을 위험에 놓이자 꾀를 내서 악당에게 제안을 한다. 가장 잔인한 복수는 피가 한 방울씩 떨어지는 것을 스스로 바라보면서 죽어가는 것이니 그렇게 하는 것이 어떠냐고. 악당은 기꺼이 그 제안을 받아들여 탐정이 고통스럽게 죽어가도록 장치를 해놓고 자리를 떴다. 시간을 벌게 된 탐정은 장치에서 빠져나와 결국 악당을 처치한다.

선생님의 말마따나 나는 솔직하게 독후감을 써서 제출했다. 그런데 예상치 못한 일이 벌어졌다. 독후감을 검사한 선생님은 나를 따로 불러 꾸짖는 것도 부족했던지 부모님을 학교로 불렀다. 문제의 내 독후감은 대략 이런 내용이었다. 내가 만약 탐정의 입장이 된다면 슬기로운 탐정처럼 꾀를 내서 살아남을 것이며, 악당의 입장이 된다면 탐정을 붙잡는 즉시 죽여버리겠다고. 그 일이 있은 후부터 나만의 책 읽기 세계를 지키기 위해 제출용 독후감을 따로 쓰기 시작했다. 책을 읽고 느낀 솔직한 생각은 마음에 적었다.

사람들이 독서를 하는 이유는 다양하다. 개인적인 즐거움을 위한 소일거리일 수도 있고, 지식을 습득하기 위한 창구일 수도 있다. 독서는 새로운 깨달음을 위한 촉매제가 되기도 하고, 위안을 얻는 안식처일 수도 있으며, 밥벌이의 수단이 되기도 한다. 어떤 이유건 모든 독서는 사적인 독서에서 출발한다. 다른 사람이 개입할 여지 없이 저자와 독자가 일대일로 만나는 행위이기 때문이다. 책을 읽으면서 무슨 생각을 하든 읽고 나서 어떤 느낌을 받든, 그건 전적으로 사적인 것이다.

나는 책을 읽을 때 끊임없이 질문을 던진다. 저자의 생각에 동조하며 더 알고 싶은 것을 묻는가 하면, 저자의 주장을 반박하는 질문을 던지기도 한다. 물론 기본적으로 책을 읽는 동안 저자의 이야기를 가능한 한 경청하려고 하지만, 의문이 넘치면 그 책은 던져버리고 다른 책으로 넘어가기도 하고 아예 책을 덮어놓고 질문만 이어가기도 한다. 이 정도가 되면 책이 주인공이 아니라 나 자신이 주인공인 셈이다. 자기 자신을 중심축에 놓고 책을 읽으려면 무엇보다 그 행위자가 자유로워야 하고 즐거워야 한다.

사적인 독서에서는 책을 읽는 방법도 자유롭다. 과학책을 읽다가 잘 모르는 부분이 나오거나 지겨워지면 그냥 건너뛴다. 특히 연식이 있는 과학책을 읽을 때는 이미 바뀐 과학적 오류가 나오면 과감히 넘긴다. 과학사적인 의미 없이 흥미 위주로 나열된 신화나 가십도 건너뛴다. 책을 읽다가 뒷부분이 궁금해지면 책장을 냉큼

뒤쪽으로 넘겨서 읽는다. 특히 추리소설을 읽을 때 이 방법을 자주 사용한다. 누군가는 질색하며 쫄깃한 추리소설의 묘미를 다 놓친다고 안타까워할지도 모르겠다. 하지만 책을 이런 식으로 읽는 사람에게는 나름대로 즐기는 법이 따로 있지 않겠는가.

1970년대에 방영되었던 〈형사 콜롬보〉라는 미국 드라마가 있다. 추리물인데 보통 초반에 유력한 범인이 드러나고, 콜롬보 형사가 용의자의 범행을 하나하나 추리해가면서 드라마가 이어진다. 마지막에는 콜롬보의 끈질기고 논리적인 추궁에 범인이 자백하면서 사건이 해결된다. 이 드라마를 보면서 깨달았다. 나는 추리소설을 읽을 때 범인이 누구인가보다는 범인이 누구인지 파헤치는 과정이 재미있었다. 범인을 먼저 확인하고 추리소설을 읽으면 그의 범행이 밝혀지는 논리적 과정을 더 즐길 수 있다.

마음 가는 대로 '왔다 갔다 읽기'와 '건너뛰면서 읽기'가 나의 사적인 독서 방법의 핵심이다. 왔다 갔다 읽기와 건너뛰면서 읽기는 책 한 권 안에서뿐만 아니라 책과 책을 건너뛰고 왔다 갔다 하는 것으로도 이어진다. 더 나아가 책에서 얻은 소양을 토대로 상상의 나래를 펼치며 나만의 이야기를 즐기는 것은 사적인 책 읽기가 주는 권리이자 자유다. 남들이 뭐라 하건 나의 소중한 사적인 책 읽기 방식을 버릴 필요는 없다.

나의 공적인 독서생활

나는 직업적으로 책을 읽고 그 책에 대해서 말하는 사람이다. 서평을 쓰거나 방송에서 책을 소개하고 책 읽기를 지도하는 일을 한다. 처음 한두 번 서평이나 강연 요청을 받았을 때는 내내 해왔던 사적인 독서의 연장선이라고 생각했다. 하지만 이런 작업이 반복되면서 사적인 독서와 공적인 독서가 확연히 다르다는 사실을 깨달았다.

공적인 독서를 할 때 나는 사적인 독서와 달리 고른 책을 앞표지에서 뒤표지까지 한 글자도 빼놓지 않고 정독한다. 또한 첫 장에서 마지막 장까지 차례대로 완독한다. 책과 사람들을 연결해주는 매개자의 역할을 하려면 무엇보다 책을 정확하게 읽는 게 중요하기 때문이다. 방송에서 책을 소개할 때가 나의 독서 행위 중 강도가 가장 높은 층위라고 할 수 있다. 정독과 완독은 기본이다. 사람들에게 들려줄 만한 구절이나 쟁점이 되는 부분은 책장 모서리를 살짝 접어두었다가 반복해서 읽는다. 앞뒤를 오가며 비교하면서 다시 읽기도 하고, 어떻게 하면 내용을 잘 전달할 수 있을까 궁리한다. 객관성이나 팩트 체크는 물론, 의문이 나는 대목은 메모를 해두었다가 다른 책을 참고하거나 다른 매체의 정보를 찾아보기도 한다. 그렇게 책을 읽고 난 후에는 하루 이틀 정도 묵혔다가 다시 꺼내서 통독을 한다. 전체적으로 조망하되 부분에 집중하면서 놓친 부분이 있진 않나 되짚으며 읽는다.

이런 방식으로 하다 보니 한창 서평을 쓰고 방송에서 책을 소개할 때는 일주일에 한 권을 제대로 읽는 것도 상당히 버거웠다. 그래도 왔다 갔다 읽기나 건너뛰면서 읽기를 적용하지 않고 오로지 정독과 완독을 고집했다. 그 책을 쓴 저자와 그 작품에 대한 최소한의 예의이자, 이때만큼은 내가 주인공인 독서가 아니라 청중과 독자가 주인공이라고 생각했기 때문이다.

공적인 독서를 할 때는 자신이 쓴 서평을 읽는 독자나 방송에서 책에 대한 이야기를 듣는 시청자, 책 읽기 모임에서 나의 가이드를 따라 책을 읽을 청중, 즉 대상을 염두에 두어야 한다. 이때 유용한 방법은 질문을 하는 것이다. 사적인 독서를 할 때는 내가 주인공이 되어 저자와 질문 배틀을 하지만, 공적인 독서를 할 때는 저자와 책을 향해 던지는 질문의 결이 다르다. 내가 궁금해하는 점이 아니라 사람들이 궁금해할 내용을 질문해야 한다. 물론 그 시작점은 나의 주관적인 질문에서 비롯되지만, 질문을 뽑는 과정에서 청중이 공감할 만한 내용인지에 대한 고민이 필요하다. 중심 좌표를 내가 아닌 다른 사람으로 이동해서 질문을 계속 수정하고 보완하는 과정을 통해 자신만의 경험을 보편화하는 작업을 거쳐야 한다.

첫 질문은 '이 책에서 가장 인상 깊었던 장면은? 가장 동의하기 힘들었던 장면은?'으로 시작한다. 책을 읽은 사람마다 다른 장면을 꼽겠지만, 같은 책을 읽었기 때문에 보편적인 공감을 끌어낼 수 있는 질문이다. 가상의 독자나 청중과 책을 토대로 토론할 수 있는 질문을 만들 때는 보편성을 확보하는 게 관건이다. 다른 사람이 쓴 서평을 읽는 것도 도움이 된다. 다른 사람의 관점과 설명을 자신의 것과 비교하면서 그 차이가 흥미롭다면 토론의 주제가 되기 적합하다.

나는 책을 읽고 글을 쓰는 것이 내 생활의 많은 부분을 차지하는 사람이다. 솔직히 말하면 사적인 독서와 공적인 독서의 구분이 명확해지자 나 자신이 좀 더 좋은 독서 전문가가 되었다고 느꼈다. 구분을 알고 그것의 교집합도 인식하면서 의식적인 독서를 하기 시작했기 때문이다. 사적인 독서와 공적인 독서가 복합적으로 작동하는 다층적 독서를 할 수 있다면, 당연히 독서의 기쁨이 더 커진다. 오랜 세월 사적인 독서의 즐거움을 만끽하다가 공적인 독서에 발을 들였을 때 그 좋은 게 싫어질까 봐 걱정도 되었다. 결과는 반대였다. 공적인 독서를 통해 더 풍성하게 책을 읽는 방법을 알게 되었고 수십 번을 더 읽은 책도 다시 즐겁게 읽을 수 있다는 것을 깨달았다. 지금 나는 사적인 책 읽기와 공적인 책 읽기를 늘 병행한다. 책을 좋아하는 사람이라면 진심으로 이 기쁨을 함께 누려보길 바란다.

교사와 학부모의 공적인 독서법

나처럼 직업적으로 책을 소개하지 않더라도 누구나 공적인 독서가 필요할 때가 있다. 교사나 학부모라면 사적인 독서 외에 학생들이 책 읽기를 잘하도록 그리고 과학적 태도를 기르고 과학 지식을 습득하는 목표를 달성하도록 유도하기 위해서는 자신부터 책을 잘 읽어야 한다. 이 경우 교사나 학부모는 내가 아니라 아이들을 중심에 놓는 공적인 독서를 하게 된다. 어떤 식으로 책을 읽어야 할까? 공적인 독서법을 훈련할 수 있는 좋은 길잡이가 있다.

칼 세이건의 《에필로그》(김한영 옮김, 사이언스북스)에 실린 '낙태에 관한 찬반 논쟁'이라는 글이다(요즘은 '임신중지'라고 부르는데, 낙태와 관련된 법은 우리나라에서는 현재 폐지된 상태다). 1990년 아내 앤 드루얀과 같이 써서 발표한 칼럼이다. 이 글을 쓰면서 칼 세이건이 밟은 단계는 공적인 독서를 하는 과정과 매우 흡사하다. 특히 학생들의 독서를 지도하는 교사나 학부모에게 과학적인 사고를 바탕으로 공적인 독서를 하는 방법은 학습 능력을 키워주는 데 꽤 유용한 지도법이기도 하다.

칼 세이건이 이 글을 전개하는 방식은 크게 3단계로 나눌 수 있다. 1단계는 임신중지를 화두로 올렸을 때 나올 수 있는 모든 질문을 나열하고, 자신의 견해나 결론은 유보한 상태에서 제기된 질문들에 객관적인 과학적 사실을 바탕으로 존재할 수 있는 모든 답을 빠짐없이 적어간다. 자신이 동의하지 않는 답도 그대로 적어놓는다. 주제에 관한 대부분의 질문에 대해 가능한(과학적으로 인정할 수 있는) 모든 답을 펼쳐놓은 질문과 대답의 매트릭스를 짜는 것이다. 이 단계에서는 기계적인 균형을 맞추고 다른 견해도 동일한 비중으로 청취한다. 여기서 멈추었다면 '낙태에 관한 찬반 논쟁'은 그저 그런 잡글이 되었을 것이다.

2단계는 펼쳐놓은 매트릭스를 좁혀가면서 수렴시키는 과정이다. 과학이라고 하는 엄격한 잣대로 걸러낼 질문과 답을 선택한다. 처음부터 누구나 할 수 있는 작업은 아니지만, 과학적 팩트 체크를 중요하게 생각한다면 훈련을 통해서 습득할 수 있는 기술이다. 더 중요한 것은 주장이 있으면 반드시 주장을 뒷받침하는 증거가 있어야 한다는 점이다. 공적인 독서를 할 때 개인의 경험을 보편화하는 과정에서 반드시 지켜야 하는 원칙이다. 사적인 독서에서는 자기 느낌대로 읽으면 되지만 공적인 독서에서는 다른 사람들이 공감할 수 있는지를 염두에 두면서 읽어야 한다. 자신이 던지고 싶은 주관적인 질문에서 시작하더라도, 역지사지의 입장이 되어 다른 사람들이 제기할 질문에 대해 생각해보는 태도로 읽는다면 공적인 독서의 영역으로 넘어가 보편성 있는 질문으로 수렴한다. 최종적으로 질문을 정리할 때는 확실한 근거를 제시하며 답변할 수 있도록 구체성을 띤 문장으로 만들어야 한다.

각 질문에 대한 답의 범위를 좁히고 난 후 3단계에서 비로소 자신의 견해를 드러내기 시작한다. 임신중지와 같이 첨예한 쟁점을 다룬 글을 쓸 때 객관적이라거나 가치중립적이라는 미명하에 자신의 입장을 숨기거나 모호하게 뭉개는 경우가 허다하다. 이 글의 진가는 논쟁의 가장 중심이 되는 질문을 회피하지 않고 분명하게 자신의 답변을 내놓았다는 데 있다. 칼 세이건은 과학적 사실을 바탕으로 한 자신의 견해와 주장을 논리적으로 표현한다. 제기된 질문에 대한 여러 가지 의견을 나열하며 기계적으로 균형을 맞추거나 과학적 사실을 전달하는 데 그치지 않고 자신의 의지와 가치관을 드러내며 어느 한쪽의 입장을 취사선택한다. 그리고 그 입장에 대해서 평가를 받고 책임을 지려는 태도를 보인다. 특히 마지막에는 가장 논쟁적인 질문을 대범하게 던지며 반대편 사람들의 비판을 두려워하지 않고 자신만의 답을 내놓는다.

공적인 독서를 통해서 교사와 학부모가 준비해야 할 가장 중요한 요소가 바로 이것이다. 공적인 독서는 다른 사람에게 자신의 견해를 드러내는 과정이기도 하다. 대상을 상정한 공적인 독서에서 정보만을 주는 것은 의미가 없다. 명확하고 분명하게 자신의 의견을 전하되, 개별적인 경험에 머물지 않고 보편성을 확보해야 한다. 단순한 정보나 토론거리를 제공하는 것이 아니라 균형 잡힌 사고를 통해서 나름의 결론에 도달하는 과정을 학생들이 경험할 수 있도록 유도하는 것, 그리고 자신의 결론에 책임을 질 줄 아는 태도를 견지하게 하는 것이다.

서평을 쓸 때도 이 부분이 중요하다. 좋은 서평이 되려면 여러 가능성을 고려하면서도 양비론에 그치지 않고 책임감 있게 자신의 목소리를 분명하고 논리적으로 드러내야 한다. 그런 다음 자신의 입장에 대해 책임질 줄 아는 태도를 보이면 된다.

읽은 책
또 읽는 즐거움

나의 책 읽기 습관 중 조금은 특이하다 할 점은 같은 책을 읽고 또 읽는다는 것이다. 시간이 지나 읽은 책을 다시 읽었을 때만 경험할 수 있는 특별한 장점이 있다.

유학 시절에 체호프를 다시 만났다. 중학생인 나를 뒤흔들었던 〈바냐 삼촌〉을 읽는 동안 또 다른 격동을 느꼈다. 어릴 적에는 관심 없던 인물들이 내 마음을 헤집고 다니는 통에 책장을 넘길 수가 없었다. 내 마음은 주인공인 퇴직 교수나 그의 젊은 아내, 그리고 딸과 바냐가 아니라 그들의 주변 인물들에게로 향했다. 가장 눈에 밟히는 사람은 의사인 아스트로프였고 어머니 마리아와 유모 마리나의 고단한 그림자도 느껴졌다.

마흔일곱 살 때 《체호프 희곡 전집》(김규종 옮김, 시공사)으로 〈바냐 삼촌〉을 다시 읽었다(이 책에 실린 제목은 〈바냐 외삼촌〉이다). 바냐의 나이도 마흔일곱이다. 극중 인물들과 비슷한 연배가 되니 이번에는 모든 것이 연민으로 읽혔다. 나 자신을 바냐와 동일시하면서 그의 눈으로 다른 인물들을 만났고 그의 처지에서 세상을 바라보았다. 바냐의 귀를 통해 소냐의 위로를 듣다가 동시에 소냐가 되어 희망을 품는 이중적인 감정이 느껴졌다. 퇴직 교수의 마음도 어느 정도 이해가 되었고, 중학생 때부터 품었던 그에 대한 분노가 사그라지며 그가 가여워졌다. 엘레나의 욕정과 체념에 같이 울며 그녀를 탐했던 아스트로프를 극단으로 내몰지도 않았다. 고단한 삶을 살아가는 모든 이들에게서 내 얼굴을 보았다. 몰락한 지주 텔레긴의 힘 빠진 투덜거림에서 친구들의 얼굴을 보았다. 나는 처음으로 그들 모두가 되어 〈바냐 삼촌〉을 읽었다. 고단하고 비루한 삶이지만 살아내야 하는 그들의 현실이 너무 사실적이어서 서글펐고 황홀했다. 〈바냐 삼촌〉을 다시 쓰라면 체호프가 써 내려간 내용 그대로 쓸 수밖에 없다는 걸 그제야 알게 되었다.

같은 책을 여러 차례 읽다 보니 각 시절의 책 읽기는 파편적인 내 삶의 모습을 투영하게 된다. 세월과 함께 반복된 책 읽기가 누적되어 짧은 한 편의 희곡이 변주되면서 내 인생을 관통하는 맥락과 역사가 생겨났다. 아주 사적인 독서생활에서 체호프를 읽으면서 체득했던 그 느낌이 공적인 독서생활로 이어지는 계기가 된 책이 《코스모스》다.

천문학자가 되고서 가장 많이 읽고 또 읽은 책이 《코스모스》다. 학창 시절 철모르고 읽었던 《코스모스》를 다시 만난 건 천문학자로서 이 책에 대해 강연을 해달라는 요청을 받고서였다. 천문학자의 눈으로 본 《코스모스》는 나를 압도했다. 우주에 대한 칼 세이건의 열정뿐만 아니라 우주의 이야기를 사람들에게 들려주려는 그의 열정이 눈부셨다. 당시 나에게 꼭 필요한 덕목이었기에 더욱 심취했다. 그렇게 나의 공적인 독서가 《코스모스》와 함께 시작되었다.

첫 《코스모스》 강연 이후로 이 책에 대한 글도 쓰고 방송도 하게 되면서 따로 세어보지는 않았지만 아마 50번 넘게 읽은 것 같다. 《코스모스》를 다시 읽을 때는 한 가지 루틴을 따른다. 강의나 방송이나 글쓰기 요청을 받을 때마다 새 책을 산다. 그 전에 읽었던 책을 다른 사람에게 선물하고 매번 그 시점에 나와 있는 최신판을 구해서 읽는다. 같은 책을 반복해서 읽다 보면 익숙함 때문에 계속 같은 주제와 화두에만 머무를 수 있다. 새 책으로 읽으면 약간의 낯섦을 유지할 수 있어서 이미 익숙한 책에서도 새롭게 시선을 끄는 대목을 발견할 수 있다.

수십 년에 걸쳐 대여섯 번을 읽은 책과 달리 매년 몇 차례씩 다시 읽는 책은 당시 내가 관심을 갖고 있거나 몰두하고 있는 것과 더 긴밀하게 상호작용을 한다. 특히 공적인 독서를 하며 정독과 완독을 할 때면 각각의 시절에 읽은 《코스모스》가 현재 나를 둘러싼 지적 환경과 입체적으로 융합하면서 새로운 의미를 만들어낸다. 책을 읽는 것이 아니라 책 속에서 뭔가를 계속 채굴한다는 게 더 적확한 표현이겠다. 파도 파도 끝이 없는 책이라니, 반복되는 책 읽기를 통해서 나는 점점 더 넓고 깊은 코스모스를 만나고 있다.

문학 작품이든 과학책이든 반복해서 읽는다는 것은 여러 면에서 행복한 작업이다. 정말 좋은 점은 이들 책을 계속 읽어가면서 당시의 내 생각이 예전의 추억에만 머물지 않는다는 점이다. 책들은 그대로지만 시간이 흐를수록 내 생각은 바뀌고, 그런 나와의 상호작용을 거치며 책에서 새로운 추억을 건져 올린다. 같은 책을 다시 읽으면 그 전에는 보지 못했던 것이나 인식하지 못했던 것을 발견하는 기쁨을 누릴 수 있다. 나이가 아직 어려서 또는 관심사가 달라서 놓쳤던 것들이 책 속에는 그대로 남아 있다. 새삼스러운 발견은 즐거움을 선사한다. 언제나 동시대적으로 살아 있는 책이 된다는 의미다. 책을 반복해서 읽는다는 것은 자신의 거울을 닦는 것이고 동행자를 만드는 작업이다. 현재진행형의 책 읽기를 위한 최고의 작업은 반복해서 읽기다.

같은 책을 다시 읽으면 조각난 경험이 하나로 엮어진다. 또한 개인적인 경험을 보편화하는 과정을 충분히 거치게 된다. 이런 훈련을 하면 다른 책을 읽을 때 입체적으로 읽게 되고 좀 더 융합적으로 맥락을 파악하게 된다. 독서의 근력이 생기면 읽을 책을 선택할 때도 좀처럼 실패하는 일이 없다. 자신의 취향과 독서 수준을 정확하게 파악하고 있기 때문이다. 그리고 무엇보다 같은 책을 반복해서 읽으면 책 속의 세계와 책 바깥에 놓인 자신의 세계가 연결되면서 더 깊고 넓은 지평이 펼쳐지는 즐거움을 누릴 수 있다.

02.

왜 과학책은 어렵다고 할까?

어려운 것은 어려운 것이다

왜 사람들은 유독 과학을 어렵다고 할까? 수학적 개념이 깔려 있을 거라는 부담과 기반 지식이 없으면 이해하기 어려울 거라는 선입견, 거기에 최신 과학의 변화 속도가 빨라서 따라가지 못한다는 체감이 과학과 사람들 사이를 가로막는 요인이다. 이런 장벽에 어떤 오해가 있다고 쳐도, 아직 우리 사회가 과학을 교양으로 온전히 받아들일 준비가 덜 되었다는 건 분명하다.

그럼에도 과학과 기술은 현대 사회를 이끄는 실질적인 동력이며, 과학을 알아야 세상을 이해할 수 있다는 사실을 부정하는 사람은 거의 없다. 그 덕에 벽돌처럼 보이는 과학책이 베스트셀러나 스테디셀러 목록에 오를 수 있지 않았겠나. 과거에 비해 과학책도 읽어야 할 책이라는 인식이 많이 늘었고 남녀노소를 막론하고 과학을 접하려고 노력하고 있지만, 소설이나 교양서 읽기에 비하면 과학책 읽기가 상대적으로 문턱이 높다는 점은 인정할 수밖에 없다.

노벨상 수상자가 발표되는 매년 10월이면 기자들에게 초등학생도 이해할 수 있도록 노벨물리학상 수상자의 과학적 업적을 설명해달라는 요청을 받는다. 심지어 유치원생도 이해할 수 있도록 쉽게 설명해달라고도 하는데, 불가능한 일이다. 평생에 걸쳐 전문적인 훈련을 받고, 연구를 하고, 뛰어난 동료 과학자들의 검증까지 거쳐 일군 과학적 성과를 어떻게 아이들도 이해하기 쉽게 설명할 수 있다는 말인가.

과학은 모든 것의 존재와 현상을 설명할 수 있는 보편적인 법칙이니 그 자체로 어렵다. 섣불리 쉽게 설명하다가는 오히려 잘못된 정보를 전달하거나 오해를 낳기도 한다. 어려운 것을 가능한 한 일상의 언어로 친절하게 설명할 수 있을 뿐, 어렵고 복잡한 것을 쉽게 바꿀 수는 없다.

즐기려면 각오가 필요하다

다행스럽게도 과학책이 처한 '어렵지만 쉽게'라는 난제를 탁월한 글솜씨와 감수성으로 돌파해나간 훌륭한 저자들이 나타났다. 이들이 쓴 책은 과학의 어려움을 인정하되 찬찬히 인내심을 갖고 끝까지 눈을 뗄 수 없게 하는 필력의 산물이자, 과학의 세계에 빠져들게 하는 미덕으로 가득하다.

《코스모스》(홍승수 옮김, 사이언스북스)를 쓴 칼 세이건은 어린 시절 SF와 판타지에 매혹되었던 것이 과학자의 길을 걷게 되는 데 큰 영향을 미쳤다고 했다. 돌이켜 보면 나도 그랬다. 지금은 제목도 내용도 기억나지 않지만, SF 소설 한 권을 읽고 또 읽으면서 시간 여행을 하고 우주로 여행을 떠나며 상상의 나래를 펼쳤던 어린 시절이 아스라이 떠오른다. 그때의 환희가 나를 천문학의 길로 이끈 듯하다. 나뿐만 아니라 과학계에서 만난 대부분 사람이 비슷한 유년기의 추억 하나쯤은 공유하곤 한다.

한동안 그 시절 분위기가 사그라진 듯하더니 최근 들어 SF 소설이나 영화에 대한 일반인들의 관심이 부쩍 늘었다. 관심이 늘어나니 좋은 작가가 계속 나오고, 작품이 쏟아지니 풍토가 달라졌다. 《우리가 빛의 속도로 갈 수 없다면》(허블)을 펴낸 김초엽 작가가 SF 작가라는 수식어를 달고 올해의 작가에 선정되는 쾌거를 이루기도 했다.

SF가 교양이 되고 문화가 되는 사이 과학도 덩달아서 교양과 문화의 영역으로 나아가고 있다. 사실 나는 일본어가 아닌 한글로 된 교육을 받고 우리말로 사고하며 자란 첫 번째 세대다. 어릴 적 나는 국내 저자가 우리글로 쓴 과학책을 거의 보지 못했다. 성인이 되고서도 과학책 하면 떠오르는 책들 대부분이 영어나 일본어 원서를 번역한 것이었다. 그런 척박한 풍토에 파문을 일으킨 책이 정재승이 쓴 《정재승의 과학콘서트》(어크로스)와 이은희의 《하리하라의 생물학 카페》(궁리출판)였다. 2000년대 초반부터 10년가량 국내 저자가 쓴 교양과학책 분야는 두 책의 독무대나 다름없었다. 그리고 몇 년 전부터 우리말로 공부하고 사고하면서 자란 과학자들이 감춰둔 필력을 발휘하며 대중적인 글쓰기를 시작했다. 서점가의 과학 코너에는 국내 저자들이 쓴 교양과학책이 눈에 띄게 늘어났다. 다양한 경력을 가진 과학저술가들이 등장했고, 독자들의 뜨거운 호응이 이어지면서 몇 년 사이 과학책 분야는 양적으로나 질적으로 뚜렷한 성장세를 보였다. 이들은 저술에 그치지 않고 강연과 방송 활동에도 적극적이었다. 물리학자 김상욱을 《김상욱의 과학공부》(동아시아)로 기억하기보다 TV 예능 〈알쓸신잡〉에 나온 교양예능인으로 기억하는 사람들이 대다수다.

과학과 기술이 일상의 거의 모든 것을 관장하는 현대 사회에서 교양과학과 과학 문화는 동시대적 삶을 누리는 데 필수적이다. 유엔(UN)이 2030년까지 국제사회가 해결해야 할 최대 공동목표로 내세운 '지속가능발전목표' 17가지를 살펴보면 어느 것 하나 과학과 관련 없는 것이 없다. 빈곤, 질병, 교육, 성평등, 난민, 분쟁 같은 인류의 보편적인 문제를 인식하고 해결하려면 과학적 인식을 바탕으로 한 과학과 기술의 적용이 필수다. 기후 위기, 에너지, 환경오염, 물 문제, 생물다양성 같은 지구 환경문제를 자각하고 해결하는 데 과학 문해력이 선행되어야 함은 논쟁의 여지가 없다. 기술, 주거, 노사, 고용, 생산과 소비, 사회 구조, 법, 대내외 경제 같은 정치경제 및 사회의 문제도 과학을 바탕으로 한 인간 본성에 대한 탐구 없이는 근원적인 해결책을 찾기 어렵다.

따라서 과학은 이 시대에 걸맞게 핵심 교양이 되어야 한다. 과학 문해력을 높이자는 것이다. 과학이 교양이자 문화로 자리 잡으면 누구나 과학적 인식론으로 사고하고 실천하는 삶을 살 수 있다. 물론 아직 갈 길이 멀다. 이제 겨우 과학책을 통해서 '과학 소양'과 '과학적 소양'을 갖추고 과학을 교양이자 문화로 누릴 수 있는 풍토가 마련되었으니, 독자들이 나서주어야 한다. 즐길 거리는 충분히 마련되어 있다.

그렇다면 과학책을 어떻게 읽을 것인가. 과학책을 읽으면 과학에 대한 지식이 늘어난다. 더 많은 분야의 다양한 과학책을 읽을수록 과학 지식도 쌓이고, 과학에 대한 인식의 폭이 넓고 깊어진다. 독서를 통해 과학적 지식을 습득했다면 '과학 소양'을 쌓은 것이고, 과학적 태도를 이해하고 세상을 바라보는 과학적 인식론을 얻었다면 '과학적 소양'을 쌓았다고 할 수 있다. 과학 소양과 과학적 소양의 습득은 책 읽기의 목적이라기보다는 과학책 읽기를 통해 도달하고 성취한 결과다.

이와 같은 성취에 이르기 위해서는 먼저 과학이 어려운 것임을 명심하길 바란다. 어려운 것을 누구나 알 수 있도록 쉽고 간결하게 써놓은 책이라면, 오히려 의심해도 좋다. 이런 인식이 있어야 과학이나 과학책을 마주했을 때 어려운 것을 이해해보려고 노력해야 한다는 것을 전제하고, 어떤 노력을 해야 할지 궁리할 수 있기 때문이다. 또한 좋은 태도를 실천으로 이어줄 근력이 필요하다. 이제부터 과학책 읽기의 근력을 기르는 데 도움이 될 이야기들을 하려고 한다.

03.

과학책의 문턱을 넘는 방법

책이라는 숲에 들어가기 전에

과학책을 손에 들고 내가 제일 먼저 하는 일은 앞표지와 뒤표지에 쓰여 있는 글과 그림을 살펴보는 것이다. 제목이 적힌 앞표지는 그 책의 얼굴이다. 편집자와 마케터가 가장 많이 신경 쓰는 부분이며, 책의 핵심적인 정보가 집약된 지면이다. 마땅히 제일 먼저 살펴봐야 한다. 띠지도 그냥 지나치지 말자. 책 표지를 보는 워밍업은 생경한 분야의 책을 처음 읽을 때 도움이 된다. 책을 만든 사람들이 공들여 써놓은 정보를 미리 파악해 문턱을 넘기 쉽게 해주며, 독서를 하는 동안 책을 펼치기 전에 받은 자신만의 고유한 느낌을 상기하는 데에도 도움이 된다.

책 표지를 넘기면 날개에 작가 소개와 표지 그림, 디자인에 대한 정보가 나온다. 몇 장을 넘기다 보면 저작권 정보나 판권이 나오는데, 번역서의 경우 저작권 정보에 이 책이 처음 출간된 연도가 나와 있으니 확인해보면 좋겠다. 저자의 서문, 추천의 글, 해제 또는 번역자의 글은 자칫 지나치기 쉬운데 꼼꼼하게 읽어보길 권한다. 본문의 내용이나 책에 관한 정보를 미리 살펴볼 수 있으며, 저자를 비롯해 그 분야의 큰 흐름이나 맥락에 대해 나름대로 일목요연하게 이해하는 방법이다. 제대로 운동하기 전에 준비운동으로 몸을 풀듯이, 내용이 궁금해서 미치겠다고 하더라도 책 곳곳에 담겨 있는 작가와 책에 관한 정보를 풍성하게 누리는 워밍업이 꼭 필요하다.

한 가지 덧붙이자면, 나는 워밍업 단계에서 '찾아보기'를 먼저 읽는다. 찾아보기는 책에 나오는 인물, 사건, 용어 등이 어느 쪽에 등장하는지 알려주는 목록으로 책의 뒤쪽에 있다. 목록을 쭉 훑어보면 책 전체에 나오는 수많은 단어와 미리 인사를 나누는 효과가 있다. 그중 마음에 들거나 낯설지만 호기심이 생기는 단어가 있다면 해당 페이지를 먼저 읽어봐도 좋다. 나는 본격적으로 읽기 전에 자주 이렇게 워밍업을 하는데, 사전에 책과의 친밀도를 한껏 높이는 데 도움이 된다.

워밍업을 마치면 준비물을 챙기자. 본격적으로 책을 읽기에 앞서 '차례'를 꼼꼼하게 보아야 한다. 보통 책을 기획하는 단계에서 제일 먼저 만드는 부분이자 인쇄 직전까지 작가와 편집자가 그야말로 혼신의 힘을 쏟아붓는 부분이기 때문이다. 책의 내용을 담는 형식을 체계적으로 보여주는 것이 바로 차례다. 이보다 더 좋은 책 요약은 없다. 차례를 따라가면 그 책의 내용과 형식에 대한 얼개가 머릿속에 그려진다. 책이 숲이라면 차례는 그 숲의 중요 거점들을 안내하는 지도다. 낯설고 복잡한 과학의 숲으로 들어가기 전에 워밍업과 차례 보기를 통해 배경지식을 갖추고 숲의 지도를 획득하면, 더 즐겁고 효율적으로 숲을 통과할 수 있다.

틀린 것은
과감히 건너뛴다

칼 세이건이 1980년에 쓴《코스모스》에는 우주의 나이가 150억~200억 년 정도라고 적혀 있다. 천문학자들은 현재 우주의 나이를 138억 년으로 추정한다.《코스모스》에는 명왕성이 태양계의 아홉 번째 행성으로 되어 있지만, 2006년 명왕성이 왜소행성으로 분류되면서 태양계의 행성 수는 8개로 바뀌었다. 이 밖에도 40년이 넘는 세월이 흐르면서 과학적인 개념이나 내용이 보강되거나 수정되었다. 가장 유명하고 가장 잘 쓴 책이라고 불리는《코스모스》도 피해 갈 수 없는 부분이다.

과학은 다른 분야에 비해 변화의 속도가 빠르기 때문에 '시대의 과학'이라고 한다. 조금만 시간이 지나도 그때는 맞았던 것들이 지금은 틀린 것이 되는 경우가 많다. 특히 오래된 과학책을 읽을 때는 책이 출간된 시대와 책을 읽는 시대가 다르기 때문에 그 사이에 바뀐 내용을 고려해서 읽어야 한다. 그런데 이게 정말 어렵다. 최신의 과학적 성과를 다 알고 있어야 가능한 일이기에 딜레마가 생긴다. 과학 지식을 얻고 싶거나 과학적 소양을 쌓기 위해 과학책을 읽는 독자들의 기대와 부딪히는 대목이다. 그래서 워밍업 단계에서 책이 처음 출간된 연도를 확인해야 한다. 외국도서의 경우 우리말로 번역된 발행일이 아니라 영문 판권을 봐야 한다.《코스모스》를 예로 들면 'Copyright@1980 by Carl Sagan

Production, Inc. All rights reserved.'라고 적혀 있으므로 1980년에 처음 출간되었음을 알 수 있다.

이렇게 몇십 년 전에 쓰인 과학책에는 종종 낯설거나 요즘 정서와는 걸맞지 않은 예가 나오기도 한다. 당시 사람들이라면 공감하고 본질을 이해하는 데 도움이 되었을 만한 것들이지만, 지금은 과학사적인 배려를 하지 않으면 오히려 핵심을 이해하는 데 방해가 되기도 한다. 일단은 맥락을 따라 읽으면서 잘 이해가 되지 않거나 모호한 것들은 과감하게 건너뛰는 전략이 필요하다. 마음 편하게 말이다. 과학은 시대의 한계를 반영하는, 시대의 진리니까.

최신의 과학 정보와 이야기를 즐기기 위해서 과학책을 읽겠다고 한다면 《코스모스》는 좋은 선택이 아니다. 어느 책이든 가장 최근에 나온 과학책을 고르는 것이 현명하다. 《코스모스》는 과학적 지식과 정보를 넘어선 담론과 사상을 만날 수 있는 책이다. 그런 맥락을 원한다면 《코스모스》는 좋은 선택이다. 한 가지 팁을 주자면, 과학책을 읽을 때 인터넷으로 과학용어사전이나 위키피디아 같은 백과사전을 이용하면 최신 정보들을 찾아볼 수 있다. 내용을 직접 하나하나 찾아가면서 더 풍성하게 책을 읽을 줄 안다면, 이미 과학책 읽기 고수의 단계에 이른 것이다.

정독보다
완독

과학책은 역사를 다룬 책이나 소설 같은 문학보다는 교양서나 인문서에 가까운 책이 많다. 물론 서사를 바탕으로 한 과학 이야기도 있겠지만 사실을 바탕으로 전개되는 책도 많기 때문에 그런 책은 처음부터 끝까지 정독해야 한다는 강박을 내려놓아도 된다. 많은 경우 장마다 독립성을 유지하고 있기 때문에 순서에 따라 읽어야 하는 인과관계가 뚜렷한 책이 아니라면 좀 더 자유로운 책 읽기가 독서의 효능감을 높인다. 마음 가는 대로 펼쳐서 읽고 그것으로부터 파생되는 이야기를 찾아 읽는 방식의 자유로운 책 읽기가 허용된다는 뜻이다.

수학이나 영어 참고서의 1장만을 붙잡고 계속 반복해서 학습했던 경험이 있을 것이다. 많은 사람이 책을 처음부터 정독하지 않으면 대충 읽는 거라고 생각하는데, 사실 차례대로 정독하는 것은 쉬운 일이 아니다. 독서의 근력이 갖춰진 사람들에게는 익숙한 방식이겠지만 어릴 적부터 책 읽기 훈련이 되어 있지 않으면 고역에 가까운 일이다. 과학책은 중요한 내용일수록 정확하게 설명하기 위해 복잡한 내용을 자세하게 풀어놓기도 한다. 용어도 익숙하지 않고 실험이나 연구의 방법론을 모른 채로 그 책을 완전정복 하겠다는 노력이 역효과를 일으키기도 한다. 한 권을 다 읽기도 전에 질려버린다. 그래서 정독보다 중요한 것은 완독이다.

최근 들어 에세이인지 과학책인지 경계가 모호한 책들이 꽤 많아졌다. 프리모 레비의 《주기율표》(이현경 옮김, 돌베개) 같은 회고록 성격의 과학책도 그런 범주다. 이런 책들은 술술 넘겨보면서 과학과 가까워질 수 있는 계기를 만든다. 《이명현의 별 헤는 밤》(동아시아)은 대놓고 그럴 목적으로 쓴 책이기도 하다. 과학책이지만 술술 읽으면서 마음에 남는 것도 있으면 좋겠다는 마음으로 중간에 질리거나 포기하지 않고 완독할 수 있는 과학책을 쓰고 싶었다.

좀 놓치는 것이 있으면 어떤가. 정독을 해야 책을 읽은 거라는 규범에서 벗어나, 여기저기 펼쳐서 읽고 싶은 부분부터 보다가 어려우면 몇 장을 건너뛰기도 하면서 느슨하게라도 끝까지 다 읽는 것이 더 중요하다. 전체적인 얼개와 맥락을 얼추 파악하고 이 저자가 이 책에서 이런 내용을 다루었구나 정도만 이해해도, 앞으로 만나게 될 또 다른 과학책으로 부족한 부분을 채울 수 있고 또 궁금한 내용을 다큐멘터리나 강연 등으로 찾아볼 수도 있다. 책을 처음 골랐을 때 궁금했던 것이 조금이라도 풀렸다면 그것만으로도 충분하다.

책을
덮어야 할 때

과학책을 읽다 보면 당혹스러울 때가 있다. 과학적인 내용에는 익숙하다고 하더라도 과학이 사회에 미치는 영향에 대한 평가나 앞으로의 전망에 대한 예측에 동의가 안 될 때가 있다. 자신의 종교 교리와 상반되는 내용이 불편할 수도 있고 오랜 신념과 배치되어 불쾌할 수도 있다. 과학책의 저자들이 하나같이 같은 과학적 목소리를 내는 것은 아니다.

하지만 과학이 갖고 있는 전반적인 컨센서스(전문가들의 일치된 합의)가 있고 패러다임이 있다. 각론에서 차이는 있어도 결국 과학책은 큰 흐름 속에서는 같은 방향을 바라본다. 다양한 생명 현상을 설명하는 데 서로 다른 해석이 있을 수 있겠지만 그 바탕에는 반드시 진화론이 있어야 한다는 뜻이다. 또한 거대한 담론에 대해 상반된 주장을 담은 과학책이 있다고 하더라도 그 역시 과학이라는 틀 안에서 벌어지는 일이다. 우주의 기원을 설명하는 서로 다른 이론들이 있지만, 반드시 수학적 완결성을 갖추어야만 과학적 이론의 지위를 얻을 수 있다는 얘기다. 이런 패러다임이 자신의 생각과 달라서 너무 괴롭다면 당장 그 책을 덮어버리는 게 낫다.

그럼에도 왜 이 책이 추천 도서가 되었는지, 이 저자의 이름이 왜 자꾸 거론되는지 알고 싶다면 타협이 필요하다. 일단 읽기 시작한 과학책의 책장을 덮을 때까지는 최소한 저자의 이야기를 경청하겠다는 태도를 전략적으로라도 견지해보자. 인내가 필요한 일이다. 한두 번 경청을 각오하고 다시 읽기를 시도해서 완독하면 다행이다. 안 되겠다면 일단 책을 덮고 나중에 다시 시도해도 괜찮다. 자신에게 맞는 책부터 읽는 게 우선이다.

더 확실히 책을 덮어야 할 때가 있다. 분명히 한글로 적힌 글자를 읽고 있는데 무슨 말인지 전혀 이해가 안 되는 책, 독해가 어려운 번역서들이다. 요즘은 실력 있는 과학책 번역가들이 많다. 번역은 창작보다도 어렵다는 말이 있다. 다른 언어로 쓴 글을 우리말로 옮길 때 발생할 수 있는 문제점에 더해 전문성이 필요한 과학 지식이나 난해한 용어 또는 표현의 어려움, 분량의 압박까지 고려한다면 과학책을 번역한다는 것은 쉽지 않은 작업이다. 대표적으로 다른 책에 비해 번역료가 높은 것도 이 때문이다.

그렇다고 해도 높은 문턱을 넘어 과학책을 읽기로 결심한 독자가 독서를 방해하는 수준의 미숙한 번역을 참아줄 필요는 없다. 개념이 중요한 과학책에서 잘못 번역한 단어 하나는 전체 맥락을 잘 모르는 초보 독자를 혼돈으로 몰아가기에 충분하다. 이해력 부족에서 오는 오역은 더 심각하다. 물론 원저자가 개념을 잘못 이해하고 기술했거나 문장력에 한계가 있을 수도 있고, 원문 자체가 아주 난해한 경우도 있다. 또한 그 책의 내용이 독자의 수준에 비해 난이도가 너무 높은 것일 수도 있다. 하지만 일단 가독력이 떨어지는 문장이 길게 나열되어 두세 번을 읽어도 무슨 말인지 모르겠다면, 이해하지 못하는 것의 책임을 번역에 지워도 된다. 특히 번역서를 고를 때는 제목은 같은데 가격이 더 저렴하다는 이유로 예전 책을 택할 경우 낡은 문체와 번역 오류에 생고생을 할 수도 있다. 반드시 새 번역본이 있는지 확인해보자. 세상에 책은 많다. 어렵지만 마음을 건드리는 아름다운 문장과 때때로 웃음이 터지는 유머 감각에 시간 가는 줄 모르고 빠져서 읽을 만한 책이 수두룩하다. 몇 단락을 읽다가 자괴감이 생기거나 하품이 나오게 하는 책이라면 당장 덮어도 좋다.

소소한 경이로움을 즐기다

돌이켜 보면 나는 어린 시절 SF와 판타지 소설을 읽으며 과학의 단면을 처음 접했던 것 같다. 허구의 세계에서 과학 지식은 상상과 뒤섞여 과장되거나 비약된 채 그려졌지만, 어린 나는 그것을 분별하지 못하고 과학적 사실로 받아들이곤 했다. 그렇다고 나중에 내가 과학을 제대로 이해하고 공부를 하는 데 걸림돌이 되지는 않았다. 칼 세이건이 말했듯이 열 살짜리 아이에게는 정확한 과학 지식이 중요한 게 아니다. 그 나이의 아이들은 SF와 판타지의 세계 속에 펼쳐진 과학의 (과장되었지만) '경이로움'에 압도당한다.

1969년 아폴로 11호의 달 착륙 장면을 보고 과학자를 꿈꿨던 나는 초등학교 시절부터 아마추어 천문가로 활동했다. 아마추어 천문 동아리에 가입해서 천체망원경을 직접 만든 적도 있고, 인물 사진도 찍어본 적 없던 내가 천체 사진을 찍어보기도 했다. 자연스럽게 동아리 활동이 이어져 천문학을 공부했고 천문학 박사가 되었다. 물론 그저 호기심과 즐거움만 좇아도 되는 아마추어 천문가와 직업적인 결과를 내놓아야 하는 천문학자로서의 활동은 근본적으로 다르다. 그렇지만 동아리 회원 시절 우주에 대한 경이로움과 설렘을 간직하고 천문학자의 길을 걸었기에 늘 행복했다.

나를 비롯한 많은 아이들이 그 경이로움에 빠져 과학자가 되거나 과학에 매료된 어른이 되었다. 시간이 지나면서 SF적 상상력과 과학의 세계를 분간할 수 있게 되자, 두 세계를 오가며 더 풍성하고 깊이 향유하는 기쁨을 누렸다. 그 과정에서 과학책 읽기에 큰 빚을 졌다.

칼 세이건도 어릴 적에 경험한 경이로움을 간직한 채 과학자가 된 인물이다. 그의 《코스모스》를 만난 것은 고등학교 3학년 때였다. 칼 세이건이 직접 출연한 13부작 다큐멘터리를 먼저 보고 비디오테이프가 늘어지도록 돌려보던 중 책이 출간된다는 소식을 들었다. 1981년 서광운이 번역하고 천문학자 조경철이 감수한 《코스모스》가 출간되자마자 서점으로 달려갔다. 책장을 넘기니 1979년 우주탐사선 보이저 1호가 보내온 따끈따끈한 목성 사진이 실려 있었다. 처음 《코스모스》를 읽었을 때의 인상은 최신 천문학 정보와 사진을 담고 있는 화보집이라는 것이었다. 그런데 책을 빌려 간 친구들의 반응은 조금 달랐다. 한 친구는 역사책이라고 했고 또 다른 친구는 문학 작품이라고 했다. 심지어 신화와 전설에 관한 책이라고 하는 친구도 있었다. 당시 나에게는 두말할 것도 없는 천문 화보집이었는데 친구들의 반응이 이상했다. 천문학이 뭔지도 모르는 녀석들이라며 대놓고 면박을 주기도 했다.

유학을 마치고 귀국한 뒤 《코스모스》 책에 관한 강연을 요청받았다. 그 전까지 다시 읽어볼 기회가 없었던 나는 먼저 고등학생 때 읽었던 번역본을 본 다음 홍승수가 새롭게 번역한 《코스모스》를 찾아 읽었다. 1980년 판 영문 오리지널 《Cosmos》도 읽고 13부작 다큐멘터리도 다시 봤다. 《코스모스》에 관한 것을 모조리 찾아본 것은 내가 기억하고 있던 《코스모스》와 너무나 달랐기 때문이다. 친구들 말대로 이 책은 단순한 천문 화보집이 아니라 역사책이자 문학 작품이며 철학과 사상을 이야기하는 책이었다. 천문학 박사가 되어 다시 만난 《코스모스》는 나를 완전히 압도해버렸다.

그가 쓴 다른 책들도 찾아 읽었는데, 그중에서도 《에덴의 용》(임지원 옮김, 사이언스북스)은 칼 세이건 사상의 원류이자 《코스모스》를 만든 숨은 주역이었다. 《코스모스》가 현란한 기술을 가진 원숙한 투수라면 《에덴의 용》은 깨끗한 강속구 하나로 승부하는 풋풋한 새내기 괴물 투수인 셈이다. 《에덴의 용》은 인간 진화의 역사를 고찰한 후, 이를 바탕으로 인간의 뇌가 발달하고 더 큰 문명을 이룩하기 위해 뇌 바깥에 지성의 전당인 도서관을 만들게 된 과정을 서술하며 인간 지성의 발달사를 깔끔하게 정리한 책이다. 요즘 말하는 '빅 히스토리'의 진정한 원조라고도 할 수 있다. 뇌과학을 그저 과학적인 사실 자체에 머물게 하지 않고 미래에 대한 예측과 바람을 담아 인류에 대한 깊고 넓은 성찰을 끌어내는 서사에 흠뻑 빠져들었다. 심지어 글을 쓸 때 《에덴의 용》의 서사를 흉내 내보려고도 했다. 책과 책의 릴레이가 이어졌고, 그렇게 나는 칼 세이건을 사랑하게 되었다.

과학책은 저자가 과학적 태도를 견지하며 과학적 지식을 소개하고 자신이 느낀 과학의 경이로움을 사람들에게 전달하고자 애쓰는 과학적 사고의 실현 과정이다. 과학의 경이로움은 궁극적으로 주변에서 일어나는 현상에서 물리학의 법칙을 발견하고, 나노 단위에서 우주적 스케일까지 관통하는 과학적 원리를 찾아내는 즐거움에 있다. 과학적 사고를 통해 그 경이로움을 발견했을 때의 희열은 경험해봐야만 알 수 있다.

지적 경험의 결과물인 경이로움을 느끼기 위해서는 과학 소양과 과학적 소양을 쌓고 그것을 이해하고 흡수할 수 있는 과학적 사고의 근력을 갖춰야 한다. 과학적 사고는 과학책 읽기를 통해 길러지며, 훈련으로 그 감각을 더 섬세하게 벼릴 수 있다. 운동을 막 시작했을 때는 빨리 늘지 않아 힘들고 고될 수 있지만, 반복해서 운동하는 습관을 만들고 기술을 익혀 효능감을 느끼게 되면 비로소 운동을 즐길 수 있다. 과학책 읽기도 마찬가지다. 처음부터 그 경이로움을 즐기는 건 매우 드문 경우지만 경이로움의 맛보기는 생각보다 빨리 온다. 소소한 경이로움을 켜켜이 쌓아가다 보면 과학 소양과 과학적 소양이 늘어나고, 과학적 사고로 지적 유희를 경험하며 과학의 경이로움 자체를 즐기고 있는 자신을 발견하게 된다.

04.

과학책 읽기를 완성하는 비독서

읽었다는 사실조차 잊어버린 책은 읽은 책인가

독서는 책을 읽는 행위다. 고전적으로는 책이라고 하는 활자 매체를 눈으로 읽고 그 과정을 통해서 정보를 얻는 과정을 독서라고 불렀다. 그런데 지금은 오디오북을 통한 듣는 독서도 가능해졌다. 일부에서만 사용되고 있지만 점자책과 같이 접촉을 통한 독서도 있다. 고전적인 의미에서 독서 행위의 확장이라고 할 수 있다.

프랑스의 문학평론가인 피에르 바야르가 쓴 책 중에《읽지 않은 책에 대해 말하는 법》(김병욱 옮김, 여름언덕)이라는 책이 있다. 제목 그대로 도발적인 책이다. 간혹 제목만 보고 상상력을 발휘해서 이 책이 '책을 읽지 말자'고 주장한다고 오해하는 사람들이 있는데, 사실은 지금보다 더 적극적인 독서 행위를 해야 한다고 주장하는 책이다. 피에르 바야르가 한국에 왔을 때 인터넷 신문《프레시안》과 함께 그를 인터뷰한 적이 있다. "우리가 읽었지만 잊어버린 책, 읽었다는 사실조차 잊어버린 책을 과연 읽은 책이라 말할 수 있는가?" 그가 이 책에서 던지는 질문은 책 읽기의 본질에 대한 것이다.

《읽지 않은 책에 대해 말하는 법》에서 바야르는 비독서 행위의 중요성을 강조한다. 고전적인 의미의 독서는 책이라는 물성을 갖고 있는 활자 매체를 눈이라는 감각기관을 통해서 읽는 행위를 말한다. 비독서 행위는 이런 고전적인 의미의 독서 외에 책과 관련한 모든 행위를 포괄한다. 오디오북을 통한 책 읽기(책 듣기)에서부터 다른 사람이 그 책에 대해 말하는 것을 듣는 것도 비독서 행위다.

만약 내가 읽지 않은 책에 대해 방송에서 들은 정보를 친구에게 이야기했다고 해보자. 이것은 독서 행위일까? 바야르에 따르면 당연히 비독서 행위다. 만약 책을 읽지 않고도 들은 정보를 바탕으로 재구성한 내용을 친구에게 전달했는데, 내 얘기가 그 책을 읽는 것보다 더 일목요연해서 뇌리에 쏙쏙 들어왔다면? '책을 읽는다는 것이 무엇인가'라는 근원적인 질문부터 '책을 문자 그대로 읽는 것이 중요한 것인가', '어떤 수단을 쓰든 그 의미를 파악하면 그것으로 충분한가' 같은 질문이 이어질 수 있다. 비독서 행위가 독서의 핵심을 흔들 수 있다는 말이다. 자신의 유일한 취미가 여행을 가서 책을 읽는 것이라고 할 만큼 독서광이기도 한 바야르가 '읽지 않은 책'이라는 화두를 내세운 것은 '책'이라는 물성을 가진 존재를 신성시하는 신화부터 깨고 보자는 속내를 드러낸 것이다.

바야르의 《읽지 않은 책에 대해 말하는 법》을 처음 읽었을 때 나는 오래된 동지를 만난 것처럼 기뻤다. 그동안 풍성한 책 읽기를 위해서 꼭 필요하다고 생각해왔던 비독서 행위의 중요성에 대해서 아주 잘 설명해주고 있기 때문이다. 책에는 비독서 행위에 대한 훨씬 다양한 논의가 담겨 있지만 그 이야기는 접어두고, 여기서는 비독서 행위를 과학책 읽기를 완성시켜주는 중요한 요소로 제한해서 다루려고 한다.

과학책 읽기를 더 풍성하게 해주는 비독서 행위에는 크게 네 가지가 있다. 첫째 과학책과 관련된 다큐멘터리 시청, 둘째 책의 주제와 연관된 유튜브 강의나 콘텐츠 활용, 셋째 미리 리뷰를 읽고 책을 읽은 후에 서평 쓰기, 넷째 독서 토론 커뮤니티 참여하기다. 과학의 특성상 과학책을 읽을 때 비독서 행위를 적극적으로 활용하는 것은 중요하고 또 반드시 필요하다. '그 책 한 권만'이라는 강박에서 벗어나 독서의 본질을 생각해보자. 과학책의 내용을 잘 이해하고 과학 소양과 과학적 소양을 길러서 과학이 주는 경이로움을 체감하는 데 큰 도움이 된다면, 비독서 행위를 포괄하는 독서, 즉 '과학책 읽기=고전적 독서+비독서 행위'라는 등식으로 과학책 읽기의 개념을 넓히고 나머지 반쪽을 채울 필요가 있다.

상상력을 자극해주는 다큐멘터리

과학에 대한 내용이 책으로 만들어지기 전에 먼저 다큐멘터리로 발표되는 경우도 많다. 칼 세이건의 책 《코스모스》도 전략적으로

13부작 다큐멘터리 시리즈가 먼저 TV에서 방영되고 난 다음 책으로 출간됐다. 〈코스모스〉 다큐멘터리와 책은 전체적인 맥락에서 주제와 내용을 공유하지만 각각의 매체가 아니면 담기 어려운 내용을 충실히 반영해 상보적인 역할을 한다. 다큐멘터리를 책으로 만든 가장 성공적인 모델이라고 할 수 있다.

과학책을 읽으면서 그 책과 직접적인 관련이 있는 다큐멘터리를 보는 것은 아주 중요하다. 서로 보완해주는 두 매체를 통해서 입체적으로 이해할 수 있기 때문이다. 다큐멘터리는 책을 통해서 누릴 수 있는 상상력을 억제하는 것이 아니라 새로운 차원의 상상력을 자극할 수 있다. 상상이라는 것이 이미 알고 있는 것을 바탕으로 비약하는 것이기 때문에 고품질 이미지와 사운드로 만들어진 영상을 시청하면 책을 읽을 때 머릿속으로 과학적인 개념을 형상화하는 데 도움이 된다. 〈코스모스〉 다큐멘터리에는 책에 언급되지 않는 '우주력'이 등장한다. 우주의 나이를 1년으로 환산해서 우주 역사를 우리에게 익숙한 시간 개념으로 설명한 것이다. 다큐멘터리 곳곳에 등장하는 우주력을 통해 우주라는 시공간에서 인간의 위치를 확인할 수 있다. 워낙 강력한 인상을 주기 때문에 책을 읽을 때도 다큐멘터리에서 본 우주력이 머릿속에 자연스럽게 떠오른다. 영상의 힘은 강하다.

직접 관련된 다큐멘터리와 책이 있다면 나는 다큐멘터리를 먼저 보라고 권한다. 여전히 책이라는 매체가 논리의 흐름이나 서사의 완결성 면에서 다큐멘터리보다 높은 수준을 지향하기 때문에 더 많은 이해력을 요구한다. 다큐멘터리는 어렵지만 중요한 과학적인 개념을 모든 시청자가 볼 수 있는 수준에 맞추어 제한된 시간 동안 보여주는 영상이다. 매체의 특성상 과학책의 문턱을 낮춰주고 풍성한 책 읽기를 할 수 있도록 핵심 개념과 흥미를 끌 수 있는 고품질의 시청각 자료를 제공하는 것이다. 책의 자세한 차례 또는 해제와 같은 역할이다. 책을 읽기 전에 차례를 보고 지도를 챙기듯 다큐멘터리를 먼저 보는 게 효과적이다. 책과 직접 연계되지 않아도 비슷한 주제의 다큐멘터리를 보는 것 역시 책에 담긴 내용을 이해하는 데 보탬이 된다.

칼 세이건의 아내 앤 드루얀이 쓴《코스모스: 가능한 세계들》(김명남 옮김, 사이언스북스)을 읽기 전에 앤 드루얀이 만든 같은 제목의 다큐멘터리 13부작을 먼저 보기를 권한다. 브라이언 그린이 쓴《우주의 구조》(박병철 옮김, 승산)도 같은 제목의 다큐멘터리를 먼저 보고 이어서 책을 읽으면 내용을 더 수월하게 이해할 수 있다.

참신하고 흥미진진한 콘텐츠 구독

유튜브나 방송국 등 온라인 채널에 올라오는 과학 콘텐츠도 꽤 유용하다. 본격적으로 정통 과학 강연을 진행하는 카오스재단의 유튜브 채널 '카오스 사이언스'는 믿고 볼 만하다. 국내 과학자들이 직접 진행하는 여러 분야의 과학 강의가 올라와 있다. 주제를 뽑는 분야도 방대하고, 한 편에 길면 2시간이 넘는 분량으로 밀도 높은 콘텐츠를 제공한다. 그만큼 탄탄하다는 말이다. 읽으려고 하는 과학책과 관련된 주제의 강의나 저자가 직접 강연하는 콘텐츠를 보면 매우 유용하다.

사용자가 직접 콘텐츠를 업로드해서 공유하고 무료로 시청 또는 청취하며 댓글로 소통할 수 있는 공유 서비스가 등장하기 전에는 영어 등 외국어로 된 자료에 비해 우리말로 된 과학 콘텐츠가 양과 질 모든 측면에서 열악했다. 하지만 최근에는 다양한 배경을 가진 과학 커뮤니케이터들이 각종 매체에서 활약하면서 과학과 연관된 유튜브 채널이 제법 많아졌다. 믿을 만한 과학자들도 개인 채널을 운영하면서 관심을 갖고 있는 과학 분야의 흥미로운 이야기나 전문적인 과학잡지 또는 학회에서 소개된 따끈따끈한 최신 연구들을 소개하고 있다. 유튜브에서 과학자나 과학 커뮤니케이터 개인의 이름을 검색해 언제든지 강의나 방송을 들을 수 있다.

좋은 콘텐츠를 구별해내려면 일단 과학자들이 신뢰하는 콘텐츠를 자주 접하면서 기준점을 잡는 훈련을 하는 수밖에 없다. 순서를 말하자면, 신뢰할 만한 과학책을 읽으면서 나름대로 과학책에 대한 기준을 다듬는 것이 좋다고 본다. 제대로 만들어진 콘텐츠를 구분하고 걸러내는 능력을 갖추면 과학책을 읽을 때 반드시 도움이 된다. 그 과정의 역순도 성립한다. 즉, 과학책을 읽고 다른 매체를 활용하는 경험이 쌓이면 좋은 콘텐츠를 구분하는 능력이 길러진다. 스스로 구분할 수 있는 능력이 생기면 더할 나위가 없을 것이다. 믿고 참고할 만한 채널 몇 개를 소개한다.

과학책을 전문으로 출간하는 출판사의 유튜브 채널은 믿고 볼 만하다. 대표적인 과학 전문 출판사 사이언스북스의 유튜브 채널 '사이언스북스'는 과학책과 관련된 다양한 콘텐츠를 제공한다. 고전의 반열에 오른 과학책이나 화제의 과학책에 대해 가이드로 삼을 만한 완성도 있는 콘텐츠가 많다. 여기서는 과학책방 갈다와 함께 진행한 '칼 세이건 살롱'을 볼 수 있다. 《코스모스》를 비롯해 칼 세이건의 책을 한 권 한 권 소개하는데, 책과 저자에 대한 내용뿐만 아니라 비하인드 스토리도 제공하고, 세월이 흐르면서 바뀐 과학적 사실도 짚어준다.

유튜브에서 활동하는 과학 크리에이터들의 채널에서 관심 있는 과학책과 관련된 내용을 찾는 것도 좋다. '우주먼지의 현자타임즈', '장동선의 궁금한 뇌', '최재천의 아마존'은 과학자들이 직접 만드는 콘텐츠다. '안될과학', '과학쿠키', '1분과학', '지식인미나니' 같은 과학 크리에이터가 운영하는 채널은 과학자들도 인정하는 탄탄한 콘텐츠를 제공한다. 특히 젊은 크리에이터들은 콘텐츠를 소화하는 능력도 뛰어나지만 요즘 젊은 세대가 콘텐츠를 소비하는 방식을 잘 이해하고 있다는 것이 강점이다. 지식 전달과 재미를 다 잡은 과학 크리에이터들의 흥미롭고 재치 있는 콘텐츠는 어려운 과학책에 도전하고자 하는 의욕을 높여준다.

미리 보는 리뷰,
나중에 쓰는 서평

‘과학책 읽기는 고전적 독서와 비독서 행위의 합’이라는 등식하에서 독서 행위의 범위는 훨씬 더 넓어진다. 책을 읽고 쓰는 글을 리뷰 또는 서평이라고 하는데, 둘 사이에는 약간의 차이가 있다. 리뷰가 책 전체의 구성이나 중요한 내용을 중심으로 책에 관한 정보를 소개하는 데 무게를 둔다면, 서평은 책의 내용을 전달하기보다는 책을 읽은 독자의 평가나 생각에 초점을 맞춘다.

내친김에 관심 있는 과학책의 리뷰나 서평을 찾아서 미리 읽어보는 것도 비독서 행위에 속한다. 바야르가 말한 대로 그 책을 직접 읽지 않고 잘 쓴 리뷰를 읽는 것도 독서의 본질에 가까워지는 방법이다. 미리 리뷰를 보면 책의 전체적인 그림을 그려볼 수 있으며, 어떤 면에서는 가이드의 조언을 듣고 여행지를 방문하는 것과 같다. 서평을 읽으면 누군가가 먼저 책을 읽고 이해하려고 노력한 흔적을 따라가면서 책의 문턱을 낮추는 효과를 얻을 수 있다. 온전히 자기 혼자 과학책을 읽고 다 이해하는 것은 요원한 일이다. 과학의 본령이 거인의 어깨 위에 서서 한 걸음 나아가는 것이듯, 다른 사람들이 쌓아놓은 리뷰나 서평에 선뜻 올라타도 좋다. 다른 사람한테서 얻은 책에 대한 정보를 자신의 것으로 만드는 비독서 행위를 수용하면, 그것이 고전적 독서로 이어질 때 다양한 관점으로 책을 읽는 즐거움을 선사한다. 저자의 북토크나 인터뷰 등 책과 관련된 정보를 미리 보는 것도 비독서 행위에 속한다.

비독서 행위에 서평 쓰기를 포함한 데에는 두 가지 이유가 있다. 첫째, 서평은 남에게 보여주는 글이기에 이를 쓰기 위해서는 상대적·관계적으로 책을 읽게 된다. 또한 자신의 평가에 신뢰도를 높이기 위해 철저하게 읽어야 하고 많이 생각해야 한다. 둘째, 서평을 잘 쓰려면 좋은 질문을 만들어야 한다. 책을 읽으면서 질문을 만드는 과정은 과학적 사고를 기르는 데 가장 효과적이다.

먼저 남에게 보여주는 서평을 쓴다는 건 책 읽기 방식에 영향을 미친다. 서평을 쓸 때는 책의 저자가 아니라 내가 주체가 되어 청자에게 나의 생각을 표현하는 화자가 된다. 이 책에 관심 있는 예비 독자들에게 유용한 내용을 써야 한다는 의무감 때문에 책을 상대적·관계적으로 읽게 된다. 이 부분은 뒤에서 다시 이야기하기로 하자. 다른 사람에게 책에 대한 자신의 평가를 논리적이며 설득력 있게 표현하기 위해 책을 철저히 읽게 되는 장점도 있다. 책을 읽으면서 개인적으로 채택하는 키워드나 핵심 문장과 더불어 다른 사람들이 흥미를 느낄 수 있는 요소까지 고려하게 된다. 자신의 생각을 객관적으로 바라보면서 보편성을 덧입히는 경험을 할 수 있다. 책 읽기 과정은 힘들지만, 결과적으로 풍성하고 얻는 것이 많은 독서를 하게 된다.

다음으로 서평을 쓰려면 예비 독자가 이 책에 대해 무엇을 궁금해할지 질문하면서 읽게 된다. 저자는 누구인가, 무엇을 말하려는 책인가 등의 기본적인 질문을 던지면서도 질문의 방향이 가상의 독자들에게 맞춰지기 마련이다. 서평을 쓰지 않더라도 서평을 쓴다는 시뮬레이션을 해봄으로써 약간의 긴장감과 스트레스를 느끼면, 이것이 밀도 있는 질문을 만들어내는 동력이 된다. 이런 질문은 결국 저자가 이 책에서 어떤 것을 해결하고자 했는지, 결과적으로 어떤 것이 해소되었는지 아닌지에 대한 맥락을 파악하는 데 도움이 된다. 저자의 일방적인 생각을 수용하는 게 아니라 정말 말이 되는지 합리적으로 따져보고 비판적으로 책을 바라보는 것, 그것이 바로 과학적 사고의 본질이다. 혼자서 하는 과학책 읽기의 한계를 넘어서 토론을 거치지 않고도 생각의 보편성을 확보하는 좋은 방법이다.

서평을 쓰기 위한 독서가 갖는 근원적인 기쁨과 고통을 언젠가는 경험해보길 권하지만, 처음부터 서평의 부담에 짓눌리지 않도록 일단은 감상평을 메모하는 것부터 시도해보자. 《장정일의 독서일기 1》(범우사)에는 저자가 그날그날 읽은 책에 대해서 써놓은 메모가 나온다. 본격적인 형식을 갖춘 서평이 아니라 말 그대로 단상을 메모한 글이나 몇 줄짜리 감상평이다. 우선은 이런 방식으로 과학책을 읽으면서 언젠가 서평에 도전해볼 준비를 해보길 권한다.

물론 욕심을 내서 서평을 써보겠다고 한다면 환영 또 환영이다. 이권우가 쓴 서평집 《죽도록 책만 읽는》(연암서가)을 보면 도움이 될 것이다. 형식과 내용이 아주 잘 어우러진, 그야말로 서평의 모범이 되는 글들이 가득하다. 모든 서평이 이 책과 똑같은 형식과 내용을 갖춰야 하는 것은 아니지만 서평의 전형을 잘 보여주는 책이니 참고할 만하다.

과학책 읽기에서는 정답을 아는 것보다 단계적으로 그 답에 이르는 과정을 이끄는 질문을 만드는 게 더 중요하다. 과학책 읽기에서 질문을 만들고 쌓아가는 방법은 '갈다식 책 읽기'에서 자세히 소개한다(이쯤에서 질문 만들기가 궁금한 독자는 과감히 책장을 넘겨 3부로 건너뛰어도 된다).

뜨겁게 달구고 제련해 탄탄해지는 토론

비독서 행위 중에서 가장 능동적인 것은 단연 책을 주제로 한 토론이다. 토론은 상대방이 있고 상호작용을 전제로 다른 사람에게 자신의 의견을 말로 표현해서 전달하는 능동적인 행위를 수반한다. 서평을 쓰는 것과 달리 직접적인 상호작용을 하는 방식이므로 상대의 이야기를 듣고 즉각적으로 반박하거나 힘을 실어주는 순발력도 필요하다. 감히 나는 과학책을 읽은 후 비독서 행위인 토론을 함으로써 독서를 완성하는 것이 과학책 읽기가 현대적인 지적 행위를 통해 교양이자 문화로 자리매김할 수 있는 최선의 방법이라고 생각한다.

혼자서 하는 것이 아니라 상대방과 함께 책과 관련된 의견을 나누기 위해서는 세 가지 요건을 갖추어야 한다.

첫째, 다른 사람에게 이야기하기 위한 책 읽기를 해야 한다. 어떤 이야기를 할 것인가를 생각하면서 책을 읽으면 토론을 전제하지 않을 때보다 더 공격적이고 체계적으로 읽게 된다. 이런 태도를 견지하는 것만으로도 더 적극적이고 밀도 있는 독서를 하게 된다.

둘째, 책에 대해서 다른 사람이 하는 이야기를 우선 경청하는 태도를 갖추어야 한다. 상대의 의견에 반대하거나 논리적 모순을 발견했다고 해도 중간에 말을 자르거나 끼어들면 안 된다. 자기 생각을 메모하면서 상대의 발언이 끝날 때까지 기다릴 줄 알아야 한다.

셋째, 토론에서는 순서에 맞춰 격을 지키면서 서로 이야기를 나누는 기술이 필요하다. 서로 다른 생각을 말하고 들어주면서 강한 상호작용이 일어나기 때문에 토론의 규칙을 숙지하고 감정이 앞서 적대적이거나 부적절한 표현을 사용하지 않도록 유의해야 한다.

비독서 행위로써 토론은 과학적 사고를 다듬고 확장해가는 가장 좋은 수단이다. 토론하는 과정에서 자신이 도출한 과학책 읽기의 결론을 더 보강할 수도 있고 아예 허물어버릴 수도 있다. 독서 토론은 상대를 이기기 위한 경쟁이 아니다. 상대를 설득할 수도 있고 자신이 설득당할 수도 있다는 열린 태도를 가져야 한다.

이 용광로에 입장하면 내 생각과 의견을 정확하게 논리적으로 전달하고 다른 사람의 의견을 경청하고 취사선택해서 토론을 하기 전과 후 자신의 생각을 뜨겁게 달구고 제련해 더 탄탄하게 만드는 게 목적이다.

독서 토론에 참여하는 것은 능동적이고 적극적인 커뮤니티 활동을 하는 것이다. 자신의 과학책 읽기 경험을 다른 사람들과 교환하고 싶다면 페이스북의 '과학책을 읽는 보통 사람들'에 가입해서 활동하는 것도 방법이다. 토론의 비중이 꽤 높은 과학책방 갈다의 책 읽기 프로그램에 참여하는 것도 좋다. 2020년 코로나19 팬데믹으로 집합 금지 조치가 내려지면서 오프라인 모임이 불가능해지자 온라인에서 실시간 비대면으로 진행하는 토론이 늘어났다. 실제 여러 사람과 눈을 마주치며 적극적인 상호작용을 하는 대면 토론과는 온도 차가 있지만, 익숙해지면 오히려 더 적극적으로 토론에 참여할 수 있다. 이렇게 커뮤니티에서 활동하려면 토론을 염두에 두고 과학책을 읽어야 한다. 공적인 독서를 하는 것이다. 토론에 참여할 여건이 안 되는 독자들은 가상 토론을 상정하고 책 읽기를 해보길 권한다.

토론을 전제로 한 과학책 읽기의 핵심은 토론의 주제를 뽑고 질문을 만드는 과정이다. 여러 사람이 함께 이 책에 대한 자신의 생각을 말하고 싶게 하는 주제는 어떤 것일까? 주제가 흥미로워야 토론에 참가하고 싶어 하는 사람들이 많아진다. 그래야 다양한 사람들의 생각을 들을 수 있는 기회가 된다. 누구나 관심을 보일 만한 주제를 찾기 위해서는 단원별로 작성한 질문 목록을 쭉 살펴봐야 한다. 반복해서 나오는 질문이나 입장을 달리해 뜨거운 논쟁이 벌어질 만한 질문, 다양한 아이디어가 풍성하게 쏟아질 수 있는 질문들을 고르고 모아서 하나의 주제에 대해 4~5개의 질문을 만든다.

이때 질문에 대한 답을 다른 비독서 행위인 유튜브, 리뷰, 서평 등에서 찾아보는 것도 좋다. 책을 읽는 동안에는 생각하지 못했던 흥미로운 답을 찾아냈다면 그것을 자신의 생각에 덧붙여도 좋다. 영감을 받아 생각을 더 확장해나갈 수도 있다. 이런 과정을 거치면 실제 토론이 이루어지지 않아도 토론을 대체하는 비독서 행위로서 훌륭한 효과를 얻을 수 있다. 기회가 된다면 준비된 자료를 바탕으로 실제 토론에 나설 수도 있을 것이다. 서평으로 자신의 생각을 정리해보는 것도 근사한 방법이다.

05.

나만의 과학책 로드맵 만들기

좋은 책의 기준은 무엇인가

과학책을 쓰는 작가이면서 과학책방 갈다의 대표도 맡고 있다 보니 좋은 과학책을 추천해달라는 부탁을 자주 받는다. 어떤 책이 좋은 책일까? 어려운 질문이다. '좋은'이라는 단어는 모호하기 짝이 없다. 정량화된 측정 지표가 없기 때문에 모든 사람이 쌍수를 들고 환영하는 '좋은 책'의 기준은 존재하지 않는다. 대개 이런 경우 질문하는 사람은 질문을 받는 사람의 권위나 전문성을 믿고 추천자의 주관적인 의견을 기대한다.

나 역시 좋은 책에 대한 나름의 모범 답안을 갖고 있다. 이런 질문을 받을 때마다 조금도 망설이지 않고 "현재 제가 읽고 있는 책이 제게는 가장 좋은 책입니다"라고 말한다. 현재를 잘 사는 것을 가장 큰 가치로 생각하는 나로서는 매 순간 가장 소중하고 좋은 책을 골라 읽으려고 최선을 다하지 않을 수 없다. 인생의 책이 무엇이냐고 물어도 그렇게 대답한다. 물론 지나온 세월 동안 내 인생의 여러 순간에서 큰 영향을 준 책들이 분명히 있다. 하지만 나는 그 책들을 숭배하지 않는다. 그 책과 나의 상호작용을 통해서 지금 나한테 남아 있는 것, 바로 그것이 소중할 뿐이다. 결국 다시 현재가 중요하다는 이야기로 돌아오게 된다.

지금 이 순간 내가 동시에 읽고 있는 책은 모두 네 권이다. 이 순간 내게 가장 소중하고 가장 좋은 인생의 책들이다. 천운영이 쓴 《쓰고 달콤한 직업》(마음산책)은 반 정도 읽었다. 그가 연남동에서 '돈키호테의 식탁'이라는 스페인 음식점을 운영했는데, 그때의 이야기를 산문으로 정리한 책이다. 천운영과 나는 오래된 친구 사이다. 식당에도 자주 갔었고 동네에서 술잔을 기울이기도 했다. 내겐 아름다운 추억이 담긴 책이다.

윤고은이 쓴 소설집 《부루마불에 평양이 있다면》(문학동네)은 워밍업을 마친 참이다. 그가 진행하는 라디오 프로그램에 과학책을 소개하는 게스트로 출연하면서 선물 받은 책이다. 이제 막 책 표지를 살펴봤고 차례와 해설 그리고 작가의 말을 읽었다. 과학책뿐 아니라 다른 분야의 책을 읽을 때도 나는 먼저 이렇게 워밍업을 한다.

영국의 극작가 닉 페인이 쓴 희곡 《인코그니토》(성수정 옮김, 알마)는 예전에 한 번 읽었던 책인데, 얼마 전 두 번째 정독을 끝내고 다시 세 번째 읽는 중이다. 일주일 후에 《인코그니토》에 담긴 내용을 설명하는 책 읽기 강의를 해야 해서다. 정독하고 완독한 후, 강의를 위한 마무리 정리 독서를 하는 중이다.

마지막 한 권은 물리학자 리사 랜들이 쓴 《천국의 문을 두드리며》(이강영 옮김, 사이언스북스)다. 예전에 한 번 읽은 책인데 역시 과학책방 갈다에서 책 읽기 강의를 하기 위해 다시 정독하고 있다. 5주짜리 강의에 맞춰 주별로 사람들에게 제시할 질문을 만들면서 읽는 중이다. 이상 네 권은 지금 이 시점에서 나와 가장 긴밀하게 연결되어 있는 책들이며 하나같이 공들여 읽을 만한 좋은 책이다.

그렇다고 과학책을 소개하는 일을 직업으로 삼은 이상 '내가 현재 읽고 있는 책이 가장 좋은 책'이라며 질문자의 의도에 맞지 않는 책을 추천할 순 없다. 직업 정신을 발휘해서 과학책을 추천할 때 기준은 두 가지다.

첫 번째는 과학 고전이다. 고전은 보통 오랜 세월 동안 많은 사람의 검증을 받아서 살아남은 책을 말한다. 주제와 내용 때문이기도 할 것이고 저자 때문에 살아남았을 수도 있다. 무엇보다 세월을 뛰어넘는 보편적인 서사가 있거나 역사를 관통하는 진리를 담고 있기에 그토록 오랜 세월 사람들에게 꾸준히 선택받은 것이다. 더불어 현대에도 유용하다는 동시대적 가치를 발견할 수 있어야 한다. 이런 조건을 만족한다면 고릿적 책이라도 기꺼이 추천하겠는데 사실 이런 책을 찾기가 무척 힘들다. 그래서 고전이라고 하는 것이겠지.

두 번째는 가장 최근에 나온 책을 권하는 것이다. 과학적 사실은 어느 분야보다도 빨리 변한다. 천문학만 해도 관측 장비가 나날이 발전하면서 그동안 알지 못했던 사실이 계속 확인되고 있으며, 새로운 발견이나 과학적 증거가 나오면 책 속에 박제된 과학적 내용은 이내 낡은 것이 되고 만다. '좋은'이라는 섬세한 잣대를 통과해야겠지만 이왕이면 가장 최근에 나온 과학책을 읽으라고 권한다.

과학책방 갈다에서는 매달 새로 나온 과학책 중 8~9권 정도를 선정해서 발표하고 있다. 최신간 과학책 중 읽어볼 만하다고 전문가들이 추천하는 책들이다. 잘 짜인 목록이 아니라 이제 막 주목받는 신간 중 최소한의 필터링을 거친 책들인 셈이다. 개인적으로는 책을 고를 때 어떤 가이드나 체계적인 정석을 따르지 않고 그냥 최근에 나온 책을 무작위로 읽는 것도 멋진 방법이라고 생각한다. 처음에는 맥락 없이 이것저것 읽는 것처럼 느껴질 수 있지만, 익숙해지면 자신만의 패턴이 생기니까 말이다. 갈다가 주목하는 신간 목록 중 마음이 닿는 책부터 과학책 읽기를 시작하면 어떨까. 독자가 스스로 책을 고르는 건 추천 목록을 따라 읽는 것보다 의지와 노력이 더 필요한 일이니, 결과적으로 효능감도 커진다.

레전드가 된 과학 고전과 새로운 과학 고전

과학에서 고전이 존재할 수 있을까? 지금 시대는 과학과 기술이 발전하는 속도가 너무 빨라서 얼마 전에 출간된 과학책도 그 현상적 내용으로만 본다면 금방 시대에 뒤떨어진 책이 되고 만다. 새로운 과학적 발견이 계속 쏟아지기 때문이다. 과학적 발견의 수용이라는 측면에서만 본다면 가장 최근에 나온 과학책이 가장 신뢰할 수 있는 정확한 과학책이다. 뉴턴의 역학처럼 아주 근본적인 법칙이라고 할 만한 내용도 바뀌어온 만큼 세월을 견디면서 과학적 정확성까지 유지하는 과학책이 과연 존재할 수 있는지 근본적인 의문이 든다.

갈릴레오 갈릴레이가 쓴 책《두 우주 체계에 대한 대화》는 고전일까? 1632년에 출간한 이 책은 코페르니쿠스와 프톨레마이오스에 대한 세 사람의 대화를 통해 지동설을 주장한 책이다. 유명한 사람이 썼고 역사적인 의미를 갖고 있는 책이니 고전이라고 할 수 있겠다. 그런데 지금도 널리 읽히는지는 의문이다. 그런 의미에서 이 책은 고전의 반열에 오른 책은 아닐 수도 있겠다. 그렇다면 1687년에 나온 아이작 뉴턴의《프린키피아》는 고전일까? 뉴턴 역학을 집대성했고 뉴턴의 명성과 떼려야 뗄 수 없는 책이니 고전이라 할 만하다. 하지만 이 책도 지금까지 널리 읽히는지 묻는다면 아니라고 답하겠다. 실상은 두 권 다 여러 대학에서 뽑은 대학생들이 마땅히 읽어야 할 권장 도서 목록에 올라 있다.

과학사적인 맥락에서 중요성을 꼽자면 누구도 이의를 제기할 수 없는 책들이긴 하지만, 지금 이 시점에서 대학생들이 꼭 읽어야 할 책들을 찬반 투표로 정한다면 나는 반대표를 던질 것이다. 과학사 속에서 이 책들의 위상과 가치는 인정한다. 그런데 과연 지금도 읽을 수 있는 가독성 있는 책인지를 생각해보면 망설여진다. '역사적 과학책'이라는 타이틀을 붙일 수는 있겠지만 '과학 고전'의 목록에서는 빼야 한다는 것이 내 생각이다. 과학 고전은 '과학의 현재성'이라는 요소와 '가독성'이라는 두 가지 요소를 고려해 현재 시점에서도 누구나 읽을 수 있는 책이어야 한다.

1859년 처음 출간된 찰스 다윈의 《종의 기원》은 어떨까? 세월의 흐름에 파묻히는 점이 많긴 하지만 여전히 자연선택을 비롯한 과학적 쟁점이 유효하기 때문에 현재성이 있고, 무엇보다 생물학자가 아닌 일반 대중이 정본으로 읽어도 어렵지 않을 만큼 가독성이 뛰어나다. 갈릴레이나 뉴턴의 책이 정본을 완역한 책보다 그 의미와 해석을 담은 다른 저자들의 이름으로 나온 책이 많은 반면 《종의 기원》(장대익 옮김, 사이언스북스)은 찰스 다윈의 이름으로 여전히 원문 그대로 번역한 책이 베스트셀러 목록에 오르곤 한다. 진정한 레전드 과학 고전이라 하겠다.

칼 세이건의 《코스모스》는 또 어떤가? 1980년에 출간되었으니 고전이라기에는 비교적 최근에 나온 책이지만 이미 인류에게 사상적으로 막대한 영향력을 미쳤다. 칼 세이건은 신화나 종교 등 그동안 인류가 가치 있게 사는 데 일정 부분 기여한 인류의 문화유산에 경의를 표한다. 그렇지만 우리가 과학을 통해 신화나 종교가 낡았고 일부는 거짓된 사실에 기반한 세계관임을 알게 된 이상, 이제는 과학적 사실을 받아들이고 과학적 소양을 토대로 세상을 직시하며 과학적 인식론을 토대로 세계관을 구축해야 한다고 설득한다. 과학적 인식론을 바탕으로 세상을 직시하고 과학적 사실을 받아들임으로써 새로운 인생의 가치를 세우자고 한 것이다. 말로만 그치지 않고 앞장서서 실천하며 사람들이 과학적 소양(인식론)을 바탕으로 세계관을 구축하는 데 기여했다.

《코스모스》가 지닌 대중성은 현재성을 뛰어넘어 과학 고전의 새로운 기준을 세우는 전거가 된다. 물론 가독성 측면에서도 가장 많이 팔리고 읽힌 과학책이라는 수식어가 따라다니니 두말할 필요가 없다. 150년이 지나도 동시대 사람들에게 널리 회자되고 읽혀지는 전설적인 과학 고전과 비교했을 때, 새로운 과학 고전은 과학적 맥락의 엄밀성을 유지하면서 40년이 지나도 사람들에게 널리 사랑받는 책이어야 한다.

칼 세이건의 책들이 지금도 생명력을 갖고 빛나는 이유는 그가 이야기한 것들이 여전히 과학적 사실에 어긋나지 않기 때문이다. 그는 철저하게 검증된 과학적 사실과 과학적 원리를 근원으로 생각을 전개한다. 그 기본에 충실하면서 상상의 나래를 펼치고 전향적인 이야기를 풀어간다. 시간이 지나도 근원과 기본이 변하지 않으니 그의 이야기에서 과학적 맥락은 여전히 사실이고 진실에 가깝다. 심지어 그가 과학적 사고를 통해 예측했던 여러 가지가 오늘날 맞는 것으로 판명되기도 했다(물론 틀린 것도 있지만 대개 소소한 것들이다).

이런 맥락에서 스티븐 호킹의 《그림으로 보는 시간의 역사》(김동광 옮김, 까치)나 리처드 도킨스의 《이기적 유전자》(홍영남·이상임 옮김, 을유문화사) 같은 책들도 과학 고전으로 꼽을 만하다. 《그림으로 보는 시간의 역사》는 과학 고전의 사례로 든 네 권의 책 중에서 난이도로만 따지자면 가장 어려운 책일 것이다. 그럼에도 일반인을 대상으로 과학적 쟁점을 조목조목 다루면서도 과학 지식을 딱 필요한 만큼만 설명한다는 점에서 깔끔하고 아름다운 책이다. 또한 앞에서 설명한 모든 과학 지식이 우주의 시공간에 대한 주제로 수렴되면서 군더더기 없이 일관된 과학적 서사를 완성하는 근사한 작품이라는 점에서 과학 고전의 한 자리를 내어주기에 부족함이 없다.

진화생물학에 관한 책《이기적 유전자》는 1976년 초판이 나온 직후부터 40여 년이 지난 지금까지 과학적 논쟁뿐 아니라 가치관의 논쟁에도 휘말려 있다. 이 책만큼 호불호가 심하게 갈리는 책을 찾아보기 힘들 정도다. 하지만《이기적 유전자》에서 이야기하는 분자 단위에서의 생명의 고찰이나 밈 이론 등은 지금도 활발하게 진행되고 있는 학문적 논쟁이라는 점에서 과학적 가치는 충분하다. 또한 이 책이 여러 분야에 미친 영향을 생각한다면 새로운 과학 고전의 전거에 부합하는 책이라는 걸 부인하기 어렵다.

《종의 기원》,《코스모스》,《그림으로 보는 시간의 역사》,《이기적 유전자》는 과학적으로 시대를 초월해 의미 있는 내용을 담고 있으며 사상적 맥락이 여전히 유효하기 때문에 현재성을 포괄하고 있지만, 한편으로는 세월의 흐름에 묻혀서 그사이 새롭게 알려진 과학적 사실을 그대로 담지는 못하는 오래된 책이 되기도 했다. 그래서 이 책들을 읽을 때는 비독서 행위를 통해 보완할 필요가 있다. 관련된 서평이나 해설 기사 또는 관련된 다큐멘터리와 과학 유튜브 등 가능한 모든 방법을 동원하여 입체적인 멀티

미디어 독서를 하길 권한다.

과학 고전에 대해 조금 더 알고 싶은 사람은 《과학은 그 책을 고전이라 한다》(사이언스북스)를 봐도 좋다. 나를 포함해 과학 문화 활동을 하고 있는 과학자들과 과학저술가들이 모여 고민하고 토론해서 과학 고전 50권을 선정했다. 과학 고전 목록에 국내 작가의 책들도 포함시키자는 취지에서 《정재승의 과학콘서트》나 장대익의 《다윈의 식탁》(바다출판사) 같은 내공이 있는 책들도 목록에 넣었다.

이 목록에는 《코스모스》, 《종의 기원》, 《그림으로 보는 시간의 역사》는 포함되었는데 《이기적 유전자》는 빠졌다. 대신 리처드 도킨스의 다른 책인 《눈먼 시계공》(이용철 옮김, 사이언스북스)이 포함되었다. 여담이지만 책을 선정하는 회의에서 나는 《이기적 유전자》를 빼려면 《종의 기원》과 《코스모스》, 《그림으로 보는 시간의 역사》도 같이 빼야 한다고 주장했었다. 다른 선정위원의 주장에 밀려 끝내 《이기적 유전자》가 빠졌지만 개정 작업이 이루어진다면 꼭 목록에 들어가야 한다고 생각한다.

정인경이 지은 《과학을 읽다》(여문책)도 나름의 기준으로 과학 고전을 선정하고 해설한 책이다. 이 책은 《과학은 그 책을 고전이라 한다》에 비하면 좀 더 '역사적 과학책'에 가까운 책들을 포함하고 있다. 《강양구의 강한 과학》(문학과지성사)을 《과학을 읽다》와 함께 보면 다른 관점에서 과학 고전을 선정하는 기준을 비교해보는 재미가 있다. 장대익이 지은 《다윈의 식탁》은 '다윈이 지금 살아 있다면 그의 서재에 어떤 책들이 꽂혀 있을까?'라는 상상에서 출발해 다양한 과학 고전을 소개한다. 과학 고전을 소개한 책에 들어간 과학 고전 목록을 비교하면서 자신이 읽을 책을 골라보는 것도 '좋은' 책을 고르는 좋은 기준이 될 것 같다.

처음 만나는 과학책

과학책을 좋아하는 사람들은 보통 과학의 세계를 처음 접한 순간이나 자신을 매료시킨 최초의 과학책을 생생하게 기억한다. 그럴 만도 한 것이 바로 그 순간이 자기 인생에 중요한 전환점이기 때문이다. 나 역시 그랬다.

글을 읽을 수 있게 된 초등학교 저학년 시절에 만난, 잊을 수 없는 책들이 있다. 금성출판사에서 나온 학생백과 제1권《우주와 천체》는 살면서 가장 여러 번 읽은 책이다. 통째로 외우고 있다고 해도 과장이 아니다. 책이 해어지고 종이가 떨어져 나가자 문방구에서 갱지를 사서 붙이고 볼펜으로 내용을 써넣었을 정도니까. 그러던 중 우연히 발견한《학생과학》이라는 잡지가 또다시 나를 사로잡았다. 잡지 안에는 환상적인 미지의 세계가 펼쳐져 있었다. 발품을 팔아 과월호까지 찾아볼 정도였는데 잡지를 읽기 직전의 흥분이 아직도 생생하다. 과학자를 꿈꾸는 소년에게 이 책들은 그야말로 등대 같은 존재였다.

과학책을 처음 만나는 독자들에게 권하고 싶은 책들이 있다. 아무래도 특정 분야를 다룬 책보다는 여러 과학 분야의 내용을 두루두루 살펴보는 책으로 시작하는 것이 좋다. 전체적으로 살펴보다가 흥미가 느껴지는 분야의 책을 찾아갈 수도 있고, 어느 순간 주제별로 집중해서 책을 읽어보고 싶어지기도 한다. 그럴 때는 전문가들이 주제별로 잘 큐레이션한 책 목록을 따라서 도전해보는 것도 나쁘지 않다. 내게 그랬던 것처럼 등대 같은 역할을 해줄 만한 책들을 소개하려고 한다.

'지구', '우주', '동물', '옛이야기' 이렇게 모두 네 권으로 이루어진 《이지유의 이지 사이언스》(창비)는 과학책에 입문하는 사람들에게 딱 어울리는 책이다. 초등학교 고학년 정도면 읽기에 무리가 없는 수준으로, 과학이 친근하지 않은 청소년들에게 과학 전반을 아우르며 친절하고 쉽게 설명해준다.

한 가지 짚고 넘어갈 것이 있다. 책을 고르다 보면 어린이를 위한 과학책, 청소년을 위한 과학책, 어른들을 위한 과학책, 심지어 시니어를 위한 과학책까지 연령대를 구분하는 경우를 심심치 않게 마주친다. 사실 과학책을 읽는 연령대를 정하는 것은 임의적이다. 물론 난이도에 따라 읽을 수 있는 연령층을 분류하는 게 필요하지만 독서 취향과 능력은 같은 연령대에서도 넓은 스펙트럼을 보인다. 청소년을 위한 과학책이라고 해도 독서에 익숙하고 훈련이 잘된 초등학교 저학년 어린이라면 충분히 읽을 수 있고,

과학에 익숙하지 않은 중년층이나 노년층도 무리하지 않고 흥미롭게 읽을 수 있다. 이런 책을 보면 연령대에 따른 분류가 오히려 독자의 선택을 제한하지 않나 싶다.《이지유의 이지 사이언스》는 다른 과학책으로 가는 가이드 역할을 성실하게 해내는 책이다. '큰 글자 도서'도 출간되었으니 시니어 세대도 관심을 갖고 도전해보면 좋겠다.

비슷한 역할을 하는 책으로 이은희가 쓴《하리하라의 사이언스 인사이드》(살림Friends)가 있다. 두 권으로 이루어진 이 책도 과학책을 처음 접하는 초등학교 고학년 이상 청소년들이 읽기에 적합하다. 다루는 내용이 광범위하고 난이도가 있는 편이라 과학책이 처음인 호기심 많은 성인들한테도 몰입의 즐거움을 선사한다. 과학의 본질에 대한 이야기도 많이 다루고 있다는 점에서 과학의 의미를 찾는 데 관심이 있는 사람들에게도 권하고 싶은 책이다.

《이지유의 이지 사이언스》와《하리하라의 사이언스 인사이드》는 다른 기획을 통해서 독립적으로 출간된 책이지만, 하나의 시리즈라고 생각하고 차례대로 읽어도 좋다. 이 책들을 읽고 자신이 어느 분야에 관심이 가는지 파악한 다음, 앞서 이야기한 과학 고전을 소개한 책을 보며 적절한 과학 고전을 찾아서 읽는 순서로 과학책에 접근하는 것도 훌륭하다. 이 외에도 좀 더 다채로운 과학책들에 대한 서평을 보려면 내가 쓴《이명현의 과학책방》(사월의책)이나 이정모가 지은《과학책은 처음입니다만》(사월의책)을 살펴보길 권한다.

마지막으로 나처럼 어린 시절에 과학책에 입문하는 독자를 위해 팁을 남기자면, 과학책방 갈다에서는 매달 어린이를 위한 과학책 3~4권을 선정해서 발표하고 있다. 신간 중에서 선정하는 것이 원칙이지만, 어느 정도 철 지난 책들 중에서도 가치 있는 책들은 간헐적으로 선정하고 있다. 어린이 과학책은 종류도 다양하고 지향점도 각기 달라서 하나의 추천 목록으로 묶어두기가 쉽지 않은 것으로 유명하다. 과거에 나온 책들의 목록을 체계적으로 완성하는 것도 중요하지만 현재 출간되고 있는 책들을 체계적으로 살펴보는 작업이 더 필요하다. 과학책방 갈다에서 그 작업을 하고 있다. 과학책방 갈다에서 추천하는 어린이 과학책 신간 목록을 보고 처음 과학책을 읽기 시작했다는 독자를 언젠가는 만나게 되리라고 기대하면서 말이다.

과학사의 흐름에 따라 섭렵하기

일단 과학책에 입문해서 등대를 따라가며 자기만의 독서 항로를 만들기 시작했다면, 다음 순서는 주제별로 과학책을 큐레이션한 책으로 가서 관심이 가는 분야의 과학책을 집중적으로 섭렵하는 것이다.

과학의 전반에 대한 내용을 섭렵하고 싶다면 정인경의 《통합하고 통찰하는 통통한 과학책》(사계절)을 추천한다. 두 권으로 이루어진 이 책은 차례에서부터 과학사를 전공한 정인경의 취향이 잘 드러나 있다. 제1권에서는 질문, 물질, 에너지, 진화를 소개하고 제2권에서는 원자, 빅뱅, 유전자, 지능을 다룬다. 두 권의 책이 하나의 서사로 묶여 있어서 과학사의 흐름을 타고 과학 분야 전반을 아우르며 중요한 맥락을 파악하는 데 도움이 된다. 내가 강조해온 과학 소양과 과학적 소양을 함께 높일 수 있는 책이다. 이 책에서 소개한 추천 목록으로 과학책 읽기를 이어가도 좋다. 과학의 현상적인 것에 잘 반응하는 초등학생보다는 논리적 추론을 통해 사고하기 시작하는 청소년들이나 과학이라는 낯선 세계관을 여행하듯 경험하고 싶어 하는 성인들의 입문서로 첫손에 꼽는다. 청소년을 대상으로 기획된 책이지만 과학을 전공하지 않는 대학교 1학년을 위한 교양과학서로 더 쓰임새가 있다는 평도 적지 않다.

최근에 이슈가 되고 있는 사건과 성과를 중심으로 과학에 관한 전반적인 내용을 알고 싶어 하는 성인들을 위한 첫 과학책으로《과학수다》(사이언스북스) 시리즈를 권한다. 물리학자 김상욱과 과학기자 강양구 그리고 내가 호스트가 되어 과학의 여러 분야 전문가를 초청해서 수다 떤 내용을 정리한 책이다. 말글로 쓰여 있어서 다른 책에 비해 더 친절하고 술술 읽는 맛이 있다. 그렇다고 초등학생이 쉽게 읽을 수 있는 난이도는 아니다. 과학책을 적지 않게 읽은 독자들이 한 단계 도약을 위한 발판으로 삼기에 적합하다. 최소한 이미 과학에 관심이 많고 과학책 읽기가 익숙한 청소년들부터 도전해볼 만하다.

《과학수다》는 당시 가장 이슈가 되는 주제를 골라 가장 적절하게 이야기를 나눌 수 있는 과학자를 초청해 대화하는 형식으로 전개된다. 순서대로 보면 현대 과학의 흐름을 자연스럽게 이해할 수 있다. 제1권에서는 암흑 에너지, 근지구 천체, 뇌 과학, 양자 역학, 줄기세포를 다루고 제2권에서는 SF, 기생충, 빅 데이터, 중성미자, 세포가 화두였다. 제3권에서는 신경 정치학, 통계 물리학, 과학과 여성, 페미니즘, 초유기체, 진화 경제학으로 외연을 넓혔고 제4권에서 다룬 내용은 중력파 천문학, 분자 생물학, 위상 물리학, 외계 행성 탐색, 인공 지능, 유전체 편집까지 최신 과학의 이슈들을 망라하며 현장 과학자들의 목소리를 일상의 언어로 전달한다.

전작 읽기와 주제 파고들기

과학책을 읽다 보면 조금 더 체계적으로 읽고 싶어지는 시점이 온다. 그럴 때는 두 가지 방향으로 나아갈 수 있다.

첫째, 저자를 중심축에 놓고 그 저자의 전작을 독파하는 것이다. 문학이나 철학 쪽에서는 인물을 중심으로 그의 저작물을 모두 읽는 시도가 낯설지 않다. 한 시대를 뒤흔든 사조를 대표하는 문학가와 철학가들이 자신의 업적을 책으로 내는 것이 유일한 수단이었기에 그만큼 읽을 책이 많았다. 하지만 과학 분야에서 한 획을 그은 과학자들에게는 책보다 논문이 더 중요하다. 어려운 내용을 대중적인 글쓰기로 소화해내는 것은 과학자에게 또 다른 능력을 요구하는 것이나 다름없다. 그렇다고 과학 분야에서 전작 읽기에 도전할 만한 저자들이 없다는 건 아니다. 칼 세이건이나 리처드 도킨스, 에드워드 윌슨 같은 과학자들의 책은 국내에도 대부분 번역되어 출간되었다. 올리버 색스의 책도 대부분 번역되었으니 전작 읽기 후보 중 하나다. 전작 읽기에 도전한다면 그 저자의 과학과 사상에 관한 것뿐만 아니라 그 분야의 흐름까지 파악할 수 있다. 과학책 읽기의 핵심으로 단번에 진입하는 데 가장 직접적이고 공격적인 방법이라 하겠다.

둘째, 주제를 정해서 그 주제와 관련된 책들을 모아 읽는 것이다. 양자역학을 이해하고 싶다면 어떤 책부터 시작해야 할까? 상대성이론에 대해서 알고 싶다면 시작하는 책으로 어떤 것이 좋을까? 극지 환경에 대해 알고 싶거나 무한에 대해 알고 싶을 때는 어떤 과학책들을 어떻게 모아서 읽으면 될까? 전문가가 아닌 이상 관심 있는 주제를 다룬 수많은 책 중에서 어떤 것을 골라야 할지 막막하기 그지없다. 더군다나 주제에 진지하게 접근하는 독자들을 기다리는 책들은 일명 '벽돌책'이라고 할 만한 것들이다. 한 권을 읽는 데 시간과 노력이 드는 만큼 책을 골라잡기 전에 신중을 기할 수밖에 없다. 이럴 때야말로 주제별로 맥락을 설명하고 난이도에 따라 과학책을 소개하는 책들이 빛을 발한다.

이런 독자들을 위해 주제별 과학책 읽기 가이드북을 만들어보자고 몇 사람이 모였다. 나도 필자의 한 사람으로 참여했는데 그 결과물로 나온 책이 《판타스틱 과학 책장》(북바이북)과 《과학자의 책장》(북바이북)이다.

《판타스틱 과학 책장》은 과학책을 쓰는 이정모, 이한음, 조진호 그리고 내가 필자로 참여해 각자 자신의 전공 분야와 관심사를 반영해서 주제별로 어떤 책을 어떻게 읽어야 할지를 제시한 책이다. 이정모가 쓴 '단계별로 추천하는 과학사 책'에는 과학의 역사를 책을 통해 접근하려는 사람들을 위한 상세한 지침이 들어 있다. 자신의 책 읽기 경험과 자료 조사를 바탕으로 난이도가 낮은 책부터 높은 책까지 두루 소개한다. 그 책들을 어떻게 읽으면 좋겠다는 조언도 빠뜨리지 않는다. 물론 이정모의 선택이 늘 최상일 순 없으며 책이 출간된 지 시간이 꽤 흘렀으니, 그사이에 새로 나온 더 적합한 책이 있을지도 모른다.

내가 쓴 '빅뱅우주론 책을 추천해달라던 친구에게'는 빅뱅우주론에 관한 책을 어떻게 고르고 읽을지 제안한 글이다. 딱 한 권의 책을 고를 수 없다는 것이 이 글을 쓰게 된 동기다. 책을 선정하는 과정에서 이 책은 과학 지식을 설명한 대목은 흥미로운데 다른 게 못마땅하고 저 책은 역사 부분은 마음에 차는데 다른 내용이 부실한 경우가 많았다. 결국 몇 권의 책을 고르고 각 책의 미덕과 아쉬운 점을 적으면서 여러 책에서 괜찮은 부분만 발췌해서 읽으면 좋겠다고 제안했다. 다만 그럴 경우 책 한 권이 갖는 맥락의 흐름은 놓칠 수 있다. 빅뱅우주론에 대해 수많은 책이 나와 있지만 과학저술가들이 계속해서 같은 주제로 책을 쓰는 이유가 여기에 있다. 주제별로 책을 모아서 읽는 작업은 그 분야의 지식을 넓히는 것뿐만 아니라 각각의 책에서 다 담지 못한 내용과 맥락을 자신의 관점으로 재구성해보는 소중한 시간을 마련해준다. 그런 고민을 담은 글이기에 빅뱅우주론을 소화해보고 싶은 독자는 이 글에서 출발해 자신만의 빅뱅우주론 로드맵을 그려나가도 좋겠다.

《과학자의 책장》은 《판타스틱 과학 책장》의 후속편이다. 과학저술을 하는 이은희, 이정모, 이강영 그리고 내가 필자로 참여했다. 구성에 약간의 차별을 뒀지만 기본적으로는 《판타스틱 과학 책장》의 시도를 확장한 버전이다. 여기서 나는 주제를 중심으로 과학책을 큐레이션하는 것에서 살짝 벗어나 다른 시도를 해보았다. '변화를 이끈 국내 교양 과학책'이라는 글에서 변화를 이끈 국내 과학저술가들의 책을 중심으로 과학책 읽기 로드맵을 만들었다. 정재승의 《정재승의 과학콘서트》와 이은희의 《하리하라의 생물학 카페》가 교양과학책 시대를 여는 신호탄을 쏘아 올렸다. 장대익의 《다윈의 식탁》은 팩션을 활용한 교양과학책의 새로운 이정표를 제시한 책이며, 김범준의 《세상물정의 물리학》(동아시아)은 과학자의 연구 결과를 일반인을 위한 교양과학책으로 훌륭하게 풀어낸 모범 사례로 꼽힌다.

《과학자의 책장》에는 일반인을 위한 교양천문학책 읽기에 만족하지 못하는 독자를 위한 글이 있다. '천문학에 더 다가가고 싶다면'에는 국내에 번역된 책을 중심으로 이공계가 아닌 대학교 1학년 학생을 대상으로 한 천문학 강좌에 사용되는 교과서를 시작으로 천문학 전공생들이 사용하는 교과서《일반천문학》에 대한 해설과 그에 준하는 책들을 소개했다. 천문학을 진지하게 공부해보고 싶어 하는 비전공 일반인을 위한 하드코어 천문학 가이드라고 할 수 있다.

《과학자의 책장》과《판타스틱 과학 책장》에는 지금까지 소개한 것 이상으로 훨씬 다양한 시도들이 담겨 있다. 주제별 과학책 여행을 시작할 수 있는 종합터미널 같은 책이다.

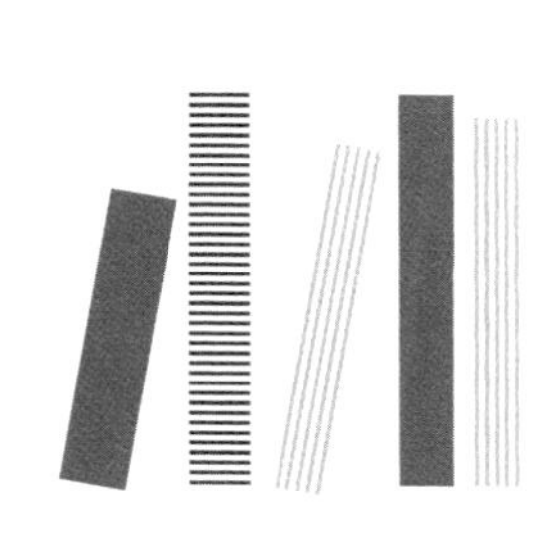

과학책 독서 로드맵을 만들 때 더 읽어보면 좋을 책

과학은 논쟁이다

과학자와 과학철학자들이 쟁점이 있는 주제를 놓고 토론한 결과를 모은 책이다. 과학철학의 핵심적인 논점을 일반인들이 받아들이고 이해할 수 있는 수준에 맞춰서 기획하여 강연 · 토론 시리즈를 진행했다는 데 의의가 있다.

이강영 등 | 반니

모든 이의 과학사 강의

과학철학과 함께 과학을 가까운 거리에서 지켜보고 연구하는 학문 분야가 과학사다. 과학과에 인접해 있으나 연구 중심의 과학자들과 긴장 관계를 유지하고 있다. 과학사의 관점으로 봐야 전체 맥락에서 과학의 성과나 실패를 비로소 이해할 수 있다는 점을 깨닫게 해준다.

정인경 | 여문책

사이언스 이즈 컬처

과학은 일반인을 만나기 위해서는 필연적으로 문화가 되어야 한다. 과학 문화 활동을 하고 있는 세계적인 인물들이 과학과 문화라는 화두를 놓고 펼치는 대담의 향연을 볼 수 있다. 과학이 어떻게 문화가 되어가는지 보여준다.

노암 촘스키 등 | 이창희 옮김 | 동아시아

빅 히스토리

빅뱅으로부터 별의 탄생을 거쳐서 생명의 탄생과 인류의 출현이 이어지는 우주의 파노라마를 인간의 역사와 융합한 것이 바로 이 책이다. 역사를 과학에 맞추려는 시도이지만, 과학이 역사의 한 축으로 들어오는 계기를 마련하기도 했다.

데이비드 크리스천 등 | 조지형 옮김 | 해나무

하루종일 우주생각

젊은 천문학자이자 과학저술가가 쓴 교양과학책이다. 지웅배 작가는 이미 몇 권의 단독 저서와 몇 권의 번역서를 출간한 신인 아닌 신인 과학저술가로, 발랄한 문체가 미덕이며 앞으로의 활동이 더 기대되는 유망주다.

지웅배 | 서해문집

전은지 선생님이 들려주는 도전! 우주 미션

우주공학자인 전은지 박사의 첫 번째 책이다. 아이들과 청소년을 위한 책으로 출간되었지만 '대기권 진입 기술'이 전공인 젊은 우주공학자의 내공이 고스란히 드러나는 책이기도 하다. 그가 풀어낼 본격적인 교양과학책이 기대된다.

전은지 | 우리학교

천문학자는 별을 보지 않는다

달을 연구하는 젊은 행성과학자가 쓴 에세이집이다. 과학을 소재로 과학책 같지 않은 사문을 내놓은 공력을 보면 심채경 박사의 다음 책은 어떤 모습일지 벌써부터 궁금하다. '심채경의 달 이야기' 같은 책도 기대해 본다.

심채경 | 문학동네

공룡열전

공룡이라면 박진영을 떠올릴 수밖에 없다. 공룡을 전공하고 어린이로부터 성인에 이르기까지 공룡에 관심이 있는 모든 사람을 위한 책을 꾸준히 쓰고 있다. 그 덕에 다양한 공룡을 만나는 호사를 누리고 있다.

박진영 | 뿌리와이파리

외계행성

천문학자이자 SF 소설가인 해도연 박사의 전공 주제는 외계행성이다. 천문학에서 가장 주목받는 연구 주제 중 하나로, 외계 생명체의 존재를 찾으려는 노력과 연계되면서 시대의 화두로 떠올랐다. 해도연이 그리는 현실과 SF 세계에서 외계행성이 어떤 모습일지 기대된다.

해도연 | 그래비티북스

송민령의 뇌과학 연구소

송민령은 뇌과학을 연구하는 학자다. 하지만 연구실에만 머물지 않고 일반인들에게 뇌과학 이야기를 들려주려고 책을 쓴다. 자신의 연구와 글쓰기와 삶을 일체화하기 위해 노력하는 작가다. 이 책이 그 증거 중 하나다.

송민령 | 동아시아

정치학자의 사회과학책 읽기

01.

책이 사람을 만든다

사람은 책을 만들고 책은 사람을 만든다

2020년 현재 한국의 스마트폰 보급률은 자그마치 95퍼센트에 이른다. 남녀노소 할 것 없이 누구나 컴퓨터와 인터넷을 손에 쥐고 다니는 셈이다. 스마트폰으로 뉴스를 확인하고 정보를 검색한다. 필요한 지식과 정보를 도서관이나 책을 통해 습득하기보다는 스마트폰으로 찾아보는 데 훨씬 익숙하다. 속도와 효율성이 깊이 있는 지식과 사고력을 대체하고 있다.

그뿐만이 아니다. 훨씬 간단한 기억 능력조차 디지털 기기에 의존한다. 가족, 친구, 지인의 전화번호를 수십 개씩 기억하던 우리는 이제 스마트폰을 잃어버리는 순간 부모 형제의 전화번호도 알지 못하는 신세가 되었다. 깊이 있는 지식은 고사하고 단순한 정보의 저장과 활용조차도 디지털에 의존하는 모양새다.

문해력에 끼치는 디지털 기기의 영향에 관한 연구와 독서의 효능에 관한 연구는 인터넷으로 대표되는 지식과 정보의 홍수 시대에 왜 책 읽기가 필요한지를 잘 보여준다. 매리언 울프 교수는 디지털 화면을 통해 정보를 습득하는 경우 집중력이 떨어져 인지 능력이 저하된다는 연구 결과를 내놓았다. 인간의 뇌는 유연해서 상황에 맞춰 달라지는데, 디지털 환경에 익숙해지다 보면 뇌의 신경망이 변하면서 독서를 통해 갈고닦은 문해력도 퇴보한다. 울프는 《책 읽는 뇌》(이희수 옮김, 살림)에서 책을 읽지 않는 뇌는 퇴화해서 원시인의 뇌처럼 산만해진다고 경고한다.

니콜라스 카의 《생각하지 않는 사람들》(최지향 옮김, 청림출판)은 디지털 정보화의 편리함을 누리는 동안 인간의 두뇌는 '생각하는 능력'을 잃어버리고 있다고 경고한다. 저자는 인터넷은 우리가 알고 싶어 하는 관련 정보가 어디에 있는지를 찾는 데 유용한 반면, 우리가 어떤 주제에 대해 직접 알게 되는 기회를 제한한다고 평가한다. "우리 스스로 깊이 아는 능력, 우리의 사고 안에서 독창적인 지식이 피어오르게 하는, 풍부하고 색다른 일련의 연관 관계를 구축하도록 하는 바로 그 능력"은 독서를 통한 몰입의 산물이라는 게 그의 주장이다.

'사람은 책을 만들고 책은 사람을 만든다.'

광화문 교보문고에 가면 곳곳에서 이 문장을 볼 수 있다. 1980년대 초반 교보문고를 창립한 고(故) 신용호 회장의 철학이라고 한다. 오가며 이 문장을 볼 때마다 독서의 가치를 이보다 더 간명하게 압축할 수 있을까 감탄하게 된다.

사람이 책을 만드는 이유는 지식과 정보를 문자 형태로 저장하고 전달하기 위함이다. 하지만 사람이 책을 읽을 때는 지식과 정보를 습득하고 기억하는 데 그치지 않는다. 책 속에 담겨 있는 내용을 보며 '신기하다. 정말 그럴까? 왜 그렇지? 비슷한 내용을 다른 책에서도 본 것 같은데?' 등등 생각이 꼬리를 물고 이어진다. 이런 생각들을 연결하는 과정에서 독창적인 사고와 새로운 지식이 만들어진다.

독서하는 과정에서 만들어지는 생각의 사슬은 읽는 이를 체계적인 사고와 깊이 있는 사색으로 인도한다. 꾸준히 읽다 보면 어느 순간 더 나아진 생각과 더 성숙한 자아를 만나게 된다. 사람이 만든 책이 다시 사람을 만드는 메커니즘이다.

문학에서 시작하여 역사와 철학으로

지금도 여전하지만, 예전에도 고등학교 수업은 입시 위주로 진행되었다. 학교에서도 집에서도 공부에 대한 압박이 중학생 시절과는 비교가 되지 않을 정도로 심했다. 스트레스에 대한 나의 대응은 '이유 없는 반항'으로 표출되었다. 누가 내 이름을 부르는 것조차도 듣기 싫어서 만사 귀차니즘으로 무장한 채 외부의 모든 자극을 배척했다. 교실에서도 집에서도 그리고 등하굣길에서도 머릿속은 현실을 벗어난 나만의 공상으로 가득했고, 공상의 끄트머리에서 텅 빈 우주공간을 홀로 헤매고 있는 나를 발견하고는 했다.

그 무렵 나의 만사 귀차니즘과 공허함을 달래준 것은 계간지 《창작과 비평》이었다. 모든 호에 현대시, 희곡, 평론 등이 게재되었는데 가장 관심을 끈 장르는 현대소설이었다. 해방 정국과 분단, 6·25 전쟁, 이산가족, 도시빈민의 애환 등을 소재로 한 단편 소설과 중·장편 소설은 나에게 연민과 함께 분노를 안겨주었다. 3개월마다 우편으로 배달되어 오던 계간지를 받자마자 단숨에 읽곤 했는데, 연재되는 중·장편 소설의 앞부분에 어떤 내용이 있는지 몰라 답답함이 쌓여갔다.

그러던 어느 날 나에게 뜻하지 않은 보물창고가 열렸다. 형들과 같이 쓰던 방의 책장 한 귀퉁이에서 《창작과 비평》 영인본을 발견한 것이다. 당시 대학에 다니던 형이 사서 갖고 있었는데 표지가 가려져 안 보였던 것이 우연히 내 손길에 닿았다. 창간호부터 엮어놓은 영인본으로, 그간 조각조각 읽었던 중·장편 소설들을 첫 소절에서 마지막까지 완독했다. 〈쌈짓골〉, 〈계절풍〉 등 한국 현대사의 질곡을 아프게 그려낸 소설을 읽으며 나는 사회과학 책이 아니라 문학 작품을 통해 민주주의와 민족주의에 대한 정서적 기반을 갖춰나갔다.

문학을 향한 열정은 공교롭게도 입시가 코앞에 닥친 3학년 때 만개해버렸다. 주 1회 구색만 문예반이던 특별활동으로는 도저히 만족할 수 없었던 문학 소년은 나뿐만이 아니었다. 칼 세이건의 《코스모스》로 시작해서 《코스모스》로 대화를 끝내던 명현이, 꾸준히 소설 습작을 쓰던 선민이, 엔리오 모리꼬네의 영화음악에 심취했던 민구, 전혜린의 수필로 썰을 풀던 철홍이, 초현실적 스토리 전개에 능했던 충환이, 있는 듯 없는 듯 조용했던 수필가 정대, 그리고 시를 쓰겠다고 낑낑대던 나, 이렇게 일곱 명이 모여 문학동인회 '활천'을 결성하고 동인지 《활천》을 발간했다.

소설과 시, 수필 등 작품에 대한 심사를 거쳐 후배들도 활천 회원으로 선발하고 토요일 방과 후 빈 교실에서 활천 합평회를 열었다. 시, 소설, 수필 등 각자의 습작을 펼쳐놓고 신랄한 평가를 주고받았다. 동인회 활동으로 독서와 글쓰기, 토론이 함께 어우러지는 시간이 쌓이면서 자연스럽게 나의 관심사는 문학에서 역사와 철학을 아우르는 인문학으로 향했다. 1년 전만 해도 나는 모든 게 귀찮고 공허했던 사춘기 반항아였는데 독서와 사색에 몰두한 몇 달 사이 철학자의 삶에 빠져들었다. 《순수이성비판》이라는 저작을 통해 인간 이성의 시대를 논파한 독일 철학자 임마누엘 칸트의 일생은 나의 완벽한 롤 모델이었고, 나는 서울대학교 인문대학 철학 계열로 진학했다. 그때가 1982년 3월이었다.

엄혹한 현실에 눈뜨고

사회과학을 접하게 된 것은 대학에 들어간 후였다. 철학자의 꿈을 안고 진학한 대학은 진리의 상아탑과는 거리가 멀었다. 대학의 주인은 학생과 교수가 아니라 중무장한 전투경찰과 사복형사들이었다. 캠퍼스의 양지바른 곳은 전투경찰들 차지였고 학생들은 강의동 건물 밖으로는 좀체 발걸음을 옮기지 못했다. 학생들의 동선을 감시하는 사복경찰의 눈초리가 따가웠고 언제 달려들지 모르는 전투경찰의 기세에 눌린 탓이다.

강의는 공허했다. “철학은 관념적 사유에서 비롯된 것이 아니라 현실의 문제를 해결하기 위한 노력의 산물”이라는 교수님의 말씀은 내가 목도하고 있는 현실을 이해하는 데 아무런 도움이 되지 않았다. 발 딛고 서 있는 한국 사회를 어떻게 이해해야 하는지, 나는 무엇을 해야 하는지 현실의 문제를 해결하기 위해 풀어야 할 질문은 늘어나는데 답을 알 수 없었다. 갈증은 자연스레 한국 근현대사와 정치경제학에 관한 독서로 이어졌고 소설이 아닌 사회과학책에서 허구보다 더 믿기 힘든 현실을 만났다.

《해방전후사의 인식》(송건호 등, 한길사)은 당시 많은 대학생이 한 번쯤 읽어보던 사회과학 입문서였다. 저자들은 해방과 분단, 그리고 1970년대 말에 이르기까지 한국 현대사에 대한 비판을 매서운 필치로 토해냈다. 우리가 감격해 마지않는 8·15 해방은 온전히 우리 민족 스스로의 힘으로 쟁취한 것이 아니었으며, 강대국의 논리에 끌려다니며 허리 잘렸던 분단이 6·25 전쟁의 씨앗이 되었다. 더군다나 해방 후 우리나라를 이끌었던 역대 위정자들의 실체가 친일 세력이었다는 고발은 나의 사고 체계를 통째로 뒤흔들었다.

《창작과 비평》에 연재된 소설에서 처음 접했던 비극이 실제 현대사의 질곡에서 잉태된 것임을 사회과학책에서 확인했다. 소설 속에 펼쳐지던 이야기가 허구가 아니라 지금도 이어지고 있는 현실이라는 걸 깨닫게 되었다. 현대사에 대한 새로운 인식은 일제의 식민지 지배를 막아내지 못한 조선 말기의 정세에 관한 역사 공부로 이어졌다. 동학농민혁명과 청일전쟁, 그리고 러일전쟁은 조선을 식민지로 전락시킨 결정적인 사건들이었고, 강대국 간의 힘겨루기가 한반도의 운명을 결정짓는 핵심 변수라는 인식에 도달하기까지는 그리 오랜 시간이 걸리지 않았다.

한국의 근현대사와 정치·경제 체제를 공부하면서 가장 충격적이었던 것은 한반도의 운명을 좌우한 것이 강대국 중심의 국제질서였다는 사실이다. 중국 중심의 세계관에 갇혀서 국제질서의 변동에 눈이 어두웠던 조선의 위정자들은 19세기 말~20세기 초 제국주의 질서에 편승한 일본에 국권을 빼앗겼다. 해방 후 분단과 6·25 전쟁은 미국과 소련으로 대표되는 냉전 질서에 희생된 결과였다. 국제정세를 살피지 못하고 국제질서의 변동에 발 빠르게 대응하지 못하면 한반도의 운명은 언제나 강대국의 이해관계에 따라 휘둘릴 수밖에 없다는 인식이 싹트기 시작했다. 뼈아픈 자각은 철학자의 꿈을 접고 국제정치학자의 길로 나서게 하는 계기가 되었다.

02.

사회과학책 읽기는 곧 세상 읽기다

사회과학책을 읽는 이유

"We are calling it iPhone." 2007년 스티브 잡스가 아이팟, 전화기, 인터넷 이 세 가지는 각각의 도구가 아니라 하나의 도구라면서 아이폰을 최초로 소개할 때 했던 말이다. 그 후 몇 년 만에 아이폰으로 대표되는 스마트폰은 전 세계로 퍼져나갔고 이제는 일상생활에서 빼놓을 수 없는 생활 기기로 자리 잡았다.

나는 당시 뉴스 화면을 통해 운동화를 신은 스티브 잡스가 검은 티셔츠와 청바지를 입고 아이폰을 소개하던 장면을 접했고, 그가 "We are calling it iPhone"이라고 말하던 순간을 지금까지 생생하게 기억하고 있다. 그의 어조는 무척이나 당당했고 자신감이 넘쳤다.

그런데 정작 내가 스마트폰을 사용하기 시작한 것은 불과 4~5년 전부터다. 스티브 잡스의 모습은 인상적이었지만 그가 들고나온 기술혁명이 무엇을 의미하는지 몰랐다. 그의 손에 든 스마트폰이 세상을 이렇게 빠르게 변화시킬 거라고는 전혀 예상하지 못했다. 물론 경제 전문지 《블룸버그》나 '아이서플라이' 같은 시장조사 전문기관, 짐 바실리나 스티브 발머 같은 전문가 그룹도 아이폰이 상식이 될 거라고 예상하지 못했지만 말이다.

너무나 빨리 변하는 세상에서 흐름을 따라잡지 못하면 도태되기 마련이다. 이제라도 스마트폰을 손에 쥐고 열심히 손가락을 움직이고 있으니 갈라파고스 신세는 면한 듯싶다. 기술의 변화와 세상의 변화, 그 속에서 놓치지 말고 쥐어야 할 것은 책이다. 기술의 변화에 적응하려면 일상생활에 파고드는 최신 기기를 다룰 수 있어야 하는 것처럼, 세상의 변화를 이해하려면 우리 사회 곳곳에서 불거지는 사회적 이슈의 배경, 원인, 해결책에 대해 질문을 던지고 답을 찾으려 노력해야 한다. 사회과학책 읽기는 그 질문에 답을 제시하는 위대한 지성인들과의 대화이자 진실과 거짓을 구분하고 세상을 제대로 볼 수 있는 안목을 기르는 최선의 방법이다.

사회과학이 자연과학과 다른 것

아리스토텔레스의《정치학》, 플라톤의《국가》등에서 볼 수 있는 것처럼 정치, 경제 등 사회현상을 이해하기 위한 인간의 노력은 수천 년 동안 이어졌다. 17세기 자연과학의 발전은 실험과 관찰을 통한 검증이라는 과학적 연구 방법을 정립시켰다. 인간의 이성에 대한 믿음을 일깨운 18세기 계몽주의는 인간 사회에 관한 연구 역시 체험과 관찰에 기반한 과학적 방법에 기초해야 한다고 믿었다. 이로부터 '사회과학'이라는 독립된 학문 체계가 발달하게 되었다.

사회과학이란 '우리가 사는 사회에서 벌어지고 있는 다양한 현상들, 즉 정치, 경제, 행정, 외교 등 사회 모든 분야에서 일어나는 현상들을 자연현상을 연구하는 것처럼 과학적으로 분석하는 방법'이라고 말할 수 있다. 분과 학문으로 나누어보자면 정치학·경제학·사회학 등이 사회과학의 핵심 영역에 해당하며, 행정학·경영학 등도 사회과학에 포함된다.

경제학은 시장경제의 작동 원리는 무엇이며 경제위기는 왜 발생하는지 그리고 위기를 극복하기 위한 처방은 어떠해야 하는지에 관해 연구한다. 정치학은 국가 권력의 원천이 무엇이며 대의민주주의의 효용과 한계는 무엇인지, 유권자의 표심은 무엇에 의해 영향을 받는지 등에 관해 연구한다. 사회학의 영역에서는 부의 효율적 재분배, 사회적 불평등 완화 방안 등에 주목한다. 행정학은 바람직한 국가 경영을 위해 정부와 공공기관이 하는 역할에 관심을 기울이고, 경영학은 마케팅, 조직·인사, 생산 관리, 재무관리 등 기업 경영에 대한 지식을 다룬다.

사회과학이 '과학적 방법'을 사용한다고 해서, 자연과학이 사과가 떨어지는 것을 관찰하고 중력의 법칙을 발견하듯 사회과학도 사회법칙을 발견하는 학문이라는 뜻은 아니다. 실험과 관찰이라는 자연과학의 방법으로 사회현상을 설명하기에는 한계가 있다. 자연현상과 달리 인간의 행동에는 목적이 있기 마련이고 사회현상을 분석할 때도 가치판단이 개입하기 때문이다. 사회과학에서 말하는 과학적 방법이란 사회현상을 최대한 객관적으로 분석하기 위한 접근법 정도로 이해하면 된다.

예를 들어, 19세기 이탈리아의 경제학자이자 사회학자였던 빌프레도 파레토는 당시 유럽 인구와 부의 분포를 통계적으로 분석해서 상위 20퍼센트의 사람이 전체 부의 80퍼센트를 차지한다는 결과를 제시했다. '파레토 법칙'이라고 이름 붙여진 80:20의 비율은 이후 다양한 영역에서 활용되었는데, 마케팅 영역에서는 상위 20퍼센트의 고객이 매출의 80퍼센트를 차지한다는 분석에 사용된다. 이 외에 통화한 사람 중 자주 통화하는 20퍼센트와의 통화 시간이 전체 통화 시간의 80퍼센트를 차지한다거나, 즐겨 입는 옷의 80퍼센트는 옷장에 걸린 옷의 20퍼센트에 불과하며, 20퍼센트의 운전자가 전체 교통위반의 80퍼센트 정도를 저지른다는 등 재미있으면서도 유의미한 통계 분석도 있다.

시민성을 키우는 세상 읽기

내가 특별히 관심을 기울이지 않아도 세상은, 즉 사회는 나름대로 잘 돌아가는데 사회현상을 굳이 과학적으로 이해해야 하는 이유는 무엇일까? 하물며 생경한 개념들을 다 이해하지 못한 채 어려운 사회과학책을 읽는다고 해서 세상을 제대로 알 수 있을까?

인간이 자연환경과 분리되어 살 수 없는 것처럼, 우리가 사회에 속한 이상 사회적 환경으로부터도 자유로울 수 없다. 사회과학이 분석 대상으로 삼고 있는 사회는 끊임없이 변화한다. 그리고 사회의 변화를 만들어내는, 즉 새로운 사회적 환경을 창출하는 동력은 다름 아닌 사회구성원들의 관심과 상호작용이다. 입양아동 살해 사건은 입양 제도와 아동 보호 제도를 재정비하는 계기가 되었고, 스웨덴 소녀 그레타 툰베리의 등교 거부 운동은 세계적인 기후행동의 기폭제가 되었다.

반대로 무관심이나 방관은 그 대가로 자신이 원하지 않았던 사회적 환경을 감내하도록 만든다. 예를 들어, 일반 대중의 정치 참여도가 지극히 낮은 일본의 정치체제를 살펴보자. 일본 자민당은 1955년 창당 이후 지금까지 4년 남짓을 제외하고는 60년 이상을 줄곧 집권해서 '만년 집권당'이라 불린다. 민주주의 정치체제란 권력기관 간의 견제와 균형, 선거를 통한 집권 세력의 교체를 매개로 해서 작동하는 정치 시스템인데 특정 정당이 수십 년 동안 집권하는 정치체제를 과연 민주주의 체제라고 할 수 있을까? 껍데기는 민주주의지만 속살은 특정한 정치 세력이 권력을 독점하는 독재에 가깝다. 어떤 사회건 정치에 대한 무관심이나 방관이 쌓이면 이런 미래를 피하기는 어렵다.

'사회과학책 읽기'는 곧 '세상 읽기'라고 말할 수 있다. '세상 읽기'란 말 그대로 세상을 자기 나름의 시각으로 통찰하고 이해하는 것이다. 다양한 사회현상의 원인과 결과를 따져봄으로써 내가 속한 공동체가 어떤 규칙에 의해 작동하고 있는지, 여러 가지 문제가 생기는 원인은 무엇인지, 문제 해결을 위해서는 무엇을 해야 하는지, 그것들이 내 삶에 미치는 영향은 무엇인지 등에 대해 스스로 이해하고 해석하는 힘을 기르는 데 필요한 독서가 사회과학책 읽기다. 한마디로 스스로 생각하는 시민으로서(또는 세계시민으로서) 소양을 갖추기 위한 책 읽기다.

세계 식량 문제를 다룰 때면, 식량 생산량을 웃도는 인구과잉을 원인으로 진단하고 인구폭발을 억제하기 위해 산아제한을 정책으로 처방하는 시각이 있다. 그런데 제2차 세계대전 후 다수확 종자의 개발과 산업적 농업 기술의 발달로 인구 1인당 식량 생산량이 획기적으로 증가했음에도, 제3 세계 국가에서는 아이들이 여전히 굶어 죽는다. 그 이유는 무엇일까? 장 지글러가 쓴《왜 세계의 절반은 굶주리는가?》(유영미 옮김, 갈라파고스)는 미국의 곡물 생산 능력만으로도 전 세계 사람들이 먹고살 수 있는 식량과잉의 시대에 어떻게 하루에 10만 명이, 5초에 한 명의 어린이가 굶어 죽느냐는 문제의식을 갖고 기아의 실태와 그 배후의 원인을 하나하나 파헤쳤다.

사회현상을 만들어내는 주체로서 그리고 사회적 환경에 영향을 받는 객체로서 사회과학책 읽기를 통해 도달하게 되는 지점은 결국 세계관의 정립이다. 내가 살고 있는 대한민국과 지구촌에서 벌어지고 있는 좋거나 나쁜 사회적 현상들의 배경을 이해하면,

내가 사회에 긍정적으로 기여할 방법이 무엇인가도 스스로 생각해서 찾을 수 있다. 사회과학책으로 세상 읽기를 하며 세계시민성을 키운 결과다.

생각하는 힘을 키우는 질문의 힘

'아는 만큼 보인다'고 했다. 사회과학책 읽기가 세계관의 정립으로 이어지는 이유는 사회과학책 읽기를 통해 세상 읽기에 필요한 지적 토대를 탄탄하게 다짐으로써 생각하는 힘을 키울 수 있기 때문이다. 그런데 독서를 통해 생각하는 힘을 제대로 키우려면 책을 읽기 전에, 읽는 동안, 읽은 후에 질문을 해야 한다. 그래야 답을 찾을 수 있기 때문이다.

책을 읽기 전에 '나는 이 책을 왜 읽으려고 하는가?'라는 질문을 해보자. 책을 읽는 동안 그 책이 다루고 있는 주제에 대해 자신이 왜 관심을 가졌는지 잊지 말아야 한다. 이 질문은 책을 읽는 목적을 분명하게 하고 독서가 이루어지는 동안 무엇에 집중해야 하는지를 안내하는 역할을 하게 된다. 자신이 정말 알고 싶은 게 무엇인지에 대한 인식이 명확하다면, 이제 내용에 집중해서 조금 더 구체적인 질문을 던질 차례다. 읽는 이에 따라 여러 가지 질문이 만들어질 수 있겠지만, 최소한 다음 세 가지 질문만큼은 어떤 책을 읽더라도 새겨두고 답을 찾아보기를 권한다.

첫째, 저자가 주장하는 핵심 논지는 무엇인가? 사회과학 서적은 대부분 저자의 세계관과 가치관을 풀어낸다. 저자가 내세우는 핵심 주장이 무엇인가를 대략적으로라도 파악하고 읽는 것이 필요하다. 자본주의 경제체제를 분석한 대표적인 고전으로 애덤 스미스의《국부론》과 카를 마르크스의《자본론》을 꼽는다. 애덤 스미스가 '보이지 않는 손(개인의 이기심)'이 자본주의 시장경제를 발전시키는 원동력이라고 주장한 반면, 카를 마르크스는 자본주의 경제체제는 궁극적으로 생산력의 발전을 가로막는 내재적 모순으로 인해 붕괴될 수밖에 없다고 전망했다. 일단 지향점이 어떻게 다른지만 인식해도 두 책을 읽는 데 도움이 된다.

둘째, 저자는 어떤 방식으로 자신의 논리를 전개하고 있는가? 예를 들어 애덤 스미스는 '이기심 – 보이지 않는 손 – 자유방임주의 – 자본주의 시장경제의 발전'의 흐름으로 자신의 논리를 이어가는 반면, 카를 마르크스는 '자본 축적 – 노동 및 잉여의 착취 – 생산력과 생산 관계의 모순 – 자본주의 붕괴'의 도식으로 자신의 주장을 펼친다. 논리 전개의 흐름을 파악하면 상세한 개념들을 다 이해하지 못해도 그 책이 말하고자 하는 핵심을 따라갈 수 있다.

셋째, 그래서 어쨌다는 것인가? 사실 가장 중요한 질문이다. 저자의 핵심 논지가 어떤 논리적 맥락으로 전개되는지를 파악했다면, 그다음에 가져야 할 질문은 저자의 논지가 내가 살고 있는 사회 현실과 무슨 관계가 있는가 하는 것이다. 이 질문에 대한 답은 오로지 읽는 이의 몫이다. 마르크스의 주장대로 자본주의 경제체제가 붕괴되지 않고 계속 존속하는 이유는 무엇일까? 애덤 스미스가 주창한 자유주의 시장경제 질서는 다른 무엇으로도 대체될 수 없는 걸까? 저자가 어떤 세계관과 가치관을 토대로 자신의 논리를 풀어갔는지 알게 되었다면 각자 자신의 세계관과 가치관을 중심으로 자기만의 답을 찾아볼 수도 있을 것이다. 그게 어렵다면 더 끌리는 저자의 생각을 골라 담기만 해도 괜찮다.

생각하는 힘을 키우고자 할 때 관건은 결국 질문하기다. 사회과학책을 읽으면서 질문을 품었다면, 그 질문들이 사회현상에 대한 질문으로 연결되고 확장되는 것이 자연스러운 과정이다. 사회에 대해 질문하고 그 해답을 찾는 과정이 반복된다면 세상 읽기로서의 사회과학책 읽기는 나름의 세계관을 갖춘 시민을 키우는 데 자기 몫을 다한 것이다.

읽은 것을 내 것으로 만드는 토론

세계시민의식을 주제로 하는 교양 과목 강의를 할 때는 토론식으로 수업을 진행한다. 강의 주제가 환경문제라면 먼저 핵심 내용을 강의 형식으로 전달한 후 '핵 발전소 건설은 환경보호에 도움이 되는가, 아니면 해를 끼치는가? 그 근거를 구체적으로 따져보고 우리나라에서 핵 발전소를 계속 건설해야 하는지 아니면 중단해야 하는지 검토해보자'라고 토론 주제를 던지는 식이다. 학생들은 수업에 들어오기 전에 교재를 미리 읽어 오고 강의 시간에 제시되는 쟁점에 관해 소그룹으로 나뉘어 토론하고 그 결과를 발표한다.

학생들의 토론에 귀를 기울여보면, 자신의 의견을 조심스럽게 개진하는 한편 다른 학생의 얘기도 귀담아듣기 위해 경청하는 모습을 발견하게 된다. 또박또박 의견을 내세우면서도 자신의 주장을 관철하기 위해 상대방을 감정적으로 공격하거나 상대방의 말꼬리를 자르는 경우는 찾아보기 어렵다. 토론하는 목적이 모두가 동의하는 하나의 결론에 도달하기 위해서가 아니라 쟁점이 되는 사안을 해결할 실마리를 찾기 위한 과정이라는 걸 잘 이해하고 있기 때문이다.

사회과학 서적을 읽고 토론을 할 때는 사회의 현실과 연관 지어 비판적 토론이 이루어질 수 있는 주제를 선정하는 게 바람직하다. 예를 들어, 존 스튜어트 밀의 《자유론》을 읽었다면, '대(大)를 위해 소(小)를 희생한다는 통념에 따를 때 다수의 자유를 위해 소수의 자유를 박탈 또는 제한할 수 있는가?'라는 주제로 토론하는 식이다. 이 주제를 우리가 맞닥뜨린 현실과 연결해보면 '밀의 관점에서 볼 때 코로나 방역을 위해 집회와 시위의 자유를 제한하는 것은 정당화될 수 있는가?'라는 질문으로 바꿔볼 수도 있다. 독서로 얻은 지식을 진정한 나의 지식으로 만들려면 다른 독자들과 토론하는 과정을 통해 다각도로 성찰하는 과정이 필요하다.

토론의 나쁜 예는 TV 토론에서 보게 된다. 선거제도, 부동산 문제 등 사회적 이슈가 불거질 때마다 주요 방송사들은 토론 프로그램을 편성해서 논란이 되는 쟁점에 관해 상호공방을 펼친다. 쟁점 토론의 취지는 다양한 의견을 주고받으면서 바람직한 대안을 모색하는 방향으로 수렴해나가자는 것인데, 대부분의 TV 토론은 처음부터 끝까지 내 편과 네 편의 대립으로 일관하다가 끝나버린다. 토론 패널들이 대부분 특정한 정치적 입장을 가진 인물들로 채워지기 때문이다.

부모와 자식 간에 또는 직장 동료들 간에 정치적 견해의 차이로 벌어지는 논쟁도 비슷한 양상이다. 보수가 옳고 진보는 그릇된 것인가? 아니면 진보가 옳고 보수는 그릇된 것인가? 대개는 자신의 주장을 반복적으로 되뇌면서 평행선을 달리기 일쑤다. 생산적인 토론을 위해서는 먼저 자신의 생각을 정리하는 과정이 필요하다. 이때 자신이 책을 읽고 메모해둔 내용은 토론에 임하기 전 생각을 다듬는 데 기초 자료가 된다.

물론 토론이 시작되면 근거 자료로 동원되는 것은 비단 책이라는 텍스트에 제한되지 않는다. 방송과 신문에서 다루어진 기사, SNS를 통해 전파되는 정보 등 토론 주제와 연관되는 모든 배경지식이 자연스럽게 활용되기 마련이다. 토론에 임하면서 독서로부터 도출된 기초지식과 다른 경로를 통해 알게 된 배경지식을 종합하는 과정은 바로 생각하는 힘, 사고의 조직력을 함양하는 길이다.

남녀 성평등 문제를 다룰 때 심심찮게 접하게 되는 주장이 '여자도 군대를 갔다 와야 한다', '남자도 애를 낳아봐야 한다' 등 비아냥거리는 표현들이다. 건강한 토론을 위해서는 자신의 견해를 말로 전달하는 데 익숙해져야 한다. 상대방과 의견을 주고받는 과정에서 자신의 논지를 분명하게 전달하기 위해 어떻게 말할 것인지 궁리하게 되는데, 비꼬는 말투나 표현보다는 적절한 유머를 섞거나 기승전결이 분명한 스토리텔링을 활용해서 발표력과 전달력을 키우는 게 바람직하다.

토론은 설득하는 과정이다. 특정 주제에 관해 논리적인 주장이 제시되면, 이에 대한 반박과 재반론이 이어진다. 반박과 재반론 역시 논리로 무장되어야 설득력을 가질 수 있는데, 이때 중요한 것이 논증 능력이며, 논증에 동원되는 기본 논리는 독서를 통해 만들어질 수 있다. 논증 능력과 함께 갖추어야 할 것이 경청하는 태도다. 자신의 주장이 논리적이라는 확증에 사로잡혀서 같은 말을 계속 반복하는 것으로는 결코 상대방을 설득할 수 없다. 상대방의 주장을 귀담아듣는 한편, 제스처까지도 집중해서 관찰하는 태도가 필요하다. 반론을 경청하면서 타당한 면에 대해서는 고개를 끄덕여서 공감을 표하는 것도 상대방의 경계를 누그러뜨리는 데 도움이 된다.

03.

사회과학책의 문턱을 넘는 방법

왜
고전을 읽을까

우리는 학창 시절부터 고전에 관한 얘기를 많이 듣는다. 고전이라고 하면 대개 공자, 맹자 등의 사상을 담은 동양철학이나 소크라테스, 플라톤, 아리스토텔레스로 이어지는 서양철학 등 인문학 고전이 떠오른다. 《논어》의 첫머리를 장식하는 공자삼락(孔子三樂)은 배움의 기쁨과 교우 관계의 즐거움 그리고 군자의 겸양을 삶의 지표로 삼을 것을 권한다. 옛 성현의 가르침을 통해 삶의 도리를 살피고 자신을 성찰하라는 동양철학의 고전과 달리, 서양철학의 고전은 자기 존재에 대해 사유할 수 있는 실마리를 제공한다. 고대 그리스 델포이의 아폴론 신전에 새겨져 있던 '너 자신을 알라'라는 경구를 존재에 관한 철학적 물음으로 설파한 소크라테스의 가르침이 대표적이다. 그런데 동서양의 고전들을 제대로 읽어본 사람이 얼마나 될까? 나조차도 그저 제목과 대강의 내용만 귀동냥으로 들어 알고 있는 경우가 대부분이다.

책 읽기를 권할 때 고전을 첫손가락에 꼽는 이유는 고전이 긴 세월 동안 동시대적인 책으로 계속 살아남으면서 끊임없이 검증받아왔기 때문이다. 흔히 고전을 일컬을 때 '동서고금의 진리를 담고 있는 책', '끊임없이 회자되면서 현재를 비추는 거울 같은 책' 등으로 표현한다. 따라서 고전이란 동서양을 막론하고 오랜 세월 동안 사람들의 입에 오르내리면서 보편적인 지혜를 일깨워주는 책이라는 뜻으로 해석할 수 있다.

그렇다고 고전 읽기를 반드시 해야 할 숙제처럼 여길 필요는 없다. 고전 대부분은 오래되고 어려운 책이다. 공자의《논어》나 아리스토텔레스의《정치학》은 2000년 전에 쓰인 책이고, 애덤 스미스의《국부론》은 200여 년 전에, 존 스튜어트 밀의《자유론》도 150년 전에 쓰인 '옛날 책'이다. 고전이라는 명성에 이끌려 집어 들었지만 어떤 책에서는 몇 페이지 들추다 보면 이해하기 어려운 개념 용어를 만나기도 하고, 어떤 대목은 현대의 시대 상황과 어울리지 않는 듯해서 끝까지 읽어야 하는지 의문이 들어 중간에 덮을 수도 있다. 자괴감과 싸우면서 고전을 꼭 읽으려고 애쓰기보다는 고전을 읽어서 좋은 점이 무엇인가를 풍성한 인문학적 성찰로 풀어낸 책을 읽고 생각해보는 게 낫다.

공자의《논어》에 나오는 '온고이지신(溫故而知新)'은 고전 읽기의 좋은 점을 가장 함축적으로 보여주는 구절이라 할 만하다. 고전을 읽는 것은 어찌 보면 옛 지식(낡은 지식)을 소비하는 행위처럼 보인다. 하지만 '옛것을 익힘으로써 새로운 것을 알게 된다'라는 공자의 학습법은 과거의 지혜에 비추어 현재를 살피려는 고전 읽기의 핵심을 일찍이 통찰한 대목으로 꼽힌다.

고전 읽기의 좋은 점을 다른 면에서 찾는 이들도 있다. 미국의 저술가 데이비드 덴비는《위대한 책들과의 만남》(김번·문병훈 옮김,

씨앗을뿌리는사람)에서 고전을 읽어서 좋은 점으로 현재 우리가 살고 있는 시간과는 멀리 떨어진 시대를 만날 수 있고 현재의 우리와는 사뭇 다른 문화와 사유를 경험할 수 있다는 점을 꼽는다.

이탈리아의 소설가 이탈로 칼비노는 《왜 고전을 읽는가》(이소연 옮김, 민음사)에서 어떤 책을 고전으로 꼽을 수 있는지 열네 가지 특징으로 정의한다. 그 가운데 가장 공감이 가는 세 가지를 소개한다.

> 고전이란 우리가 처음 읽을 때조차 이전에 읽은 것 같은, '다시 읽는' 느낌을 주는 책이다. - p. 12

분명 처음 가보는 낯선 장소인데도 언젠가 한번 와보았던 것 같은 느낌을 가질 때가 있다. 데자뷰 또는 기시감이라는 현상이다. 고전이란 마치 이미 한 번 읽었던 것 같은 느낌을 주는 책이라는 칼비노의 정의는 우리가 고전이라고 말하는 책이 그만큼 보편적인 공감을 얻어낼 만한 지혜를 담고 있는 책이라는 뜻으로 읽힌다.

> 고전이란 그것을 둘러싼 비평 담론이라는 구름을 끊임없이 만들어내는 작품이다. 그리고 그러한 비평의 구름들은 언제나 스스로 소멸한다. - p. 14

어떤 고전들은 여러 종류의 주해서를 동반하기도 한다. 훗날의 학자들이 '원전(原典)'의 뜻을 독자적으로 해석하거나 대중이 쉽게 이해할 수 있도록 돕기 위해 해설을 붙이기 때문이다. 고전이 이처럼 끊임없이 비평 담론을 만들어내는 이유는 원전이 쓰였던 때와 공간과 시간이 달라지더라도 되새김질할 만한 가치를 내포하고 있기 때문이다. 한편, 새로운 시간과 공간이 열리면 기존의 비평 담론들은 사라질 수밖에 없다. 마치 바람이 불면 구름이 흩어지듯이. 하지만 원전의 가치는 뿌리 깊은 나무처럼 그 위엄을 잃지 않는다.

> 고전이란 우리와 무관하게 존재할 수 없으며, 그 작품과 맺는 관계 안에서, 마침내는 그 작품과 대결하는 관계 안에서 우리가 자신을 규정할 수 있도록 도와주는 책이다. - p. 16

고전을 일컬어 현재를 비추는 거울이라고 하는 이유는 고전이 탄생하게 된 역사적 맥락과 담고 있는 메시지가 현재의 우리를 성찰하는 데 보탬이 되기 때문이다.

고전 읽기는 책 읽기의 뿌리다. 우리가 알고 있는 수많은 사유와 저작은 대부분 동서양의 고전에서 가지를 뻗은 것들이다. 고전이 힘을 갖는 이유는 그것이 훌륭한 지식만이 아니라 독창적이면서도 보편적인 지혜를 담고 있기 때문이다. 고전이 내포하고 있는 사유 방식은 동서고금을 막론하고 반복적으로 회자된다. 사회과학책 중에도 이와 같은 가치를 지닌 고전들이 있다.

알아두면 쓸모 있는 사회과학 고전들

사회과학이 독자적인 학문분과로 자리 잡기 시작한 것은 근대 이후이므로, 2000년 전으로 거슬러 올라가는 동양철학 고전이나 서양철학 고전과 달리 사회과학 고전이라고 일컫는 책들은 기껏해야 200~300년 전으로 돌아가는 정도다.

사회현상의 다양성만큼이나 사회과학의 세부 분야도 다양하기 때문에 사회과학의 모든 분야를 섭렵하기는 어렵다. 우리가 살고 있는 사회의 근간을 이루는 핵심 분야를 꼽아보자면, 국가라는 정치조직과 사회구성원의 의식주 문제를 담당하는 경제구조 그리고 사회구성원들 간의 권리와 의무에 관한 약속을 규율하는 법치제도 등이 있다. 사회과학 고전들은 주로 핵심 분야에 관한 저술들로 형성되는데 정치와 경제, 법치에 관해 오늘날에는 상식으로 받아들여질 만큼 보편적인 원리와 지혜를 담고 있다. 따라서 사회상의 변화에 따라 국가의 기능과 사회적 규칙에 대해 끊임없이 제기되는 새로운 질문들에 대해서도 흔들림 없는 뿌리의 면모를 보여준다.

대표적인 사회과학 고전으로는 국가가 만들어지는 원리를 통찰한 토머스 홉스의 《리바이어던》(1651), 근대 정치체제의 근간인 삼권 분립의 이론적 기초를 정립한 몽테스키외의 《법의 정신》(1748), 최초로 자유방임 시장경제를 주창한 애덤 스미스의 《국부론》(1776), 19세기 영국 사회의 현실을 배경으로 시민의 자유를 논한 존 스튜어트 밀의 《자유론》(1859), 자본주의 붕괴의 필연성을 주장함으로써 사회주의 운동의 이론적 토대를 제공한 카를 마르크스의 《자본론》(1867) 등을 꼽을 수 있다.

그런데 사회과학 고전이라는 게 선뜻 펼쳐서 통독하기에는 적잖이 부담스럽다. 흥미진진한 소설을 읽을 때는 손에서 책을 놓기가 싫은데 고전을 읽으려고 하면, 그것도 사회과학 고전을 펼치면 손에서 책이 자꾸 미끄러진다. 나도 졸리다. 이 책들을 한 권 한 권 다 읽으려면 많은 시간과 노력이 요구된다. 수백 쪽에 걸쳐 상세하게 풀어 쓴 개념들을 한 번 읽어서 명료하게 이해하기도 쉽지 않다. 어렵다고 느끼기 때문에 도중에 멈추는 경우도 종종 있다. 이럴 땐 처음부터 고전을 독파하겠다는 과욕을 버리고 다른 책의 도움을 받아서 고전 읽기를 시작하기를 추천한다.

《세상의 모든 고전: 서양사상사편》(반덕진 엮음, 가람기획)은 군주론을 비롯해서 《국부론》, 《자본론》, 《정의론》에 이르기까지 사회과학 고전의 핵심 내용을 간추려서 압축적으로 소개한다. 처음 사회과학 고전을 읽는 독자들은 오히려 그 책들을 훌륭하게 해설해주는 책을 읽는 것이 낫다. 먼저 사회과학 고전들을 소개한 책들을 읽어보면서 기본 개념에 익숙해지고 그 책들이 어떤 내용인지, 어떤 의미가 담긴 책인지 핵심을 알고 보면 부담을 덜 수 있다. 그렇다고 해도 사회과학 고전을 정독하거나 완독하는 것은 정말 어려운 일이기 때문에, '끝까지 훑어보면서 통독하기'를 권한다.

설령 어려운 개념과 주장을 담고 있을지라도 저자는 자신의 메시지를 전달하기 위해 나름대로 친절하게 설명하면서 내용을 전개하기 마련이다. '보이지 않는 손', '잉여', '사회계약' 등 처음 접할 때 생경한 개념들이 있겠지만 책을 계속 읽다 보면 이해하기 쉽게 풀어쓴 대목을 만나게 된다. 한 번의 정독으로 고전의 내용을 완벽하게 이해하려고 애쓰다가 지쳐서 중간에 책을 덮는 것보다는 일단 손길이 닿았으면 처음부터 끝까지 통독했을 때 성취감을 느낄 수 있고, 이것이 책 읽기를 계속 이어갈 수 있는 힘이 된다. 그 맛에 내 책장 1열을 묵직한 사회과학 고전들에게 내어주고 있다.

사회과학책을 고르는 세 가지 방법

사회과학 고전은 이미 잘 알려진 책들이기 때문에 마음만 먹으면 내 입맛대로 골라잡을 수 있지만, 사회과학책 읽기의 초심자가 주제를 정해서 신간 사회과학책을 선택하는 일은 다소 까다롭다.

시중에는 이제 막 사회과학에 입문하고자 하는 독자들을 위한 입문서라고 할 만한 책들이 나와 있다.

《나와 너의 사회과학》(김영사)은 '우리 모두를 위한 사회과학은 어떻게 가능할까?'라는 문제의식을 품은 저자 우석훈이 애덤 스미스, 르네 데카르트, 카를 포퍼 등 사회과학 분야에 업적을 남긴 학자들의 사상을 사회과학 연구 방법론의 맥락에서 풀어내면서 사회과학의 기본적이고 핵심적인 개념들을 친절하게 소개한다. 김윤태가 지은《모두를 위한 사회과학》(휴머니스트)은 사회과학의 기초 이론을 일반인들이 쉽게 이해할 수 있도록 주변에서 흔히 경험할 수 있는 사례들을 통해 설명한다. 부록에서 사회과학의 흐름을 보여주는 계보를 소개하고 사회과학의 각 분야를 망라한 추천 도서 목록을 제시한다.

사회과학책 읽기를 하려면 먼저 책을 골라야 한다. 어떻게 골라야 할까?

첫째, 주제를 정해야 한다. 정치, 경제, 국제 관계 등은 책 읽기의 주제라기에는 너무 광범위하다. 평화, 인권, 기아, 환경 등으로 범위를 좁히는 게 좋다. 인권을 예로 들자면 여성 인권, 아동 인권 등으로 주제를 세분화할수록 책 고르기가 한결 수월해진다.

둘째, 관심 있는 주제가 정해지면 그다음은 해당 주제와 관련 있는 도서 목록을 확인한다. 도서 목록을 확인하는 가장 쉬운 방법은 인터넷을 활용하는 것이다. 인터넷 서점에서 주제어를 입력하면 많은 추천 도서를 확인할 수 있다. 주제어 대신 신문이나 방송을 통해 알게 된 해당 분야 전문가의 이름을 검색어로 활용할 수도 있는데, 그 전문가의 저서 목록을 살펴보고 읽고 싶은 책을 골라도 된다.

추천 도서의 범위를 압축하려면 관심 있는 주제를 다룬 베스트셀러나 스테디셀러 목록을 살펴보는 것도 좋은 방법이다. 베스트셀러는 우선 접근하기가 쉽고 최신 트렌드를 반영한다는 면에서 장점이 있다. 다만, 사회과학책이 베스트셀러에 오르는 경우는 상대적으로 드물다. 만약 베스트셀러에서 사화과학책을 발견한다면 즉시 읽어보는 것이 좋다. 동시대 사람들의 관심을 그 정도로 받는 화제의 책은 뒤처지지 않기 위해서라도 볼 만하다. 레이첼 카슨이나 마이클 샌델의 책처럼 10년 이상 꾸준히 독자들의 선택을 받는 스테디셀러는 긴 생명력을 이어가는 나름의 이유가 있다. 스테디셀러가 된 것은 유행이나 시류에 따르기보다 사람들의 지적 호기심을 꾸준히 끌어당기는 메시지가 있고, 읽고 나면 지적 만족감을 주는 저자의 통찰을 확실하게 느낄 수 있기 때문이다. 사회과학 고전에 비해 가독력이 매우 뛰어나다는 것도 한 가지 이유다.

셋째, 주제어로 검색하기를 통해 베스트셀러, 스테디셀러, 전문가의 저서 중에서 책 고르기를 거치고 나면 나름대로 몇 권의 도서 목록이 만들어진다. 그렇지만 이 단계에서 곧바로 본격적인 책 읽기를 시작하지 말고 한 단계를 더 거치는 게 좋다. 바로 '훑어보기'다. '이 책은 어떤 책일까?', '저자가 이 책을 쓴 이유는 무엇일까?', '이 책은 내가 알고 싶어 하는 주제를 제대로 다루고 있을까?' 등의 궁금증들에 최대한 빨리 답을 찾는 요령이 바로 훑어보기다.

인터넷 서점을 이용하는 경우라면 '미리보기'로 차례, 서평 등을 살펴볼 수 있다. 책을 한 페이지씩 차근차근 그리고 꼼꼼하게 읽는 것은 훑어보기로 원픽(one pick)을 정한 후에 시작해도 늦지 않다.

훑어보기, 띄엄띄엄 읽기, 정독하기, 브리지 독서

다른 학문 분야와 마찬가지로 사회과학을 전문적으로 공부하는 경우에도 대학 도서관과 국립도서관 그리고 인터넷에 산재해 있는 방대한 자료 더미 속에서 옥석을 가려 나에게 필요한 것을 찾아내는 과정이 필요하다. 이때 관심 있는 연구 주제에 시간과 노력을 집중할 수 있도록 권장하는 독서 기술이 있다. '훑어보기(skimming) - 띄엄띄엄 읽기(skipping) - 정독하기(intensive reading)'로 이어지는 3단계 독서법이다. 사회과학책 읽기에 나선 독자들이 이런 독서 기술을 활용한다면 책을 고르고 읽는 데 한결 부담을 줄일 수 있다.

훑어보기의 주된 목적은 읽고자 하는 책의 전체 개요를 파악하는 데 있다. 훑어보기를 할 때는 제목과 부제, 차례를 비롯해서 저자의 머리말이나 서론까지 살펴보게 된다. 대부분의 경우 저자들은 제목과 부제, 그리고 머리말 등에서 자신이 중요하다고 생각하는 바를 드러내놓기 마련이다. 책의 전체 구조, 차례, 서문 등을 훑어보면서 저자의 핵심 아이디어가 무엇이며, 그것이 어떤 제목 아래 배치되었는지, 그리고 어떤 논리적 연결고리에 의해 이어지는지 등을 개괄적으로 살펴보는 과정이다. 모든 문장을 꼼꼼하게 읽기에 앞서서 책의 전체 얼개를 스케치하는 단계라고 할 수 있다.

훑어보기는 책을 모두 읽지 않고도 그 책이 나의 주요 관심사를 제대로 다루고 있는지를 빠른 시간 안에 파악할 수 있도록 도와준다. 서점에서 책을 고르는 경우를 생각해보자. 우선 관심이 가는 책을 집어 든 후 빠른 속도로 책장을 넘기면서 지은이 소개, 차례, 본문 안에 있는 소제목 등을 살펴보게 되는데 전문 연구자들의 훑어보기와 별반 다르지 않다.

띄엄띄엄 읽기란 말 그대로 책을 처음부터 끝까지 빠짐없이 읽는 게 아니라 군데군데 건너뛰면서 듬성듬성 읽는 방식이다. 중간 제목(또는 소제목)의 첫 문단과 마지막 문단만 읽는다든지 각 문단의 첫 문장만 읽고 다음 문단이나 다음 중간 제목(소제목)으로 넘어가는 식이다. 이렇게 보기만 해도 책의 핵심 논지가 어느 제목 아래 어떻게 서술되었는지를 파악할 수 있다.

달리 말하면 띄엄띄엄 읽기는 책의 전체 내용 중에서 굳이 공들여 읽지 않아도 본래 목적을 달성하는 데 크게 지장이 없는 부분들을 덜어내는 과정이기도 하다. 그 책의 핵심 논지를 파악하고 재구성하는 데 필수적이지 않은 부분을 과감히 생략함으로써 독서의 효율을 높이는 방법으로 '발췌독'이라고도 한다. 서점에서 책을 살펴보다가 흥미 있는 대목이 눈에 띄면 그 부분을 조금씩 읽어보기도 하는데 띄엄띄엄 읽기가 바로 그런 독서 기술이다.

3단계 독서법의 마지막 과정은 정독하기다. 훑어보기와 띄엄띄엄 읽기를 하며 마지막에 도달하게 되는 지점은 책의 내용 중에서 단어 하나하나, 문장 하나하나를 꼼꼼하게 읽고 그 의미를 되새기는 대목이다. 저자의 핵심 아이디어와 주장이 녹아 있는 중간 제목(소제목)과 문단들은 정독해야 한다. 전문 연구자들은 정독할 만한 대목이 눈에 띄는 순간부터 저자의 아이디어 및 주장이 나의 관심사(연구 주제)와 논리적으로 어떻게 연계되는지, 나의 연구와 주장을 뒷받침하기 위해 어떻게 활용할 것인지를 생각한다. 독자들도 마찬가지다. 서점에서 책을 뒤적이다가 집에 가져가서 꼼꼼하게 읽고 싶어지는 대목을 발견하면 선뜻 책값을 지불한다. 물론 사회과학책을 정독하는 것은 많은 수고를 들여야 하는 과정이므로 책을 많이 읽는 것보다 한 권을 읽더라도 제대로 읽는 게 중요하다는 태도가 뒷받침되어야 한다.

이렇게 비교해보면 독서를 위한 일반 독자들의 일상적인 과정이 연구자들의 3단계 독서법과 크게 다르지 않다는 것을 알 수 있다. 전문 연구자가 아니더라도 책을 읽는 사람들 대부분은 비

체계적이긴 하지만 이미 무의식적으로 이런 독서법을 행하고 있었던 것이다.

한편, 특정 주제를 다루는 사회과학 서적의 경우에도 핵심 논지를 뒷받침하기 위해 연관되는 다른 분야를 복합적으로 다루는 때가 있다. 예를 들어 《불평등의 이유》(유강은 옮김, 이데아)에서 노암 촘스키는 아리스토텔레스의 《정치학》, 애덤 스미스의 《국부론》 등 많은 책을 인용하고 있다. 독자가 《불평등의 이유》를 읽은 다음에 《정치학》이나 《국부론》을 찾아서 읽는다면 박수를 보낼 만하다. 한 권의 책을 읽고 그 책에서 인용한 다른 책을 이어서 읽으며 자연스럽게 영역을 넓혀가는 것은 독서에서 만고불변의 정석이다.

이런 경우에 독자는 원래의 관심 주제로부터 파생되는 주변 분야로 호기심이 향하게 되는데, 호기심이 이끄는 대로 따라가다 보면 애초의 관심과는 다른 주제에 관한 책을 읽고 있는 자신을 발견할 수도 있다. 하지만 당황할 필요는 없다. 이는 '가지 뻗기'를 통해서 자신만의 '숲'을 만들어가는 과정이기 때문이다. 저자가 인용한 책들을 찾아서 읽는 것이 가이드를 따라가면서 가지를 뻗는 방식이라면, 관심이 끌리는 연관 주제에 관한 도서를 찾아서 읽는 것은 혼자 힘으로 이 나뭇가지에서 저 나뭇가지로 뛰어오르는 과정이다.

한 권의 책 읽기로 특정 주제의 핵심 쟁점을 모두 파악하기는 어렵다. 평화, 인권, 불평등, 권력 같은 주제들은 각각 개념적으로 공유되는 공통분모가 있음에도 구체적인 실현 방법 등을 둘러싸고 논쟁이 벌어지는 경우도 많다. 따라서 하나의 주제를 둘러싼 다양한 관점을 파악하고 그 속에서 자신의 견해를 정립하려면, 서로 다른 관점을 가진 책들도 함께 읽으면서 논점을 비교해보는 태도가 중요하다.

이렇게 한 책에서 다른 책으로, 하나의 주제에서 또 다른 주제로 이어지는 책 읽기를 브리지 독서라고 한다. 나뭇가지가 무성해지고 다른 나뭇가지로 거침없이 뛰어오르며 사회과학책 읽기의 영역을 넓히다 보면 세상 읽기의 안목으로 채워진 세계관 정립이라는 숲이 펼쳐질 것이다.

생각이 자라는 나만의 독서 노트

독서를 통해 생각하는 힘을 키우는 첫걸음은 질문을 품는 것이라고 했다. 그러면 답은 어떻게 찾아야 할까? 나만의 독서 노트를 써보면 질문의 답으로 향하는 이정표를 만들 수 있다. 처음부터 체계적인 질문 목록을 만들어서 일목요연하게 답을 찾아 정리하기는 어려운 일이다. 따라서 책을 읽는 동안 자신이 던진 질문에 해당하는 내용을 그때그때 메모해두면 일관성 있는 해답을 찾는 데 유용한 기초 자료로 쓸 수 있다.

흔히 책을 읽을 때 많이 사용하는 방법은 짤막한 문장에 밑줄 긋기, 밑줄을 긋기에는 분량이 조금 많다 싶으면 한 문단 통째로 옆줄 치기, 또는 중요한 문구 위에 별표 치기 등이다. 이 모두는 읽는 이가 중요하다고 여기는 부분에 독서의 흔적을 남기는 방법으로는 나무랄 데가 없다. 하지만 표시를 해두고 넘어가면 그 책을 읽었다는 증거가 될 수는 있어도, 그것만으로 읽는 이의 생각이 자라나지는 않는다. '구슬이 서 말이라도 꿰어야 보배'라는 말이 있듯이, 책을 읽으면서 파악한 내용을 메모 형식으로나마 미리 생각한 질문과 연결해야 자신의 생각으로 만들 수 있다. 그러기 위해서 나만의 독서 노트를 써보길 권한다. 처음에는 서툴겠지만 2~3권만 해보면 자기만의 독서 노트 포맷을 갖추게 된다.

나는 사회과학책을 읽을 때 제목과 차례를 통해 파악할 수 있는 핵심 주제를 두어 개의 질문 형태로 정리한 후, 책을 읽으면서 질문에 대한 답이 될 만한 내용을 간략하게 요약해둔다. 그것과 동시에 떠오르는 질문들을 연관 질문 형식으로 메모해두었다가 내 생각을 정리해보거나 다른 도서를 찾아보는 단서로 활용한다.

나의 독서 노트 1

책 제목	《영구 평화론: 하나의 철학적 기획》
저자	임마누엘 칸트
핵심 주제	평화 – 영구 평화/세계 평화
핵심 질문	■ 칸트가 말한 '영구 평화'란 무엇일까? ■ '영구 평화'는 어떤 조건에서 가능할까?
핵심 내용	■ 진정한 평화란 전쟁이 중단된 상태를 말하는 게 아니라 언제 전쟁이 일어날지 모르는 위협 상태에서 벗어남을 의미함 → 영구 평화 ■ 영구 평화가 실현되기 위해서는 대의제에 입각한 공화제 국가들끼리 국제적인 연맹을 형성해야 함 → 연방 체제 안에서의 평화 ■ 연방 체제라는 국제적인 제도를 통해 평화 정착
연관 질문	■ 제1차 세계대전 후 설립되었던 국제연맹은 왜 제2차 세계대전을 예방하지 못했을까? ■ 제2차 세계대전 후 설립된 국제연합(UN)은 영구 평화의 실현에 기여하고 있는가? ■ 미국은 연방 체제 안에서 영구 평화를 구현하고 있는가? ■ 유럽연합은 지역연합체 안에서 영구 평화를 구현할 수 있을까? ■ 미국과 같은 연방국가 또는 유럽연합과 같은 지역연합체가 많아지면 칸트가 말한 영구 평화를 실현할 수 있을까?

나의 독서 노트 2

책 제목	《침묵의 봄》
저자	레이첼 카슨
핵심 주제	환경 – 화학물질의 파괴력
핵심 질문	▪ 살충제와 제초제는 어떻게 자연환경을 파괴하는가? ▪ 자연환경의 파괴가 인간의 삶에 해악을 끼친 구체적인 사례는 무엇인가?
핵심 내용	▪ 살충제는 동물의 체내에 흡수되면 지방과 결합해서 치명적인 수준으로 농축되고 먹이사슬을 통해 축적됨 ▪ 제초제는 잡초만 제거하는 것이 아니라 식물의 생태계를 교란하고 결국에는 먹이를 구할 수 없게 된 동물들도 생존의 터전을 잃게 됨 ▪ 살충제와 제초제를 공중 살포하는 것은 경작지 인근의 주민들에게 죽음의 비를 내리는 것과 같은 행위임
연관 질문	▪ 위생을 위해 그리고 경작과 목축을 위해 살충제와 제초제의 사용이 불가피하다면 그 폐해를 최소화하는 방안은 무엇일까? ▪ 살충제와 제초제 이외에 인간이 만든 화학물질로 인해 생태계가 심각하게 교란된 다른 사례는 무엇일까? ▪ 화학물질로 인해 파괴된 생태계를 원상으로 복구하기 위해 인간은 어떤 노력을 했으며, 그 결과는 무엇일까?

나의 독서 노트 3

책 제목	《군주론》
저자	니콜로 마키아벨리
핵심 주제	정치 – 지도자의 덕목
핵심 질문	■ 정치 지도자가 갖추어야 할 필수 덕목은 무엇일까? ■ 마키아벨리가 정치 지도자의 교활함, 잔인함, 표리부동함을 옹호한 이유는 무엇일까?
핵심 내용	■ 정치 지도자의 임무는 국가의 안위를 지키는 것임 ■ 정치 지도자의 책임은 일반인의 윤리적 덕목과 다를 수밖에 없음 ■ 정치 지도자라면 국가의 안위를 지키기 위해서 신의를 저버리는 행위도 서슴없이 할 수 있어야 함
연관 질문	■ 마키아벨리가 강조한 교활함, 잔인함, 표리부동함 같은 정치 지도자의 덕목은 오늘날에도 용인될 수 있을까? ■ 민주주의와 공화주의가 상식이 된 21세기 현대의 정치 지도자가 갖추어야 할 핵심 덕목은 무엇일까?

04.

나와 너, 세계를 읽다

세계시민으로 나고 자란
MZ세대

내가 기억하는 최초의 책은 만화책이다. 제목은 생각나지 않고 일본군과 싸우는 독립군 이야기와 독일군을 물리치는 연합군 이야기라는 대강의 줄거리가 떠오를 뿐이다. 아직 한글을 깨우치기 전이라 글을 읽을 수는 없었지만 그림만으로도 적군과 아군을 구분할 수 있는 단순한 스토리였다. 독립군과 연합군이 우리 편, 좋은 편이라고 배웠던 터라 선과 악의 대결에서 선이 승리하는 구도에 매력을 느꼈던 것으로 기억한다.

처음에는 그림만 훑어보는 것도 재미있었지만, 점차 지문과 대사를 이해하지 못한 채 다음 페이지로 넘기는 게 답답했다. 말풍선에 담겨 있는 등장인물들의 대사가 궁금했고 그럴 때마다 형과 누나를 괴롭혔다. "주인공이 뭐라고 말하는 거야?" "여기는 뭐라고 쓰여 있어?" 처음에는 친절하게 알려주던 형과 누나가 언제부터인가 짜증을 내기 시작했다. 만화책을 한 페이지 넘길 때마다 자꾸만 물어보는 동생이 무척이나 귀찮았던 탓이리라. 회심의 카드를 내밀었다.

"좋아! 나 혼자 만화책 볼 수 있게 한글을 가르쳐줘! 그러면 더는 안 물어볼게!"

여섯 살의 나는 만화를 보고 싶어서 '기역, 니은, 디귿, 리을'과 '가나다라'를 배웠다. 만화책 읽기는 내 세계를 확장한 최초의 경험이었다. 가족을 비롯해 친척, 동네 친구들이 세계의 전부였던 나에게 만화책으로 접한 전쟁이라는 사건과 수많은 등장인물은 나와 내 주변 세계와는 다른 차원의 존재들이었다. 그때 내가 그 새로운 존재들을 이해하기 위해 시도한 방법이 '책 읽기'였다. 이후로도 나는 내가 알던 세계와 이른바 차원이 다른 무언가를 발견하면 그 세계를 이해하기 위해 제일 먼저 책을 펼친다.

영국에서 국제정치학 박사를 마치고 돌아와 북한 전문가로서 한반도 평화와 통일에 관한 연구에 10여 년을 매달렸다. 50대가 되어 대학에서 '세계시민교육'을 강의하기 위해 교단에 섰을 때, 또 한 번 차원이 다른 존재들을 만나게 되었다. 강의실에서 만난 20대 초반의 학생들은 1980년대에 대학을 다닌 내가 상상하던 이미지와는 아주 많이 달랐다.

세계시민교육을 위해 내가 준비한 첫 강의는 세계시민사회가 어떻게 탄생했는지에 대한 내용이었다. 내가 주목한 것은 세계화(Globalization)의 배경이었다. 세계화라는 커다란 흐름은 국경을 넘나드는 인구와 무역의 폭증을 동반하면서 진행되었다. 1950년에 5000만 명을 넘지 못했던 전 세계 여행자 수는 2019년에 14억 5000만 명으로 증가했고, 1950년에 1000억 달러에 불과했던 세계무역 규모는 2019년에 이르러 38조 달러에 달하는 성장을 보여주었다. 세계화의 흐름을 타고 정치, 경제, 사회, 문화 등 국가

간의 교류가 활발해지면서 한 나라의 문제가 전 세계에 영향을 미치는 상호의존성이 높아졌다. 세계화가 급속도로 일어난 밑바탕에는 냉전의 종식과 정보통신 혁명이라는 시대적 변화가 있었다.

첫째, 냉전의 종식은 세계화를 가능하게 했던 국제정치적 배경이다. 냉전은 제2차 세계대전이 끝난 1945년부터 베를린 장벽이 무너진 1989년까지의 기간에 소련으로 대표되는 사회주의 체제와 미국으로 대표되는 자본주의 체제 간의 이데올로기 대결을 일컫는다.

냉전이 반세기 가까이 유지될 수 있었던 이면에는 상호파멸에 대한 두려움 때문에 함부로 사용할 수 없었던 핵무기의 공포가 자리하고 있다. 상대방에게 선제적으로 핵 공격을 당하더라도 살아남은 핵전력으로 똑같이 보복한다는 '상호확증파괴전략'은 미·소 간의 핵무기 군비경쟁으로 이어졌다. 지구를 수십 번 파괴하고도 남을 정도로 핵무기를 비축했지만 결과적으로 누가 먼저 공격을 하건 양쪽 다 파멸하고 만다는 두려움 때문에 누구도 선불리 핵무기를 쓸 수 없는 '공포의 균형'이 냉랭하게 유지되었다.

1989년 11월 9일, 동·서 베를린을 가로지르던 베를린 장벽이 무너졌다. 이후 소련을 비롯한 동유럽 사회주의 체제가 무너짐으로써 냉전은 마침표를 찍게 되었고, 사람과 물자가 국경을 자유롭게 넘나들 수 있는 국제정치적 환경이 만들어지면서 세계화의 물결이 시작되었다. 1994년에 탄생한 유럽연합이 바로 냉전 종식의 산물이다.

둘째, 정보통신 혁명은 지구촌을 빛의 속도로 서로 교류할 수 있게 연결함으로써 세계화에 가속도를 붙인 사회경제적 배경이다. 냉전 시대에 군사적 목적으로 개발된 인터넷과 컴퓨터가 1990년대부터 민간에 상용화되면서 정보통신 기술이 고도로 발달하기 시작했다. 과학과 기술의 발전은 사람들의 생활양식을 바꿀 뿐만 아니라 정치, 경제, 문화 등의 여러 영역에 걸쳐 영향력을 발휘하게 됐다. 정보통신 혁명은 시간과 공간의 제약이 사라지게 했고, 그 결과 지구 반대편에 있는 사람을 내 이웃으로 삼을 수 있게 되었다. 인터넷 통신만 연결된다면 지구촌 어디에서나 실시간으로 상호교류가 가능해졌다.

하늘을 날아다니는 마법의 양탄자가 없어도 랜(LAN)선만 연결되면 지구촌 어디로든지 날아갈 수 있다. 코로나의 확산은 유명 가수의 콘서트에 온라인으로 참여하는 '랜선 콘서트'나 지인들끼리 각자의 집에서 화상으로 즐기는 '랜선 파티' 등 정보통신 기술을 이용한 새로운 트렌드를 만들고 있다.

한편, 세계화가 낳은 세계시민사회의 등장은 인류가 안고 있는 공동의 난제들을 해결하기 위해서는 공동의 노력이 필요하다는 경각심을 일깨우는 계기가 되었다. 세계 평화를 위협하는 전쟁과 테러, 인종차별이나 소수자 차별 등의 인권 문제, 지구온난화로 인한 기후변화, 식량 부족과 기아, 생화학 테러나 전염병 등 몇몇 천재의 노력이나 초강대국의 힘만으로 해결할 수 없는 문제들에 대해 국제적으로 관심이 커졌다.

나는 학생들에게 좋은 일이든 나쁜 일이든 인종, 지역, 국경의 경계를 넘어서는 지구적 상호작용이 일어나는 세계시민사회가 어떻게 태동했으며 세계시민으로서 갖추어야 할 시민성이 무엇인지 설명하려고 애썼다. 그런데 막상 학생들과 수업을 해보니 이들은 이미 세계시민으로 태어나서 세계시민으로 살고 있는 코즈모폴리턴(Cosmopolitan)이었다. 세계화가 어떻게 진행되었고 우리가 왜 세계시민의식을 지녀야 하는지에 대해 굳이 강의용 교재를 가지고 설명하는 것이 지극히 꼰대스럽지 않나 걱정스러웠다.

나와 다른 세대 이해하기

MZ세대란 1980년대 이후 태어난 밀레니얼 세대와 1990년대 이후 태어난 Z세대를 통칭하는 말이다. 디지털 환경에서 나고 자라면서 자신이 기업과 사회, 심지어 세계적으로 영향력을 미칠 수 있는 존재라는 걸 잘 알고 있는 이들은 자연스럽게 세계시민의 일원이라는 정체성을 받아들이고, 이전 세대와는 다른 가치관을 스스럼없이 드러낸다.

치열한 경쟁에 내몰린 채 '부모 세대보다 못사는 최초의 세대'라는 수식어가 따라붙었지만, 고도성장기의 혜택을 누린 나와 같은 기성세대와 달리 자기 선택에 당당한 것도 MZ세대의 특징이다. 자신이 좋아하는 것을 소비하면서 삶을 즐기거나, 선행을 베푼 사장님을 '돈쭐(선한 가게를 찾아가 적극적으로 매출을 올려 돈으로 혼쭐을 낸다는 뜻)'내거나, 어려운 이웃에게 무료로 나눔을 행하는 한편 주식이나 부동산 등의 투자에도 관심이 많고 익숙한 편이다. 한마디로 현명하고 똑똑하다. 이들은 사회적 이슈에 느슨하게 연대하다가도 불공정한 제도나 관행에 대해서는 서슴없이 집단행동에 나서며, 환경을 생각해서 플라스틱 사용을 줄이고 간헐적 채식을 실천하는 등 사회 변화에 능동적으로 참여한다.

국제정치학을 공부하고 한반도의 평화와 통일에 관한 연구를 해온 나로서는 북한을 바라보는 MZ세대의 관점이 우리 세대와는 완전히 다르다는 사실에 적잖이 당혹스러웠다. '우리의 소원은 통일, 꿈에도 소원은 통일', 초등학교 시절부터 따라 불렀던 통일의 염원을 담은 노래다. 통일은 왜 해야 하는 걸까? 이 질문에 대한 답은 언제나 정해져 있었다. 우리는 원래 단일민족으로 하나였으니까 남북한 통일은 당연히 이루어야 하는 목표라는 것이 나 같은 베이비붐 세대의 인식이다. 반면 대부분의 MZ세대에게 북한은 그냥 다른 나라다. '왜 굳이 북한하고 통일을 해야 하는가?', '동서독의 통일에 소요된 사회적 비용이 천문학적인데, 통일하면 우리에게 이익이 되는 것은 무엇인가?'라고 되묻는다. 대꾸를 하자니 너무 장황한 얘기라 말문이 막힌다.

세대에 따른 인식의 차이에도 불구하고 나에게 인상 깊게 다가오는 대목은 MZ세대가 과도한 플라스틱 사용을 자제하기 위해 노력하며, 기후변화 등 인류 공동의 문제를 자신과 동떨어진 일로 여기지 않고 해법을 찾기 위해 지혜를 모으는 데 이미 자연스럽게 동참하고 있다는 사실이다. 세상에 대한 자신의 영향력을 믿고 작은 것부터 실천하는 태도는 세계시민사회에서 세계시민으로 태어나고 자란 MZ세대의 가장 큰 장점이다.

세계시민으로 태어나고 자란 MZ세대와 나 같은 기성세대가 공유할 수 있는 세계시민교육은 무엇이며 어떻게 해야 할까? 대학 강단에서 교양수업으로 세계시민교육을 강의하면서부터 가졌던 물음이다. 세계화는 세계 곳곳에서 일어나는 일들이 국가의 경계를 넘어 그리고 세대의 간극을 넘어 우리 모두의 삶에 영향을 미치는 거대한 흐름이다. 지구촌 공동의 문제에 주목하고 그 해법을 모색해서 실천 방안을 도모하는 것이 세계시민의 기본 소양으로 자리 잡아가고 있다. 새로운 세상을 이해하고 전달하기 위해 나는 예전에 그랬던 것처럼 책을 집어 들었다. 책을 읽어주는 것이 내가 할 수 있는 최선의 세계시민교육이다.

먼저 키워드를 뽑았다. 평화, 차별, 공정, 환경 그리고 최근 우리의 일상을 뒤흔든 전염병까지. 키워드와 관련해서 최근에 일어난 사회문제들을 찾아보았고 이 문제들을 다룬 사회과학책들을 살펴보았다. 그리고 그 책이 전하는 이야기를 들려주기로 했다. 여기서 소개하는 책들을 읽지 않더라도 그 책에서 건져 올릴 수 있는 의미에 귀를 기울여주면 좋겠다.

전쟁이 없는 세계가 가능할까?

난민, 그들만의 얘기일까?

쇠사슬을 손에 말아 쥔 여섯 살 시리아 소녀의 사진이 인터넷판 신문을 장식했다. 난민캠프에서 영양실조에 시달리다가 음식을 너무 급하게 먹던 중 질식사한 것이다. 2021년 6월 첫째 날에 접한 국제뉴스다. 전쟁이 인간을 얼마나 비참한 지경으로 몰아넣는지 보여주는 사건이다.

2011년 3월 바샤르 알아사드 대통령의 장기 집권을 거부하는 반정부 시위에서 시작된 시리아 분쟁은 알아사드 정부를 지원하는 러시아와 시리아의 민주화를 지지하는 미국의 대리전 양상으로 비화하면서 10년 넘게 계속되고 있는 내전이다. 시리아 내전은 수십만 명의 목숨을 앗아가고 수백만 명의 난민과 이재민을 낳았다.

우리 사회에서 난민 문제가 사회적 관심을 끌었던 것은 500명이 넘는 예멘인들이 제주도로 입국해서 난민 신청을 한 2018년이었다. 2015년에 시작된 내전을 피해 예멘을 떠난 난민들이 동남아를 거쳐 무비자 입국이 가능한 제주도로 들어왔고, 이들이 난민 신청을 한 것이다. 난민을 대하는 우리의 태도는 무척 차가웠다. 난민 신청자 가운데 정식으로 난민 인정을 받은 사람은 단 두 명뿐이었다, 그해 6월에는 청와대 국민 청원 게시판에 '난민 신청 허가 폐지' 청원이 올라와서 며칠 만에 22만 명 이상의 동의를 얻을 정도였다.

난민이란 '인종, 종교 또는 정치적, 사상적 박해를 피해 고향이나 고국을 떠난 사람들'을 말하는데, 그 대부분은 전쟁이나 내전으로 인한 전쟁 난민이다. 전쟁이나 내전이 없다면 난민 문제는 거의 발생하지 않는다. 전쟁이 없는 세계, 가능한 것일까? 책장에서 전쟁이 없는 세상을 염원했던 임마누엘 칸트의 《영구 평화론: 하나의 철학적 기획》(이한구 옮김, 서광사)을 꺼냈다. 전쟁이 일어나지 않는, 항구적으로 평화로운 세상을 꿈꿨던 그의 희망이 담긴 평화 기획서다.

항구적인 평화를 꿈꾼 칸트

30년 전쟁(1618~1648)을 끝내고 체결한 베스트팔렌 조약(1648)은 한동안 유럽에 평화를 가져다주는 듯했다. 베스트팔렌 조약은 세속영주들의 영지를 인정하고 종교 선택의 자유를 허용한다는 내용을 담고 있다. 이로부터 유럽의 통치자들은 외부의 간섭 없이(즉 가톨릭교회나 다른 영주의 간섭 없이) 자신의 영토를 다스릴 수 있는 권리를 인정받았다. 유럽에서 주권국가라는 근대의 정치체제가 확립된 것도 베스트팔렌 조약을 그 출발점으로 삼는다. 그러나 스페인 왕위 계승 전쟁(1701~1714)과 7년 전쟁(1756~1763), 프랑스 대혁명(1789~1794) 등 끊이지 않는 전쟁은 유럽의 계몽 지식인들에게 '어떻게 하면 전쟁 없는 평화의 시대를 열 수 있을까'라는 화두를 던졌다. 칸트 역시 항구적인 평화를 정착시킬 방안을 고민하는 지식인의 한 사람이었고 그가 내놓은 해답이 《영구 평화론》이다.

프랑스 대혁명에 관해 간섭하던 프로이센이 향후 10년간 중립을 지킨다는 내용의 바젤 평화조약을 1789년 4월 맺었다. 칸트가 《영구 평화론》을 처음 세상에 내놓은 것은 바젤 평화조약이 체결되고 몇 년이 지난 1795년이었다. 칸트는 1795년 '영구 평화를 위하여'라는 제목으로 그의 평화론을 발표했고, 그 이듬해인 1796년 '영구 평화를 위한 비밀조항'을 추가했다. 그가 이 책을 쓴 배경에는 바젤 평화조약은 진정한 평화조약이 아니라 일시적인 휴전 조약에 불과한 눈가림이라는 비판적 인식이 깔려 있다.

칸트는 평화를 보장하기 위한 노력이 국가 간의 약속으로 보증되어야 한다는 점을 강조하기 위해 예비 조항, 확정 조항, 비밀 조항 등 당시에 사용되던 국가 간 조약의 형식에 맞춰 《영구 평화론》을 구성했다. 자신의 평화론이 항구적인 평화를 담보할 국제 평화조약으로 받아들여지기를 희망했던 칸트의 진심을 엿볼 수 있다.

《영구 평화론》의 제1장 〈국가 간의 영구 평화를 위한 예비 조항〉에서 칸트는 다음과 같은 여섯 가지 명제를 앞세운다.

> 1조 장차 전쟁의 화근이 될 수 있는 내용을 유보한 평화 조약은 성립 불가

2조 어떤 독립 국가도 다른 나라에 의해 영유(領有)될 수 없음

3조 상비군의 점진적·완전한 폐기

4조 전쟁을 위한 국채 발행 불가

5조 다른 나라에 대해 무력으로 간섭하는 행위 금지

6조 전쟁 중 암살자를 고용하거나 항복 조약을 파기하는 비열한 행위 금지

익숙하지 않은 조약문 형식이지만 6개의 예비 조항은 침략 행위뿐만 아니라 전쟁을 준비하는 행위까지 중단할 것을 촉구하는 내용이다. 이미 30년 전쟁을 종식하고 체결한 베스트팔렌 조약을 통해 유럽의 군주들은 근대 국가 체제를 인정하는 주권 불가침 원칙을 세웠다. 칸트는 어떤 방법으로든 독립 국가의 독자적인 존립을 무너뜨려서는 안 된다는 2조와 다른 국가의 무력 간섭을 허용하지 않는다는 5조를 통해 주권을 존중하는 것이 평화의 전제조건임을 강조하고 있다.

칸트의 《영구 평화론》이 세계 평화를 설파하는 고전으로 다루어져 온 이유는 단지 전쟁 금지나 주권 불가침을 선언하는 데 그치지 않고 그 실행 방법에 대한 대안도 함께 제시했기 때문이다. 주권 국가 간에 어떤 관계를 맺어야 전쟁을 예방하고 항구적인 평화를 구현할 수 있는지를 칸트는 제2장 〈국가 간의 영구 평화를 위한 확정 조항〉에서 다루고 있다.

함께 생활하는 사람들 사이에서의 평화 상태는 자연 상태가 아니다. 자연 상태란 전쟁의 상태이다. 이것은 적대 행위가 계속 자행되고 있다는 것을 뜻하는 것이 아니라, 적어도 중단 없는 전쟁의 위협을 의미하는 것이다. 따라서 평화 상태가 정초되어야만 한다.
– p. 25

직접적인 무력 충돌이 벌어지는 상황뿐만 아니라 군사력으로 무장한 상태에서 서로를 위협하는 것도 전쟁 상태에 해당하며, 평화란 전쟁의 위협까지도 제거되어야 구현되는 것이라는 게 전쟁과 평화에 관한 칸트의 인식이다. 칸트는 평화란 자연적으로 주어지는 것이 아니라 인간이 의식적인 노력을 통해 만들어내야 한다는 점을 분명하게 강조하고 있다. 그는 제2장을 '영구 평화를 위한 확정 조항'이라고 이름 붙였지만, 그 내용은 세계 평화를 실현하기 위해 갖추어져야 할 전제조건이라고 할 수 있다. 평화를 만들기 위한 조건은 다음의 세 가지다.

제1의 확정 조항 모든 국가의 시민적 정치 체제는 공화 정체여야 한다.
제2의 확정 조항 국제법은 자유로운 국가들의 연방 체제에 기초해야만 한다.
제3의 확정 조항 세계 시민법은 보편적 우호의 조건들에 국한되어야 한다.

제1의 확정 조항에서 말하는 '공화 정체'에 대해 칸트는 상당히 공들여 설명한다. 그가 말하는 법치주의, 대의제를 핵심 원리로 꼽은 공화 정체란 헌법에 근거해서 입법권과 행정권을 분리한 오늘날의 민주주의 정치체제를 연상시킨다. 자연 상태가 전쟁 상태와 다를 바 없다고 여긴 칸트는 제2의 확정 조항에서 국가 간의 평화로운 상태를 유지하는 방안으로 '연방 체제'를 제안한다. 국가에 소속된 개인이 제도를 통해 타인으로부터 자신을 보호할 수 있는 것처럼, 국가도 이웃 나라의 위협에서 벗어나기 위해 국가 간의 연맹이라는 국제적인 제도 안으로 들어가야 한다는 것이다. 칸트는 대의제에 입각한 민주주의 국가 간의 자유로운 연방 체제를 만드는 것이 항구적인 세계 평화를 실현하는 길이라고 확신했다.

> 법의 개념에 부합되려면 통치 방식은 대의주의의 형태를 취해야만 하며, 그리고 이 체계 속에서만 공화 정체가 가능하다.

> 그들은(필자 주-각 국가의 국민들은) 자신들을 보호하기 위하여 모두가 공민적 체제와 비슷한 체제에 귀속되기를 요구할 수 있고 또 요구해야만 한다. 이때 비로소 각자의 권리는 보장될 수 있다. 이것은 아마 국제 연맹(Völkerbund)일 것이다. - p. 32

이 책에서 놓치지 말아야 할 부분은 제2장의 마지막 조항이다.

제3의 확정 조항에서 칸트는 영속적인 평화를 구현하기 위해서는 설령 이방인일지라도 적으로 간주하지 않는 세계시민법을 확립해야 한다고 강조한다. 칸트는 아메리카 정복 과정에서 보여준 정복자들의 만행이나 인도 식민지 경영 과정에서 보여준 식민주의자들의 행태, 중국과 일본이 자국 땅에 들어온 서양인들의 자유로운 활동을 제약했던 조치를 예시로 들면서 모두 세계시민법에 부합하지 않는 것들이므로 정당화될 수 없다고 주장한다. 칸트의 세계시민법은 유럽 중심의 시각이라는 한계를 가지고 있지만, 오늘날 난민 문제를 바라보는 우리의 태도를 돌아보게 하는 대목이다.

그러나 칸트가 주창한 영구 평화론은 시대를 너무 앞서갔던 것일까? 그의 간절한 희망은 이루어지지 않았다. 인류는 20세기에 두 차례의 세계대전을 겪었다. 1914~1918년에 벌어진 제1차 세계대전과 1939~1945년에 치른 제2차 세계대전이 그것이다. 세계대전으로 인한 인명 피해는 믿기 어려울 정도다. 제1차 세계대전으로 인한 사망자만 해도 1000만 명을 웃돌았고, 제2차 세계대전으로 인한 사망자는 자그마치 5000만 명에 이르렀다.

세계대전의 피해와 참상을 목격한 지식인과 정치 지도자들은 전쟁을 예방하고 국제평화를 보장하기 위한 장치를 마련하고자 노력했다. 제1차 세계대전 직후 만들어졌던 국제연맹과 제2차 세계대전 이후 설립된 국제연합(UN)은 전쟁을 예방하고 국제평화를 제도적으로 뒷받침하려는 목적으로 탄생한 국제기구다. 현존

하는 국제연합과 그 전신에 해당하는 국제연맹이 창설된 사상적 배경을 거슬러 올라가다 보면 칸트의 '영구 평화론'을 만나게 된다. 칸트가 제2장에서 제시한 세 가지 확정 조항을 엮어보면 '공화정을 채택하고 있는 자유 국가들의 연방 체제'가 항구적인 세계 평화를 구현하는 방법이라는 결론에 이르게 된다. 국제연맹과 국제연합을 탄생시킨 사상적 배경이 칸트의 '영구 평화론'에서 비롯되었음을 알 수 있다.

우리도 한때는 난민이었다

현실 세계는 여전히 전쟁과 내전으로 얼룩져 있다. 민주주의 연방이라는 칸트의 기획은 실패한 것일까? 세계시민사회는 영구 평화를 구현하는 데 새로운 조건이 될 수 있을까? 전쟁과 평화는 동전의 양면처럼 맞붙어 있는 숙제다. 평화를 말하기 위해서는 전쟁을 공부해야 하는 것처럼 말이다. 인류의 역사는 수많은 전쟁을 겪으면서 흘러왔고, 어느 시대나 평화를 희구하는 갈망은 전쟁이 초래하는 소외와 공포에서 벗어나기 위한 몸부림이었다. 세계 평화, 아시아의 평화, 한반도의 평화 이 모두는 우리가 겪은 전쟁의 참상 너머에 있는 희망이다.

일제 강점기 그리고 6·25 전쟁을 겪은 시기에는 우리도 난민이었다는 걸 기억해야 한다. 2만 5193명. 1910년 일제에 의해 대한제국의 주권을 빼앗긴 다음 해 12월까지 간도(현재의 중국 지린성 일대)로 이주한 사람의 숫자다. 그 후 일제가 토지조사사업을 빌미로 농지를 탈취해감에 따라 간도 이주가 계속되어 1926년 당시 간도 지방에 사는 우리나라 사람의 가옥 수는 5만 2881호에 달했다. 모두 식민지 난민이었다.

1950년에 발발한 6·25 전쟁으로 인한 민간인 사망자는 남북한 지역을 아울러서 50만 명이 넘었고, 부산으로 모여든 피난민의 수도 100만에 이르렀다. 1953년 휴전협정이 체결된 후 남북한 사이에 포로 교환이 이루어졌는데 제3국행을 택한 77명의 북한군 포로들은 중립국 인도로 떠났다. 모두가 전쟁 난민이었다.

'사해(四海)는 동포(同胞)다.' 일제가 아시아 침략에 광분하던 시절에도 한국, 중국, 일본의 의식 있는 지식인들은 우리나라, 우리 민족과 이웃 나라, 이웃 민족이 서로 침략하거나 차별하지 않고 포용하면서 공생하자는 정신을 부르짖었다. 인류 전체를 하나의 세계시민으로 보는 사해동포주의는 인간을 코즈모폴리턴적인 존재로 인식하고 보편적 우호를 강조한 칸트의 세계시민법과 일맥상통한다. 삶의 마지막 희망을 안고 제주도까지 흘러들어온 예멘 난민, 그들의 또 다른 이름은 세계시민, 사해동포다.

인종차별의 역사를 파헤치다

흑인의 목숨도 소중하다(BLM)

'흑인의 목숨도 소중하다!(Black Lives Matter!, BLM)' 2012년 미국에서 열일곱 살 흑인 청년 트레이번 마틴이 자율방범대원의 총격으로 사망한 사건을 계기로 흑인 인권운동이 촉발되었다. BLM은 2020년 5월에는 비무장 상태의 아프리카계 미국인 조지 플로이드가 경찰의 과잉 진압으로 사망하면서 다시 소환되었다.

미국 경찰이 흑인을 검문하거나 체포하는 과정에서 목을 눌러 질식시키거나 등 뒤에서 총격을 가하는 과잉 행동, 코로나 확산 이후 아시아계 유색인종에 가해지는 묻지 마 폭행 등은 인종차별이 직접적인 폭력의 형태로 표출된 경우들이다. 물론 인종차별이 직접적인 폭력의 형태로만 나타나는 것은 아니다. 언어적 표현이나 사소한 몸짓, 작은 액션만으로 인종차별을 드러내는 경우도 아주 많다. 서양의 커피숍에서 동양인이 주문하면 컵에 찢어진 눈을 그려 넣어 표시하는 것도 인종차별적인 행동이다.

인권에 대한 존중도 세계시민이 갖추어야 할 덕목 가운데 하나다. 인종차별, 종교차별, 남녀차별, 성적 정체성에 대한 차별 등 온갖 종류의 차별은 인권 존중의 반대편에 서 있다. 제2차 세계대전 기간에 자행된 나치의 인종 학살을 지켜보며 국제사회는 인권 보장의 필요성을 뼈아프게 성찰했다. '모든 인간은 태어나면서부터 자유롭고, 존엄성과 권리에서 평등하다.' 1948년 UN이 채택한 세계인권선언 제1조가 표방하는 천부인권사상이다. 세계인권선언 제2조는 '모든 사람은 인종, 피부색, 성, 언어, 종교, 정치적 또는 기타의 견해, 민족적 또는 사회적 출신, 재산, 출생 또는 기타의 신분과 같은 어떤 종류의 차별이 없이, 이 선언에 규정된 모든 권리와 자유를 향유할 자격이 있다'라고 부연하고 있다.

세계인권선언을 통해 인간의 존엄성과 평등을 이야기하는 것이 너무 거창해 보일지도 모른다. 하지만 곱씹어도 세계인권선언의 제1조와 제2조는 차별에 저항하고 인권을 존중하려는 세계시민이 꼭 되새겨야 할 원칙이다. 크리스티앙 들라캉파뉴가 쓴《인종차별의 역사》(하정희 옮김, 예지)는 인류가 자행한 차별의 범죄가 얼마나 참혹한 결과를 낳았는지를 생생하게 폭로한다.

과학을 동원한 뿌리 깊은 신념 체계

> 인종차별은 또한 하나의 사고방식이며, 감정과 무관한 지적 태도이기도 하다. 그렇다면 이 태도의 핵심은 뭘까? 그것은 의식될 때도 있지만 대개는 감춰져 있는 어떤 믿음이다. 그 믿음에 따르면, 미움을 받는 집단의 구성원들에게서 나타나는 심리적 또는 문화적 '결함들'은 문제의 그 개인들이 태생적으로 지니고 있는 어떤 신체적 속성들에서 필연적으로 유래한다. 달리 말해서 그들을 하나의 '인종'으로 만드는 어떤 '유전'형질들로부터 그 결함들이 유

래한다는 것이다. - p. 16

들라캉파뉴는 고대 그리스의 노예제부터 중세 유럽의 노예무역과 인디언 학살, 20세기 나치의 유대인 학살에 이르기까지 인류 역사에서 인종차별이 어떻게 합리화되고 궁극적으로 집단학살이라는 비극으로 치달았는지 그 과정을 되짚고 비판한다. 그는 인종차별이 자민족 중심주의나 외국인 혐오를 넘어 보다 뿌리 깊은 신념 체계라는 점에 주목한다. 인종차별의 뿌리를 이루고 있는 것은 내가 속한 문화가 최고라는 문화적 우월감이나 이방인에 대한 경계심과 두려움이라는 감정의 문제가 아니라 '신체적 속성'과 '유전형질'이라는 생물학적 특성을 근거로 동원하는 지적인 믿음이다. 감정적 차원이 아니라 신념 체계이기 때문에 더 심각한 문제다.

그에 따르면 인종을 생물학적으로 분류하던 차별의 기원은 고대 그리스 시대에서 찾을 수 있다. 그리스인들은 차별적 의미의 '인종' 개념을 사용하지는 않았지만, 인간은 태생적으로 서로 달라서 사회적으로 구분되는 이질적인 범주로 나뉜다는 관념이 강했다. 그리스인들은 우선 태어날 때부터 그리스어를 사용하는 자신들과 구분해서 그리스 사회의 바깥 세계 사람들을 '이방인'으로 타자화했다. 또한 그리스 사회 내부에서도 구분이 이루어졌는데 한쪽은 자유인의 지위를 누릴 수 있었던 성인 남성이고 다른 한쪽은 여성, 어린아이, 그리고 노예였다. 이런 분류는 지극히 '생물학적'이고 따라서 '인종적'인 분류이며 2000년 전 그리스 시대에 이미 인종차별이 존재했음을 보여주는 근거다. 그리스 도시국가들은 부모의 국적을 물려받는 속인주의에 따라 시민권을 부여했다. 이 원칙을 가장 철저하게 적용한 곳이 아테네인데, 아테네인으로 인정받으려면 부모가 반드시 아테네인이어야 하고 부모의 부모도 아테네인이어야만 했다.

들라캉파뉴는 그리스 시대의 사상가 아리스토텔레스를 여성차별과 노예차별을 생물학적 이론으로 합리화한 최초의 인종차별주의자라고 비판한다. 아리스토텔레스의 《정치학》 제1권에 따르면, 가족을 이끄는 아버지는 아내에 대해서는 위정자로서의 권한을 행사한다고 서술되어 있다. 이는 여성의 열등한 사회적 신분을 단지 여성으로 태어났다는 생물학적 이유에서 찾은 것에 다름 아니다. 남자아이는 장차 성장해서 아버지(남편)가 될 터이고 여자아이는 장차 성장해서 어머니(아내)가 될 터이므로, 여성은 여성이라는 생물학적인 이유로 현재는 아버지에 비해 미래에는 아들에 비해 열등한 사회적 신분을 벗어날 수 없게 된다.

다른 사람의 소유물로 취급받는 노예의 사회적 지위가 무엇에서 비롯되는가에 대한 아리스토텔레스의 대답은 '노예로 태어나기 때문에 노예'라는 것이었다. 인종차별주의자로서 아리스토텔레스의 인식을 보여주는 대목이다. 인종차별이 생물학적 근거를 동원한 신념 체계라는 들라캉파뉴의 관점에서 볼 때 아테네인과 비아테네인, 남성과 여성, 자유인과 노예 등 출생에 따라 구분한 그리스 시대의 생물학적인 인종 분류는 오늘날까지 이어지고 있는 인종차별의 뿌리에 해당하는 중요한 시발점이다.

괴물의 탄생과 야만의 시대

> 18세기 이전까지는 신화의 언어로 표현된 여러 인종차별 등이 있었다면 18세기부터는 과학적이라고 주장하는 하나의 인종차별이 있다. - p. 185

인간의 이성이 꽃을 피운 시기로 평가받는 18세기 계몽주의 시대에 당대 최고의 지성인으로 손꼽히는 인물들 가운데 사이비 과학을 동원해서 인종차별론을 거리낌 없이 내세운 이들이 상당수에 이른다. 프랑스 의사 베르니에, 스웨덴 박물학자 린네, 프랑스 박물학자 뷔퐁 등은 인류를 여러 인종으로 나누고 인종 간 우열의 존재가 필연적이라고 주장한 과학자들이다. 지식인 사회에서 유행처럼 퍼진 인종차별론은 영향력 있는 계몽가들의 적극적인 활동을 통해 대중에게는 과학과 교양으로 포장되어 확산되었다. 혁신적이고 이상적인 계몽주의에 도취된 대중은 사이비 과학을 무비판적으로 받아들였고 자신들보다 열등한 미개인이라는 이유로 특정 집단을 완전히 파괴하는 행위를 묵인하게 되었다. 그로 인해 18세기와 19세기에 걸쳐 아프리카 남부의 원주민, 호주의 토착민, 북아메리카 인디언들은 참혹하게 살육되었다.

19세기 유럽 열강의 식민지 지배를 정당화하는 데 동원된 인종차별은 급기야 20세기 최대의 비극으로 꼽히는 나치의 유대인 학살로 이어졌다. 프랑스의 사상가였던 고비노는 《인종 불평등론》을 써서 '우월한 인종'이라는 신화를 만들어냈다. 찰스 다윈의 조카인 프랜시스 골턴은 다윈의 자연선택 이론을 자연과 엄연히 다른 인간 사회에 임의로 갖다 붙여 약육강식이란 논리로 제국주의와 인종청소를 정당화한 '사회진화론'을 창시했다. 사회진화론은 찰스 다윈이 주장한 생물학적 진화론을 사회발전에 적용한 이론으로, 1870년대 이후 우월한 인종이 열등한 인종을 지배하는 것을 자연의 법칙으로 주장함으로써 제국주의의 정당화에 기여했다.

사회진화론은 2개의 모순되는 시나리오로 전개되었다. 첫 번째 시나리오는 유럽 제국주의가 추구하는 식민지 개척은 질적으로 우월한 인종이 우위를 점하게 되는 자연선택의 결과이므로 불편부당하지 않다는 것이었다. 유럽의 열강들은 아시아와 아프리카를 무력으로 침탈하면서도 아무런 거리낌이 없이 약육강식의 논리를 활용했다. 두 번째 시나리오는 자연선택은 양적으로 가장 수가 많은 인종, 즉 열등한 인종에게 유리하게 작용하는데, 열등한 인종이 계속 번식하는 자연선택을 막기 위해서는 국가의 간섭이 필요하다는 것이었다.

두 시나리오에서는 자연선택을 때로는 순응해야 하는 결과로, 때로는 막아야 하는 원인으로 갖다 붙이면서 대량 학살을 합리화하는 데 이용했다. 특히 두 번째 시나리오가 20세기 독일의 국가사회주의와 만나면서 제2차 세계대전 동안 나치에 희생된 유대인이 대략 550만 명에 이른다.

영향력 있는 사상가의 잘못된 믿음이 과학의 껍데기를 두르고 신념 체계가 되어 무비판적인 추종자들에게 퍼져나가면 괴물이 만들어진다. 괴물은 견고한 신념에 따라 성실하게 만행을 저지른다. 그것은 일시적인 범죄에 그치지 않고 결국에는 야만의 시대를 열고 만다.

인종차별의 역사를 되짚으면서 인종차별론을 지탱해온 사이비 과학을 질타한 들라캉파뉴는 두 가지 결론을 제시하면서 글을 맺는다. 첫째, 누군가의 잘못된 행동이 아니라 여성, 동성애자, 특정 종교의 교인 등 그 사람의 속성에 대한 편견으로 누군가를 증오한다면 이는 모두 인종차별에 속한다. 둘째, 대량학살 등 인종차별 범죄를 예방하는 일은 철학자·역사가·교육자 같은 지식인의 과제가 아니라 정치인들의 과제이며, 궁극적으로는 정치인들에게 권한을 주거나 박탈할 수 있는 시민들의 과제다.

차별에 공분하는 감수성을 지니고, 차별 없는 사회를 위해 책임 있는 행동에 나설 것을 촉구하는 그의 당부다. 인류 역사에 뿌리내린 인종차별이 얼마나 견고한지, 악을 행하는 이들이 얼마나 성실한지 알아야 반복되는 비극을 막을 수 있다.

차이는 다름이지 우열이 아니다

코로나19 팬데믹 이후 유럽과 미국 등지에서 아시아계를 표적으로 삼는 증오범죄가 끊이지 않는다. 코로나 발생 초기에 '우한 폐렴'이라고 이름 붙였던 낙인 효과로 인해 아시아계가 코로나바이러스의 진원지라는 인식이 퍼진 탓이다.

인종차별이 개인적 편견 또는 사회적 편견의 문제라면, 도덕과 상식 그리고 교육과 법률적 제도를 통해 그 해결책을 모색해볼 수도 있다. 그러나 인종차별이 정치적 선동과 결합되는 경우에는 인종청소(Genocide)로 귀결된다는 것을 역사가 증명해왔다. 나치 시대에서 멈춘 게 아니다. 100만 명의 희생자를 낳은 아프리카 르완다 내전과 20만 명을 학살함으로써 '유럽의 킬링필드'라 불렸던 보스니아 내전은 모두 20세기 후반에 벌어진 일들이다. 인종 학살은 어느 시대, 어느 곳에서나 일어날 수 있다는 사실을 간과해서는 안 된다. '다름'을 인정하지 않고 나와 다른 것에 '잘못된 것', '열등한 것'이라는 딱지를 붙이는 순간 차별은 폭력으로 발전해 공동체를 파괴한다.

민족 · 언어 · 종교 등 다양한 문화가 공존하는 다인종 사회에서 인종차별이라는 덫에 빠지지 않으려면 세계시민, 즉 코즈모폴리턴으로서 타인의 권리를 존중하고 자신의 의무를 다해야 한다. 나는 이 두 가지를 가장 잘 정의한 것이 세계인권선언이라고 생각한다. 세계인권선언의 첫 번째 조항 '모든 인간은 태어나면서부터 자유롭고, 존엄성과 권리에서 평등하다'는 우리 모두가 천부적으로 갖고 태어나며 어떤 상황에서도 보장받아야 할 권리, 인권에 대한 정의다. 두 번째 조항 '모든 사람은 인종, 피부색, 성, 언어, 종교, 정치적 또는 기타의 견해, 민족적 또는 사회적 출신, 재산, 출생 또는 기타의 신분과 같은 어떤 종류의 차별이 없이, 이 선언에 규정된 모든 권리와 자유를 향유할 자격이 있다'는 모두가 타인을 인간다운 인간으로 존중해야 한다는 의무를 강조하고 있다.

AI 챗봇 '이루다'가 성소수자와 흑인에 대한 차별적 발언으로 서비스 중단 사태를 맞은 사건은 우리 사회에 퍼져 있는 차별의 실태를 보여주는 사례다. AI 챗봇의 학습장에 해당하는 인터넷 공간이 그만큼 차별적인 언사로 오염되어 있다는 것을 보여주기 때문이다. 우리 사회도 점차 다인종 사회로 들어서고 있다. 국제결혼과 외국인 이주 노동자의 증가는 피할 수 없는 흐름이다. 우리가 해외여행을 할 때나 해외 이주민으로 정착할 때 피해자로 겪었던 일들을 지금 이곳에서 가해자로 행하고 있는 것은 아닐까? 한 번쯤 되새겨볼 일이다.

우리의 삶은 왜 여전히 불평등한가

월가를 점령하라!

월가는 세계 금융자본의 심장부다. 2011년 9월, '월가를 점령하라!(Occupy Wall Street!)'라는 모토로 촉발된 대규모 군중시위가 미국 뉴욕을 휩쓸었다. 1퍼센트의 금융 부자들이 전체 부의 50퍼센트를 차지하는 현실에 저항한다는 의미로 시위대는 '우리는 99퍼센트다(We are the 99%)'라는 구호를 외쳤다. 이 시위는 웹 사이트, 페이스북, 트위터 등 SNS를 통해 급속도로 전파되어 짧은 기간에 미국 전역으로 번졌고 전 세계적인 호응을 끌어냈다.

상위 1퍼센트가 전 세계 부(富)의 50퍼센트 이상을 차지하는 현실은 심각한 경제적 불평등을 의미하고, 이는 UN이 설정한 목표 가운데 하나인 지속가능발전을 위협하는 사회적 갈등 요인으로 작용하고 있다. 불평등이 단지 재산과 소득의 불평등에 그치는 게 아니라 어떤 일이나 사회적 지위에 접근할 수 있는 권리, 자격, 기회의 불평등으로 나타날 때 그 부작용은 더 커지기 마련이다. 흙수저와 금수저로 풍자되는 '수저계급론'은 한국 사회의 불평등을 드러내는 자조 어린 탄식이다.

2021년 7월 2일, 유엔무역개발회의(UNCTAD)가 한국의 지위를 개발도상국에서 선진국 그룹으로 이동했다는 소식이 들려왔다. 기구가 설립된 지 57년 동안 회원국 지위가 바뀐 나라는 한국이 처음이라고 한다. 나라는 점점 부유해지고 국제적인 위상도 드높아가기만 하는데 불평등과 불공정의 문제는 늘 우리 사회에 파열음을 만들어내고 있다. 세계 최고의 선진국이라고 하는 미국은 어떨까?

《불평등의 이유》에서 노암 촘스키는 통제와 지배를 유지하려는 미국 엘리트의 시도를 부와 권력을 집중하는 열 가지 원리로 설명하고 있다.

- 첫째, 민주주의를 축소하라.
- 둘째, 이데올로기를 형성하라.
- 셋째, 경제를 개조하라.
- 넷째, 부담을 전가하라.
- 다섯째, 연대를 공격하라.
- 여섯째, 규제자를 관리하라.
- 일곱째, 선거를 주물러라.
- 여덟째, 하층민을 통제하라.
- 아홉째, 동의를 조작하라.
- 열째, 국민을 주변화하라.

낯설지가 않다. '민주주의는 확대되는데 대중의 삶은 왜 여전히 불평등한가?'라는 질문에서 출발하여 촘스키가 갈파한 현대 미국 사회의 부조리는 우리에게도 강렬한 기시감을 안겨주는 것들이다.

부와 권력을 집중시키는 비열한 좌우명

부와 권력을 분배하는 규칙에 관한 대립은 미국 사회의 건국 초기부터 존재했다. 미국 헌법의 설계자 가운데 한 사람인 제임스 메디슨은 다수의 대중에게 투표권을 부여하면 소수 부유층의 재산을 빼앗아서 가난한 사람들에게 분배하는 '다수의 폭정'이 이루어질 개연성이 높기 때문에 민주주의 원리의 적용을 제한해야 한다고 주장했다. 반면 미국 독립선언서의 작성자였던 토머스 제퍼슨은 권력은 국민의 수중에 두어야 하며 옳든 그르든 다수 국민의 결정을 지지해야 한다는 민주주의를 대표하는 인물이었다.

두 견해의 대립은 그리스 도시국가 시절부터 오늘날의 현대 미국 사회에 이르기까지 이어지고 있는 논쟁이다. 촘스키는 이 논쟁을 민주주의의 역설(다수의 횡포, 중우정치)을 방지하기 위해 민주주의를 축소할 것인가, 대중의 정치적 권리를 인정하고 불평등을 축소할 것인가에 대한 선택의 문제로 바라보며 불평등을 축소하는 것이 건강한 사회에 부합한다는 입장을 견지한다.

불평등을 축소하기 위해 설계된 사회보장제도는 사회적 연대를 보호하고 강화하는 제도적 장치다. 소득이 많은 사람이 더 내는 세금으로 소득이 부족한 사람들은 최저생계를 보장받고 교육받을 기회를 누린다. 많은 국민이 사회보장의 혜택에 의존해서 살아가고 있는데 소수의 부유층은 사회보장제도의 필요성을 부인하거나 축소할 것을 요구한다. 대표적인 방법은 사회보장 관련 예산을 삭감하고 그 대안으로 민영화의 논리를 들이미는 것이다. 미국의 공교육 예산에 대한 공격이 그 한 예다. "나는 학교에 보낼 자녀가 없는데 왜 세금으로 공립학교를 운영하지? 학교를 민영화하면 되잖아?"

미국의 민간 의료보험도 사회적 연대를 방해한다. 의료보험 혜택을 받지 못하는 수백만 명의 사람들이 건강에 대한 불안을 안고 살아간다. 사회보장제도는 정부의 재정지출을 전제로 하는데 부와 권력을 쥐고 있는 미국 사회의 소수는 다수를 위한 복지 지출 때문에 재정적자가 누적되는 것을 달가워하지 않는다. 촘스키는 이들의 행위가 '모든 것은 우리가 챙기고 다른 사람에게는 아무것도 주지 않는다'라는 비열한 좌우명에 충실한 태도라고 비판한다.

연대를 지키기 위해 그가 제시하는 해법은 아주 단순하다. 그냥 하면 된다는 것이다. 예를 들어, 다수의 국민이 비용 부담에 대한 걱정 없이 고등교육에 접근할 방법이 무엇인가에 관한 촘스키의 대답은 '아주 쉽다. 그냥 그렇게 하면 된다'이다. 핀란드도, 독일도, 멕시코도 대학에 다니면서 거의 한 푼도 내지 않는 것은 경제적 의사결정이 아니라 사회적·정치적 의사결정의 산물이라는 것이다. 사회적 연대는 경제적 합리성에 근거하는 것이 아니라 사회적·정치적 타협에 따라 결정하면 된다는 주장이다.

부자를 위한 규칙과 가난한 자를 내모는 규칙

촘스키는 구제금융과 부자 감세에 대해서도 비판을 이어간다. 1997년 IMF 위기 당시 우리 정부는 기업회생을 위해 구제금융 정책을 실시한 바 있다. 미국도 2008년 글로벌 금융위기로 인한 기업파산을 최소화하기 위해 구제금융정책을 펼쳤다. 한국에서는 IMF 이후 비정규직이 확산되면서 고용의 안정성이 눈에 띄게 저하됐고 그 추세는 지금까지도 꺾일 줄 모른다.

이런 현상은 금융위기를 극복한다는 명목으로 쏟아부은 구제금융이 대기업에 부를 집중시킬 뿐 고용과 성장으로 순환되지 않는다는 촘스키의 비판을 뒷받침하는 사례다. 덩치 큰 대기업과 금융기관이 파산하면 경제에 미치는 부정적 영향이 크기 때문에 구제금융을 통해 살려야 한다는 재계의 요구가 빗발친다. 하지만 정부가 납세자의 돈으로 투자에 실패한 한계 기업을 회생시키는 것은 결코 자본주의 원리에 부합하지 않는다.

구제금융과 마찬가지로 부자 감세 역시 대기업과 부자에게 부를 집중시키는 방법이다. 상위 부유층의 세금을 줄이고 기업의 법인세 부담을 경감하면 투자가 확대되고 일자리가 늘어난다는 주장은 부의 집중을 정당화하기 위한 변명일 뿐이라는 게 촘스키의 생각이다. 청년 실업 문제가 심각하다는 사실과 함께 2020 회계연도 기준 우리나라 30대 재벌의 사내유보금이 1000조 원을 넘는다는 언론 보도를 접했을 때, 늘어난 기업의 자산이 고용으로 이어지지 않고 부의 집중을 심화시킨다는 촘스키의 지적을 실감했다.

그가 제시하는 방향은 이렇다. 노동자들의 소득을 증대시켜 자연스럽게 소비지출로 이어지게 하고 증가한 수요가 생산과 투자를 자극해 고용을 늘리는 성장으로 귀결되는 방식이다. 최근 우리 사회에서 격렬한 논쟁이 이뤄지고 있는 소득주도성장의 논리와 다르지 않다.

촘스키의 눈에 비친 현대 미국은 이중성의 사회다. 부자와 권력자에게 적용되는 규칙과 가난한 사람들에게 적용되는 규칙이 별개로 존재한다. 소수의 부와 권력을 영속적으로 보호해줄 '보모국가(nanny state)' 역할을 자처하는 반면, 유독 가난한 사람들에게는 자본주의 원리를 엄격하게 적용한다. 시장의 원리와 경쟁의 규칙이 원활하게 작동하도록 규율하는 정상적인 자본주의 국가를 표방하면서 신자유주의와 시장경쟁의 원칙에 따라 사회보장제도를 폐지하고 복지혜택을 삭감하라고 당당하게 주장한다.

여기에 더해 민주주의 선거제도마저 기업에 잠식되어 대중 민주주의 체제를 위협하고 있다고 우려한다. 미국 대법원은 기업이 '돈'을 자유롭게 사용하는 것을 기업이 누릴 수 있는 '표현의 자유'에 해당한다고 판결했다. 이 판결은 선거에서 기업의 금전적 후원을 합법으로 인정함으로써 기업이 돈으로 선거를 좌우할 수 있는 길을 열어주었다. 특정 후보자의 선거운동에 자금을 지원한 기업은 그 후보자가 당선되었을 때 입법이나 정책 결정에 영향을 미칠 수 있다. 당선인이 내놓은 입법안이나 정책안의 실질적인 작성자들은 더 많은 선거 자금을 후원받기 위해 기업의 입장을 대변하고 그들의 요구를 수용한다. 촘스키는 이런 일들이 현대 미국 사회에서 벌어지고 있음을 개탄한다.

초점이 맞지 않는 분노

촘스키는 국가 정책을 통해 부와 권력을 집중하려는 엘리트의 의도가 잘못된 것임을 대중도 잘 알고 있지만 효과적으로 저항하지 못한다고 지적한다. 대중의 불만이 잘못된 방향으로 표출되고 있기 때문이다. 대중은 타인을 혐오하거나 약자를 공격하는 등 사회적 연대를 파괴하는 방식으로 반감을 드러내는데, 오히려 정치인들은 이와 같은 '초점이 맞지 않는 분노'를 노린다. 혐오와 공포에 바탕을 두고 정치적 지지를 끌어낸 도널드 트럼프의 등장은 '초점이 맞지 않는 분노'가 초래한 산물이다.

'모든 것은 우리가 챙기고 다른 사람에게는 아무것도 주지 않는다'라는 '비열한 좌우명'은 애덤 스미스가 살았던 250년 전 영국 사회나 현대 미국 사회뿐만 아니라 우리 사회에도 엄연히 존재한다. 남녀를 불문하고 누구나 거치게 되는 대학 입시와 취업 관문에서 MZ세대는 '아빠 찬스', '엄마 찬스'를 목도하고 있다. '내로남불(내가 하면 로맨스 남이 하면 불륜)' 역시 최근 몇 년 동안 우리 사회를 온통 뒤흔들고 있는 키워드다. 기득권을 누리면서 그것을 계속 지키려는 행위가 법과 도덕, 상식을 파괴할 때 대중은 상대적 박탈감에 좌절하고 분노하기 마련이다. 달리기 출발선에서부터 균등한 기회를 박탈하는 '비열한 찬스'는 이미 구조화된 우리 사회의 불평등을 보여준다.

이런 불평등에 대한 불만이 향하는 지점이 이른바 '여혐'과 '남혐'이다. 남성 중심의 사회 구조에서 자신의 기회를 부당하게 빼앗기고 있다는 여성의 인식과 여성 우대 정책은 역차별이라는 남성의 인식이 충돌하면서 서로에 대한 혐오로 표출되고 있는 것이다. 정작 문제는 부자와 권력자들에게 기울어진 운동장을 유지시키는 '비열한 좌우명'인데, 초점을 빗나간 분노는 불리한 경사면의 아래편에 있는 사람들끼리 충돌하게 한다.

동서고금을 막론하고 대중이 일치단결하는 것을 두려워하며 분할 통치(Divide and Rule)로 이익을 얻는 집단은 부와 권력을 쥐고 있는 소수였다. 불편부당함을 해결하려면 사회구성원 대부분이 수긍할 수 있는 규칙을 모색하는 방향으로 에너지를 모아야 한다. 사회를 움직이는 일반적인 규칙이 있다면 그것은 법과 도덕, 상식이다. 이 가운데 우리의 일상생활을 강제로 규율하는 것은 법률이고, 법률의 형식으로 규칙을 정하는 것은 정치의 영역이며 의회의 권능이다. 우리는 정쟁에 몰두하는 국회를 비아냥거리며 '생산성 없는 식물국회', '몸싸움하는 동물국회'라고 부르는데 여야의 극한대립도 분할 통치의 한 단면이다. 정치가 생산적이기를 바란다면 대중이 합리적 비판 정신으로 무장하고 권력을 감시해야 한다.

'문제는 경제야, 이 바보야!(It's economy. Stupid!)' 미국 제42대 대

통령 선거에서 빌 클린턴 후보에게 승리를 안겨주었던 캐치프레이즈다. 촘스키가 《불평등의 이유》에서 보여준 통찰을 한마디로 요약한다면 '문제는 정치야, 이 바보야!(It's politics. Stupid!)'쯤 되지 않을까?

활기를 잃은 봄은 죽음으로 가는 길목이다

인간이 만든 부메랑은 결국 인간을 향한다

2011년 4월부터 알려지기 시작한 가습기 살균제 사건은 가습기 살균제(세정제)로 인해 폐 손상(기도 손상, 호흡 곤란, 급속한 폐섬유화 등)이 일어나 주로 영유아, 아동, 임산부, 노인 등이 사망한 사건이다. 1994년 최초로 출시된 이후 2011년 판매가 중단되기까지 연간 60만 개 정도의 가습기 살균제가 판매되었으며, 약 1000만 명에 이르는 사람들이 사용한 것으로 추정된다. 대한민국 국민의 약 20퍼센트가 자신의 집 안방에서, 거실에서 17년 동안 은밀하고 조용한 죽음의 안개를 들이마시고 있었던 셈이다. 피해자 모임에서 추산하는 사망자 수는 1000여 명에 이르며, 4000여 명에 달하는 생존자들도 대부분 중증 후유증과 천문학적인 치료비에 신음하고 있다. 2020년 7월 사회적참사 특별조사위원회는 가습기 살균제에 노출된 인구가 627만 명에 이르고 건강 피해를 본 사람이

67만 명이라는 추산치를 내놓았다.

1만 년 전 인간이 농경으로 자연을 길들이기 시작한 이래 인간의 필요에 의해서 만들어진 물질이 부메랑이 되어 돌아온 건 한두 번이 아니다. 1970년대 지구 대기를 조사하던 과학자들은 지구 성층권의 오존층이 파괴되고 있다는 사실을 확인하고 그 위험성에 대해 경고했다. 오존층은 태양으로부터 지구에 도달하는 햇볕 가운데 인간에게 피부암과 면역 체계 손상을 일으키는 자외선을 걸러주는 역할을 하는데, 오존층의 파괴는 인간이 자외선에 과다 노출된다는 것을 의미한다.

오존층 파괴의 원인은 놀랍게도 인간이 만들어낸 화학물질 때문이었다. 1920년대부터 개발되어 냉장고와 에어컨의 냉각제, 헤어스프레이 등에 광범위하게 사용되었던 염화불화탄소(CFC, 일명 프레온 가스)가 오존층 파괴의 주범이었다. 1987년 몬트리올 의정서에서 오존층 파괴 물질의 사용을 금지할 때까지 67년 동안 계속 사용했다.

화학물질로 인한 환경 피해는 원상으로 회복하기 어렵다는 데 그 심각성이 있다. 화학약품을 함부로 사용하는 인간의 행위가 환경 생태계를 오염시키고 결국 그 대가를 인간이 다시 치르게 된다는 사실은 이미 1960년대 레이첼 카슨이 《침묵의 봄》(김은령 옮김, 에코리브르)을 통해 진지하게 경고한 바 있다.

죽음의 살충제로 봄을 잃은 대륙

어떤 사악한 마술의 주문이 마을을 덮친 듯했다. 닭들이 이상한 질병에 걸렸다. 소 떼와 양 떼가 병에 걸려 시름시름 앓다가 죽고 말았다. 마을 곳곳에 죽음의 그림자가 드리워진 듯했다.

몇 주 전 마치 눈처럼 지붕과 잔디밭, 밭과 시냇물에 뿌려진 가루였다. 이렇듯 세상은 비탄에 잠겼다. 그러나 이 땅에 새로운 생명 탄생을 가로막은 것은 사악한 마술도, 악독한 적의 공격도 아니었다. 사람들이 스스로 저지른 일이었다. - p. 26~27

《침묵의 봄》은 모든 곡식과 과수, 단풍나무, 자작나무, 여우, 사슴, 송어, 양 떼와 소 떼, 닭들이 어우러져 조화롭게 살아가던 아메리카 대륙의 풍요로운 마을이 정체를 알 수 없는 낯선 병으로 인해 정적이 감도는 죽음의 마을로 변하고 말았다는 〈내일을 위한 우화〉로 시작한다. 원인은 사람들이 뿌린 하얀 가루 알갱이였다. 봄은 자연의 건강한 순환을 상징하는 생명의 계절이다. 활기 잃은 봄은 죽음으로 가는 길목에 다름 아니라는 게 카슨의 인식이다.

구체적인 사례에 근거해서 살충제의 폐해를 고발한 《침묵의 봄》은 일반 대중의 인식에 큰 충격을 주었고, 이후 수십 년에 걸쳐 환경운동이 성장할 수 있는 토대를 제공했다. 그가 고발한 사례 가운데 몇 가지를 살펴보자.

지구상에 생명이 탄생하기까지는 수억 년이 걸렸다. 그리고 생물들은 수십억 년에 걸쳐 진화하고 분화하면서 환경에 적응하고 생태계의 균형을 만들어냈다. 반면에 충동적이고 부주의한 인간의 활동은 자연의 속도와는 비교할 수 없을 정도로 빠르게 생태계에 변화를 초래했다. 인간이 상상력을 발휘해서 실험실에서 만들어낸 수백 종의 합성물질이 인간과 생물의 터전인 자연환경을 잠식하고 있다. 농경지, 숲, 정원에 뿌려지는 화학물질들은 토양과 지하수에 스며들어 동식물의 생체기관으로 흡수되면서 모든 생명체를 독극물의 사슬로 연결한다.

'살충제'는 스프레이, 분말, 에어로졸 형태로 살포되는 가장 대표적인 화학물질이다. 살충제가 제2차 세계대전 당시 화학전에 사용할 약제를 개발하는 과정에서 발견되었다는 사실은 그 독성이 어느 정도일지 능히 짐작할 수 있게 한다. 실제로 화학 살충제는 생물의 몸속에 침투해서 유해 물질로부터 생명체를 보호해주는 효소를 파괴하거나 신체 기관의 정상적인 작동을 방해해서 불치병을 유발하는 등 점진적이면서도 돌이킬 수 없는 치명적인 변화를 초래한다.

DDT의 예를 보자. DDT 0.1피피엠(ppm, 100만 분의 1)은 아주 적은 양이지만 체내에 흡수되면 지방이 이를 증폭시키기 때문에 100배나 많은 10~15피피엠이 체내에 축적된다. 동물실험의 결과에 따르면, DDT 3피피엠은 심장 근육의 정상 기능을 방해하고 5피피엠은 간세포를 파괴하는 것으로 나타났다. DDT가 보편적으로 사용된 이후 곤충은 살충제에 내성을 지닌 새로운 종으로 진화했고, 이는 더욱 강력한 살충제의 개발을 촉진하는 악순환의 고리를 만들었다. 1951년 한국전쟁 사진집에는 미군이 벼룩과 이를 제거한다며 한국 어린이들에게 DDT를 살포하는 모습이 남아 있다. 국내에서는 1979년에 판매가 금지되었으니 나 또한 어린 시절에 DDT 샤워를 했을지도 모르겠다.

살충제의 폐해를 고발하는 또 다른 사례는 클리어 호수 농병아리 폐사 사건이다. 1949년 캘리포니아주 클리어 호수에는 DDT와 비슷하지만 물고기에는 덜 해로운 것으로 알려진 DDD라는 살충제가 살포되었다. 낚시꾼들이 성가셔한다는 이유로 각다귀라는 곤충을 제거하기 위해서였다. 1954년에도 그리고 1957년에도 각다귀 박멸을 위해 DDD가 뿌려졌다. 그런데 DDD 살포가 거듭되자 호수에 살던 수백 마리의 농병아리가 죽어갔다. 원인을 찾아보니 농병아리의 지방 조직에 DDD 1600피피엠이 농축되어 있었다.

호수에 투입된 DDD가 물고기나 조류에 해를 끼치지 않도록 최대 농도 0.02피피엠을 넘지 않게 신중히 계산해서 살포했는데 왜 이런 결과가 생겼을까? 먹이사슬로 인해 DDD가 농축됐기 때문이다. 호수의 플랑크톤에는 DDD 5피피엠이, 물풀을 먹은 물고기들에는 40~300피피엠이 축적되어 있었다. 더욱이 놀라운 사실은 DDD가 마지막으로 살포된 후 호수의 수질에서는 DDD

가 검출되지 않았다는 점이다. 플랑크톤과 물고기 등 호수에 살고 있는 생물체의 체내로 모두 흡수된 것이다. 호수에서 낚시로 잡아 올린 물고기들이 저녁 식탁에 요리 재료로 쓰였다면 농축된 DDD는 인간에게 어떤 영향을 미칠까?

살충제가 곤충과의 전쟁에서 사용되는 화학물질이라면 제초제는 잡초와의 전쟁에 동원되는 화학물질이다. 제초제와 관련해서 가장 잘못된 생각은 제초제가 식물에게만 독성이 있고 동물에게는 별다른 영향을 미치지 않으리라는 기대다. 하지만 제초제 역시 동물의 체내에 흡수되면 악성종양을 만들거나 돌연변이를 일으키는 원인이 된다. 초지를 만들기 위해 제초제를 이용해서 산쑥의 일종인 세이지 서식지를 없앤 것은 분별없는 생각으로, 자연을 파괴한 가장 비극적인 사례 가운데 하나라고 할 수 있다.

세이지는 미국 서부의 고원지대와 산등성이에서 자란다. 자연의 땅에서는 세이지와 목초가 함께 섞여 자라지만 목축업자들은 세이지를 제거한 완전한 목초지를 원했다. 세이지 박멸 사업이 시작되었고, 그 무기는 화학 제초제였다. 매년 수백만 에이커의 세이지 초지가 제초제로 사라졌지만, 결과는 인간이 기대했던 것과는 달랐다. 인간이 원하던 목초는 풍성했지만 여름 한 철뿐이었다. 야생의 생태계가 파괴되면서 다른 야생식물들도 사라졌기 때문에 가축들은 한겨울 눈보라 속에서 굶주리게 되었다. 시냇가를 따라 자라던 버드나무 역시 제초제로 인해 모두 시들어 죽어버렸다. 버드나무 숲속에 살던 북미산 큰 사슴 무스도 보금자리를 잃고 사라졌다.

카슨은 살충제와 제초제의 무차별적인 남용으로 새와 야생동물, 물고기가 영문도 모른 채 살해되면서 지구 생태계가 파괴되고 있다는 사실을 고발한다. 특히 농경지와 숲의 병충해 방제를 위해 뿌려지는 화학물질의 공중 살포는 지구 표면에 '죽음의 비'를 내리는 것과 다름없는 행위다. 공중에서 살포되는 화학약품은 숲과 경작지에만 내리는 게 아니라 인근 마을과 도시에까지 퍼져서 인간도 예기치 못한 독극물과 접촉하게 하기 때문이다. 죽음의 비를 멈추고 지속가능한 생명의 지구를 만들려면 어떤 선택을 해야 할까?

> 우리는 지금 두 갈림길에 서 있다. (…) 우리가 오랫동안 여행해온 길은 놀라운 진보를 가능케 한 너무나 편안하고 평탄한 고속도로였지만 그 끝에는 재앙이 기다리고 있다. '아직 가지 않은' 다른 길은 지구의 보호라는 궁극적인 목적지에 도달할 수 있는 마지막이자 유일한 기회다. - p. 305

불필요한 파괴를 멈추고 지구 생태계를 건강하게 보존하기 위해서는 로버트 프로스트가 훗날을 위해 남겨놓았던 '가지 않은 길'을 걸어야 한다고 카슨은 역설한다.

미래를 위한 금요일과 간헐적 채식

그레타 툰베리를 아는가. 기후변화의 심각성을 알면서도 아무런 행동을 하지 않는 어른들의 태도에 실망하고 스스로 기후행동에 나선 스웨덴의 청소년 환경운동가다. 툰베리의 첫걸음은 아주 단순했다. 열다섯 살이 되던 2018년 여름, 학교를 결석하고 기후변화 대책 마련을 촉구하는 1인 시위를 벌인 것이다. 그녀가 선택한 장소는 스웨덴 스톡홀름의 국회의사당 앞이었고, '기후를 위한 학교 파업(School Strike for Climate)'이라고 쓰인 피켓이 툰베리와 함께하는 유일한 동료였다.

툰베리의 적극적인 행동은 큰 파문을 불러일으켰다. 학교에 가는 대신 국회의사당 앞에서 시위하는 그녀의 행동에 자극받은 전 세계 수백만 명의 학생들이 매주 금요일이면 등교를 거부하고 그녀에게 동조하는 시위를 벌였다. 이 시위는 세계적 기후 운동인 '미래를 위한 금요일(Friday for Future)'을 탄생시켰다. 툰베리는 2019년 '유엔 기후행동 정상회의'에 초청되어 세계 각국의 정상을 향해 기후변화에 대처하는 적극적인 행동에 나서지 않으면 미래 세대가 절대로 용서하지 않을 것이라고 경고했다.

레이첼 카슨은 살충제와 제초제의 위험을 상세하게 묘사한 《침묵의 봄》을 통해 환경문제에 관해 영원히 그치지 않을 경종을 울렸고, 그레타 툰베리는 학교 파업이라는 행동으로 기후행동을 촉발했다. MZ세대는 환경과 동물복지를 위해 주 1~2회 간헐적 채식을 단행하고 일회용 플라스틱의 사용을 줄이기 위해 수저통과 텀블러를 에코백에 꼭꼭 챙겨 다닌다. 이들은 자신만의 방식으로 아무도 가지 않은 길을 뚜벅뚜벅 가고 있다.

균은 어떻게 세계 질서를 바꾸었는가

코로나 이후의 세계

오랜 시간 바이러스는 우리 곁에서 인류를 위협해온 주요 원인이었다. 1918년에 발생한 스페인 독감은 2년 만에 전 세계에서 2500만~5000만 명의 목숨을 앗아갔다. 유럽의 인구를 5분의 1로 줄어들게 했던 14세기 흑사병(페스트) 유행 이후 인류 최대의 재앙으로 꼽히는 사건이다.

2019년 12월 말 중국 우한에서 코로나19 발병이 처음 보고된 이후 코로나바이러스는 유럽, 인도, 아메리카 대륙 등을 휩쓸면서 인간의 생명을 위협하고 인류의 일상적인 생활을 정지시켰다. 상상을 초월하는 전염력과 치명률로 전 세계를 삽시간에 혼란과 공포의 도가니로 몰아넣었다.

국내 상황도 심각했다. 2021년 1월 20일 국내에서 신종 코로나바이러스에 감염된 첫 환자가 발생했다는 보도가 나왔을 때만 해도 대수롭지 않게 여기는 분위기였는데, 3월부터 대구에서 집단감염이 꼬리를 물면서 도시 전체가 봉쇄되는 국가적 재난 사태로 번졌다. 유럽에서 벌어진 집단감염과 집단사망이 우리에게 닥칠지도 모른다는 위기의식이 팽배했다. 방역 당국의 강도 높은 추적 조사와 격리 조치 등 방역 조치가 이루어지고 백신 접종자가 늘어나면서 코로나19 팬데믹은 진정 국면에 접어들었으나, 코로나바이러스는 여러 차례 대유행의 파고를 그리면서 지금도 우리를 위협하고 있다. 2021년 6월 기준으로 전 세계의 코로나 확진자 수는 1억 8000만 명을 넘어섰고, 코로나19로 인한 사망자 수는 400만 명에 육박한다.

바이러스의 습격에 현대 의학 기술로 대응하는 방법은 백신과 치료제의 개발이다. 현재 여러 종류의 백신과 치료제가 개발되어 사용되고 있으며 그 효능을 최대화하기 위한 후속 연구도 진행 중이다. 그런데 평소에도 비대면 소비에 익숙할 만큼 디지털 감수성으로 충만한 MZ세대의 대응은 5G만큼이나 기민했다. 코로나바이러스의 전파를 차단하기 위해 사회적 거리두기의 일환으로 시행되었던 재택근무와 온라인 수업 등 비대면 방식을 언택트(untact), 온택트(ontact)의 형태로 급속도로 진화시킨 것이다. 비대면 사회에서 일상의 즐거움을 되찾기 위한 MZ세대의 창의적인 대응은 멈춰버린 일상의 곳곳에 새로운 숨결을 불어넣고 있다.

언택트란 접촉을 뜻하는 콘택트(contact)에 부정·반대를 뜻하는 언(un)을 붙인 신조어다. 비대면을 선호하는 MZ세대의 특성이 모바일앱과 결합하면서 언택트 소비에 기반을 둔 비대면 소비 시장이 빠른 속도로 성장하고 있다. 온택트란 언택트에 온라인을 통한 외부와의 '연결(on)'을 더한 개념으로, 온라인을 통해 대면하는 방식을 가리킨다. 온라인 수업뿐만 아니라 전시회, 공연 심지어 모델하우스 공개까지 온택트 방식으로 이루어지고 있다. 현실 세계와 같은 사회, 경제, 문화 활동이 이뤄지는 3차원 가상 세계 메타버스[Metaverse 가공·추상을 의미하는 메타(Meta)와 현실 세계를 의미하는 유니버스(universe)의 합성어]의 등장은 그야말로 압권이다. 이 모든 것이 코로나19 확산이 장기화되면서 등장한 새로운 흐름이다.

인류의 역사는 코로나19 이전과 코로나19 이후로 나뉠 것이라고 한다. 세계화의 도도한 흐름은 코로나바이러스로 인해 무력화되었고, 다시는 코로나 이전의 일상으로 돌아갈 수 없다는 비관적인 전망도 있다. 코로나19가 인류의 생활양식에 미친 부정적인 영향이 그만큼 크다는 뜻이다. 2020년 이후 출생한 신생아들은 태어나면서부터 마스크를 달고 살아야 하니 그렇게 여길 만도 하다. 코로나 팬데믹이 우리의 일상을 완전히 뒤바꿔버린 상황을 겪으면서 전염병이 인류의 역사에 충격을 주었던 사례를 다시 떠올리게 된다. 재레드 다이아몬드의 《총, 균, 쇠》(김진준 옮김, 문학사상)를 펼쳤다. 유라시아에서 발원한 여러 민족이 현대 문명의 주인공으로 등장했을 때 전염병이 어떤 영향을 미쳤는지 다시 읽고 싶어서였다.

이 책에서 다이아몬드는 각 대륙에서 인류 문명의 발전이 불균등하게 진행된 이유에 주목한다. '부와 힘은 왜 지금과 같은 구도로 분포하게 되었을까?', '왜 아메리카, 아프리카, 오스트레일리아의 원주민은 유럽과 아시아의 민족들을 몰살하거나 복속시키지 못했을까?'라는 질문을 던지며 인류 역사의 주도권을 형성하는 데 '총, 균, 쇠'가 어떤 방식으로 영향을 미쳤는지 파헤친다. 코로나19 팬데믹을 겪는 상황에서 전염병이 인류의 역사에 어떤 영향을 미쳤는지를 다룬 부분에 집중해서 살펴보자.

전염병은 어떻게 세계 질서를 바꾸었는가

재레드 다이아몬드는 대륙마다 문명이 다르게 발전한 것은 인종 간의 생물학적 우열이 아니라 환경의 차이에서 비롯되었다고 여긴다. 중앙집권 조직, 기술혁신, 잉여 식량의 축적 등은 인구밀도가 높은 농경 사회에서 출현하게 되는데, 이런 조건을 갖춘 곳은 유라시아 대륙의 몇 군데 협소한 지역에 불과했다. 때마침 그 지역에 살던 최초의 거주자들이 문명을 이끄는 총(총기)과 균(병원균), 쇠(금속)에 힘입어 인류 역사에서 주도적 위치를 선점하게 되었다는 것이다. 총, 균, 쇠 중에서 전염병을 뜻하는 균은 하나의 세력을 통째로 무너뜨리는 치명적인 무기가 되어 세계 질서를 재편했다.

전염병이 인류 역사의 판도를 뒤흔든 대표적인 사례로 꼽히는 것이 스페인의 잉카 정복이다. 1492년 콜럼버스가 아메리카를 탐험한 이후 아메리카 정복에 나선 스페인은 1531년 정복자 피사로의 활약으로 잉카제국을 무너뜨렸다. 말을 탄 병사 62명과 보병 106명이 전부였던 피사로의 군대가 약 8만 명에 이르는 잉카의 대군을 격파하고 잉카제국을 정복할 수 있었던 이유는 무엇일까? 창, 단검 등의 철제무기와 갑옷, 총으로 무장한 스페인 군대가 군사 기술적으로 우위에 있었다는 것은 분명하다. 하지만 그것만으로는 피사로의 성공을 설명하기에 충분하지 않다.

잉카인들을 쓰러뜨린 가장 치명적인 무기는 면역성을 가진 침략자들이 퍼뜨린 질병이었다. 1520년 스페인의 첫 번째 공격 이후 천연두가 유행하면서 아스테카 인구의 절반이 몰살됐다. 스페인 군대는 내버려 두고 원주민들만 골라서 살해한 이 수수께끼의 질병은 1531년 피사로가 잉카제국을 정복할 때도 위력을 발휘했다. 피사로가 당도하기 직전인 1526년경에는 잉카족 역시 천연두로 인구의 대부분을 잃고 내분에 휩싸인 상태였다. 피사로가 소수의 병력만으로도 잉카를 차지할 수 있었던 배경이다.

유럽인이 아메리카를 정복하는 과정에서도 정복 군대의 총칼에 희생된 원주민보다 병원균에 감염되어 쓰러진 사람이 훨씬 더 많았다. 약 2000만 명에 달하던 멕시코의 인구는 아스테카에 천연두가 유입된 이후 그 수가 급감하여 1618년에는 약 160만 명에 불과했다.

가축이 실어 나른 병원균

그런데 유럽에서 온 정복자들이 아메리카 원주민들에게 치명적인 병원균을 가지고 있었다면 아메리카 원주민들도 유럽인에게 치명적인 병원균을 갖고 있지 않았을까? 그 해답은 대중성 전염병이 유래한 역사에서 찾을 수 있다.

인간은 종종 돼지나 닭 등의 가축, 개나 고양이 같은 반려동물에게서 병을 옮는다. 대부분은 사소한 것이지만 몇 가지 질병은 개인의 목숨만 위협하는 것이 아니라 공동체 전체를 심각하게 위협하는 전염병으로 진화한다. 역사적으로 인류 사회를 혼란에 빠뜨렸던 천연두, 인플루엔자. 결핵, 말라리아, 페스트, 홍역, 콜레라를 비롯해 코로나19, 사스(SARS 중증급성호흡기증후군, 2002년), 메르스(MERS 중동호흡기증후군, 2015년), 조류독감, 에볼라 등도 모두 동물이 인간에게 옮기는 인수공통전염병이다.

병원균의 발달은 농경 사회에서 이루어졌다. 농업의 발생이 전염병의 진화를 촉진한 이유는 무엇일까? 높은 주거 밀도 때문이다. 수렵·채집 시대에는 세균과 기생충 유충들이 우글거리는 분뇨 더미를 버려 둔 채 거주지를 자주 이동했다. 반면에 정착 생활을 시작한 농경 시대에는 상하수도 시설을 만들기 전까지 주변에 오물을 쌓아두고 살았다. 그래서 세균과 바이러스가 손쉽게 인간 주위에 머물 수 있었다. 더군다나 가축을 기르면서 세균이나 바이러스를 옮기는 중간 매개체와 접촉할 기회가 늘어났다. 더 큰 문제는 동물이 옮긴 질병은 대부분 전염성이 높았는데 수렵·채집 사회에 비해 농경 사회의 인구밀도가 10배에서 100배 이상 늘어났다는 것이다. 그러니 전염병에 훨씬 취약할 수밖에 없었다.

유라시아 대륙에서 발달한 도시는 병원균에게는 신세계였다. 훨씬 열악한 위생 환경에 수많은 사람이 더 조밀하게 모여 살았기 때문이다. 도시 간의 교역도 전염병 확산의 통로가 되었다. 로

마 시대에 발달한 비단길과 바닷길을 따라 유럽과 북아프리카, 아시아까지 연결되는 거대한 전염병 로드가 형성됐고, 전염병은 위세를 떨치며 수백만 명의 목숨을 앗아갔다.

유라시아의 대중성 질병들은 대다수가 가축으로 길들여 집단 사육하던 동물에서 유래했다. 하지만 아메리카 대륙에는 가축화할 야생동물이 극소수에 불과했다. 약 1만 3000년 전 빙하기 말기에 남북아메리카 야생 포유류의 80퍼센트가량이 멸종했기 때문이다. 그나마 가축으로 키우던 라마나 알파카도 인간 병원체의 공급원이 되기에는 수가 매우 적었고 밀집도도 아주 낮았다. 아메리카 원주민들은 동물에서 옮겨온 대수롭지 않은 질병에도 노출된 적이 거의 없어서 인수공통전염병에 대한 면역력을 키울 기회가 없었다. 정복자 유럽인이 전파한 병원균에 대해 아메리카 원주민의 저항력이 약했던 이유다.

총, 균, 쇠를 앞세운 유럽인의 정복 활동이 언제나 성공했던 것은 아니다. 유럽인의 정복 시도에도 불구하고 오늘날 뉴기니 인구의 대다수는 뉴기니 원주민이다. 오스트레일리아, 남북아메리카, 남아프리카 공화국 등지에서 유럽인들이 정착촌을 만들어 넓은 지역을 차지하고 원주민을 몰아낸 것과는 매우 대조적인 현상이다. 왜 유독 뉴기니만 다른 걸까?

19세기 후반부터 뉴기니 저지대에 정착하려던 유럽인의 계획을 좌절시킨 것은 말라리아를 비롯한 열대성 질병이었다. 1880년경 프랑스의 레 후작은 뉴기니 인근 뉴아일랜드섬으로 1000여

명을 이주시켰다. 그러나 이 계획은 이주한 유럽인 가운데 930명이 죽는 것으로 끝났다. 유럽인은 뉴기니의 병원균에 쓰러졌는데, 어째서 뉴기니인들은 살아남을 수 있었을까? 두 가지 이유를 꼽을 수 있다. 첫째, 19세기 말에는 이미 공중위생학이 발전해서 천연두를 비롯한 유럽의 병원균을 억제할 의학 수단이 있었다. 둘째, 뉴기니는 3500년 전부터 인도네시아와 교류하면서 이미 오랫동안 유라시아 병원균에 노출되었기 때문에 유전적 저항력을 많이 축적했다. 만약 아메리카 원주민들이 유라시아 병원균에 대한 저항력을 가지고 있었다면, '균'이 빠진 '총'과 '쇠'만으로 유럽인들이 아메리카 대륙을 정복할 수 있었을까?

균이 바꾼 문화적 진화

코로나19가 우리의 일상을 집어삼킨 지 어언 2년이 되어간다. 코로나19라는 전염병이 하필이면 21세기에 인류 문명을 뒤흔들게 된 원인은 무엇이며 우리는 이 위기를 어떻게 헤쳐나갈 수 있을까?

코로나19의 원인을 추적한 국제 공동 연구는 코로나19 바이러스가 창궐하게 된 직접적인 원인으로 '기후변화'를 꼽는다. 산업화와 함께 진행된 온실가스의 배출은 지구온난화를 촉진했고 따뜻한 기후대가 넓어지면서 박쥐의 서식지인 삼림이 늘어났다. 박쥐는 코로나바이러스를 인수공통병원균으로 변이시키는 중간 매개체 중 하나다. 특히 공동 연구진은 중국 윈난성 남부에 수십 종의 박쥐가 서식하는 '핫스폿(hotspot)'이 만들어졌고 거기서 코로나19 바이러스가 나타났을 것으로 추정한다.

'침팬지의 어머니'로 잘 알려진 영장류학자 제인 구달은 동물과 환경에 대한 인간의 결례가 각종 전염병의 유행을 초래한다고 지적한다. 자연에 대한 과잉 개발은 생태계를 파괴함으로써 동물들의 밀집도를 높이고, 잦은 접촉으로 바이러스의 변이가 증가하면서 새로운 질병이 발생하게 된다. 또한 야생동물을 시장에서 매매하고 도살하는 과정에서 병원균이 인간에게 전파되면서 코로나19와 같은 유행성 질병이 확산된다.

코로나19 팬데믹은 기후변화와 생태계 보호라는 인류 공동의 과제에 대한 관심을 환기시키는 한편, 디지털 기술로 무장한 MZ세대의 생존 방식을 전 사회에 확산시키는 계기가 되었다. 4차 산업혁명이 진행되면서 디지털 시대가 눈앞에 도래했다는 것을 목격했지만, 여러 전문가는 디지털 문명이 일상에 완전히 뿌리내리기까지는 앞으로 20~30년의 시간이 더 필요할 것으로 예상했다. 그러나 코로나19의 확산은 비대면 활동을 가능하게 만드는 디지털 기술의 활용을 강제하다시피 했고, MZ세대가 주도하고 있는 언택트와 온택트, 메타버스의 등장은 이런 사회적 환경과 기술적 환경에 대응하는 인류의 새로운 생존 방식으로 급부상했다.

16세기 유럽에서 건너온 천연두 바이러스는 아메리카 원주민의 문명을 초토화하며 인류 문명에 충격을 가했지만, 21세기에 출현한 코로나19 바이러스는 인류가 가진 디지털 기술을 일상생활에 급속도로 확산시키는 환경압으로 작용하고 있다. 인류의 역사가 코로나19 이전과 코로나19 이후로 나뉠 것이라는 전망은 점점 분명해 보인다. 마스크를 쓰고 2미터 이상의 개인 간격을 유지하는 사회적 거리두기가 일상화되기 때문이 아니라, 디지털 감수성이 체화된 MZ세대와 디지털 문명의 시대가 본격적으로 오고 있기 때문이다. 변이는 바이러스의 생물학적 유전자에서만 일어나는 것이 아니다. 인류의 문화 유전자인 '밈'도 바이러스가 바꿔놓은 환경과 상호작용하며 변이하고 진화한다.

05.

호기심만큼 커지는 세계

책에서 만난 다른 세상

초등학교 3학년 때였다. 마지막 수업 시간에는 과제를 먼저 끝낸 학생부터 차례대로 하교했는데 가장 먼저 책가방을 둘러메고 집으로 달려가는 아이가 나였다. 선생님은 고만고만한 또래들 사이에서 그나마 수업 시간에 집중할 줄 알고 말도 잘 듣는 나를 고전 읽기 대회에 내보내기로 했다. 대표로 차출된 나는 방과 후 다른 반 아이들과 함께 모여서 선생님이 나누어준 책을 읽었다. "시험 볼 거니까 열심히 읽어야 해!" 같은 강압적인 주문은 없었다. 고전 읽기 대회를 준비한다지만 선생님이 주는 간식을 먹으면서 한두 시간 정도 책을 읽는 것이 전부였다.

대회를 준비하면서 여러 가지 동물 우화를 담고 있는《이솝이야기》, 〈인어공주〉와 〈미운 오리 새끼〉 등이 수록된《안데르센 동화집》, 제목이 특이해서 아직도 기억하고 있는《그림 없는 그림책》(안데르센이 썼다),《한국 전래동화》같은 책들을 읽었다. 만화책과 교과서를 제외하고 처음 접하는 책들이었다.《안데르센 동화집》과《그림 없는 그림책》을 보며 나는 마음껏 상상의 나래를 펼쳤다. 사랑하는 왕자님을 가까이서 보기 위해 목소리와 인간의 다리를 맞바꾼 인어공주가 끝내 왕자의 사랑을 얻지 못해 물거품이 되어 사라져버린 이야기는 사랑이 무엇인지 알 턱이 없었던 초등학생에게도 슬픔과 연민의 감정을 자아내기에 충분했다. 시작은 분명 내 의지와 상관없었지만 고전 읽기 대회는 동화 읽기의 재미를 알게 해주었다.

아, 당시 고전 읽기 대회라는 게 '인어공주가 말을 못 하게 된 이유는 무엇인가요?', '미운 오리 새끼는 나중에 무엇이 되었나요?'와 같은 주관식 질문에 답을 써서 제출하고 책 내용을 잘 기억하는 학생이 좋은 점수를 받아 상을 타는 방식이었다. 방식은 뻔했지만 제법 규모 있는 대회였다. 작은 시골 읍내의 초등학교에 다니던 나는 처음으로 큰 대회에 학교 대표로 참가해 1등 상을 받았고, 마치 내가 책을 제일 잘 읽는 독서왕이라도 된 듯한 기쁨을 맛보았다. 꽤 달콤한 보상을 받은 덕에 독서에 자신감과 효능감이 생긴 나는 본격적으로 책 읽기에 빠져들었다.

유년 시절을 떠올리면 초등학교 4학년 여름방학이 가장 기억에 남는다. 옆집 친구네 갔더니 책상 위에 계몽사 동화전집 50권이 가지런히 꽂혀 있었다. "《아라비안나이트》 읽어보고 싶은데 빌려줄래? 안 구겨지게 보고 금방 돌려줄게." 평소에 깍쟁이처럼 굴던 친구에게 어렵사리 부탁의 말을 건넸는데 예상과 달리 호의적이었다. "그래!"

여름방학 내내 《아라비안나이트》를 비롯해 《신밧드의 모험》, 《알라딘의 요술램프》 등 나의 상상력과 호기심을 자극하는 동화책 속 세상에 푹 빠져 지냈다. 오전에 한 권 읽고 오후에 읽은 책을 돌려주고 다른 책을 빌려오기를 반복하다 보니 개학을 며칠 앞두고 50권을 완독했다. 그 덕에 남은 며칠 동안 밀린 그림일기와 각종 방학 숙제를 벼락치기로 해내면서 보내야 했지만, 지금까지도 온종일 책과 뒹굴던 그때가 가장 행복하게 책을 읽었던 추억으로 남아 있다. 집안 식구 누구도 나의 책 읽기에 대해 왈가왈부하지 않았고 몇 걸음만 옮기면 놀랍고 신기한 이야기로 가득한 50권의 장서를 만날 수 있는 데다 거리낌 없이 책을 내어주는 고마운 친구가 있었으니 말이다. 하루에 두 번씩 책을 빌려달라는 내가 귀찮았을 법도 한데 친구한테선 그런 내색을 전혀 느끼지 못했다. 설마 내가 눈치가 없었던 걸까?

중학생 시절에는 소설이 나를 온전히 사로잡았다. 인간은 환경의 지배를 받는 동물이라고 했던가. 마침 우리 집 거실에는 한국단편문학전집, 한국해학소설전집, 독일문학전집, 러시아문학전집 등 각종 문학전집이 한쪽 벽을 가득 채우고 있었다. 대학에서 국문학을 전공하고 중학교 국어 교사로 일하던 형수님의 책장이었다. 자연스레 손에서 가까운 책부터 뽑아 들었다.

그 가운데 가장 흥미롭게 읽었던 책들은 《한국단편문학선》 전집과 《한국해학소설선》 전집이었다. 닭싸움을 매개로 갈등을 빚던 점순이와 주인공이 우연찮게 노란 동백꽃 더미에 함께 파묻혀 있다가 어머니가 찾는 소리에 점순이는 아래로, 주인공은 산으로 내빼는 대목에서 괜한 웃음이 터졌던 김유정의 〈동백꽃〉은 해학과 유머의 맛을 느끼게 해주었다. 기생 애랑과의 사랑놀음에 빠져 이(齒)까지 빼준 정비장, 여색에 눈길을 주지 않겠다고 뻐기다가 제주 목사와 애랑의 계략에 속아 알몸으로 망신당한 배비장을 통해 양반들의 위선을 풍자하고 조롱한 〈배비장전〉은 왜 그렇게 통쾌하던지. 동화 속 상상의 세계보다 화려하지는 않았지만 소설 속 인물들과 사건은 내가 모르는 세상 어디선가 실제로 존재하는 일처럼 느껴졌다. 소설을 읽으며 내가 모르는 세상이 얼마나 무궁무진한지 알게 된 후로 나의 관심사는 서서히 더 넓은 세상으로 향했다.

자세히 보아야 보이는 것들

왕관의 무게를 견뎌라

니콜로 마키아벨리, 오랜 세월 동안 목적을 위해서라면 수단과 방법을 가리지 않는 냉혈한의 대명사로 묘사되었던 인물이다. 동시에 그의 역작《군주론》은 권력정치(power politics)를 위한 바이블로 평가되었고, '마키아벨리즘', '마키아벨리스트'라는 단어는 누군가에게 권모술수에 능하다는 부정적인 이미지를 덧씌울 때면 꼬리표처럼 따라붙었다.

마키아벨리와《군주론》이 이처럼 부정적으로 해석되었던 이유는 그가《군주론》에서 설파한 도덕률이 우리가 상식적으로 이해하고 있는 도덕률과는 전혀 달랐기 때문이다. 상식적인 도덕률은 우리에게 남을 속이지 말고, 약속은 반드시 지키며, 정직하게 행동할 것을 요구한다. 그것이 지도자라고 해서 달라지진 않는다. 정치 지도자에게는 오히려 더 엄격한 도덕적 기준을 들이대는 게 우리 사회의 상식이다. 그러나 르네상스 시대 피렌체 공화국의 외교관으로 20년 가까이 이탈리아반도와 유럽의 외교 무대를 누볐던 마키아벨리의 생각은 달랐다.

비밀 외교와 전쟁으로 뒤엉킨 16세기 초 이탈리아반도에서 국가(도시국가)의 안위와 번영을 담보해야 할 정치적 책무를 지고 있는 정치 지도자로서, 군주의 도덕률은 평범한 시민들이 상식적으로 지켜야 하는 도덕률과는 달라야 하고 다를 수밖에 없다는 게 그의 주장이다. '때로는 거짓으로 위장하고 때로는 뻔뻔함으로 무장해서, 자신에게 불리하게 작용하는 약속에 구속되지 않는 것'이 군주의 도덕률이라고 역설한다. 여기서 자신에게 불리한 약속이란 개인에 국한된 것이 아니라 군주가 책임지는 공동체의 불이익을 뜻하기 때문이다.

국제정치를 공부하면서 국가 간의 역학 관계를 결정짓는 배경 요인에 대해 연구하던 나는 윤리의 영역과 정치(특히 국제정치)의 영역에서 군주의 도덕률은 상식적인 도덕의 관념과 달라야 한다는 마키아벨리의 이중 잣대(Dual Standard)에 호기심을 느끼고 《군주론》을 전과 다른 시선으로 읽게 되었다.

현대 정치 이론에서 마키아벨리는 현실주의(Realism) 정치 이론을 전개한 인물로 평가한다. 현실주의 정치 이론은 '힘(권력)'을 절대 명제로 삼는다. 힘이란 '상대방에게 자신의 의지를 관철하기 위한 가장 효과적인 수단'이며, 국제정치의 핵심은 힘의 획득과 유지·강화를 통해 잠재적 적대국가 또는 현실적 적대국가에 대해 최소한 힘의 균형을 유지하거나 가능하면 상대적 우위를 차지하는 데 있다는 논리다. 국가 간에 동맹을 맺거나 파기하는 것은 이런 균형 또는 상대적 우위를 목적으로 한다.

마키아벨리는 '무력을 갖추지 않는 것은 군주로서 가장 수치스러운 일이며, 전투·군사 조직·훈련에 몰두하는 것이 나라를 보전하기 위해 통치자가 수행해야 할 유일한 임무'라고 주장한다. 그가 위장, 후안무치, 약속 파기를 배제하지 않는 군주의 도덕률이 상식적인 도덕률과 달라야 하고 다를 수밖에 없다고 주장한 대목은 국가라는 정치공동체의 안위를 지키기 위해 군주가 감당해야 할 왕관의 무게를 강조한 것이다.

마키아벨리가 상정한 정치 지도자의 모습은 동양에서 오랫동안 강조해왔던 '인(仁)의 정치'나 '덕치(德治)'와는 거리가 멀다. 그는 프랑스를 비롯한 강대국에 시달리는 이탈리아반도의 피렌체 공화국 시민이었다. 주먹을 앞세운 국제질서에서 생존이 절실했던 피렌체 공화국, 그리고 국가의 생존이라는 짐을 짊어져야 했던 피렌체의 군주에게 현실적으로 필요한 것은 인과 덕보다는 힘과 지략이었다. 그가 바라본 이상적인 군주는 잔인함과 거짓을 동원해서라도 통치자로서의 권위를 유지하면서 대내외적으로는 어떤 혼돈이 와도 나라의 안위를 지켜내는 사람이다. 미국, 중국, 일본, 러시아 등 열강에 둘러싸인 채 북한과 군사적 대치 상태에 놓여 있는 한반도의 처지를 생각하면 500년 전 쓴《군주론》에 담긴 마키아벨리의 권력정치에 관한 철학이 지금 우리에게도 시의 적절한 면이 있다.

마키아벨리의 두 얼굴

《군주론》은 짧은 격언식 문구들로 쓰였기에 언뜻 보면 쉽게 읽을 만한 책이다. 하지만 막상 내용을 들여다보면 짤막짤막한 명제들을 논증하기 위해 마키아벨리가 곁들여놓은 고대 그리스 로마 시대의 인물들, 이탈리아 전쟁사와 사건들을 맞닥뜨리게 되어 결코 읽기에 만만치 않다.《군주론》은 메디치 가문에 바치는 헌정사와 더불어 총 26개 장(章)으로 구성되어 있는데 몇 가지 쟁점만 간추려보자.

첫째, 마키아벨리는 군주론자인가, 공화론자인가?《군주론》(신복룡 옮김, 을유문화사)이라는 책 제목과 피렌체의 지배자였던 메디치 가문에 바친 헌정사를 놓고 보면 마키아벨리는 왕을 추종하는 군주론자처럼 보인다.

> 저의 소유물 가운데에서는 눈앞의 일들에 대한 오랜 경험과 옛것에 대한 끊임없는 탐구로써 얻어진 선현들의 행적에 관한 저의 지식보다 더 소중한 것이 없음을 알았습니다. 이제 저는 오랫동안 깊

이 생각한 나머지 그와 같은 지식들을 하나의 작은 책으로 엮어 전하께 드리는 바입니다. - p. 34

군주가 통치권을 장악하고 유지하는 방법(1~11장)과 군주로서 갖추어야 할 자질(15~19장)에 관해 많은 부분을 할애한 것도 이런 견해를 뒷받침한다. 자기를 해칠 만한 힘을 가졌거나 그럴 이유를 가진 사람들을 숙청하는 것을 비롯해서 통치권을 장악한 새 군주가 행해야 할 처신으로 열한 가지를 거론한다(7장).

그런데 《군주론》을 자세히 들여다보면 때때로 혈통적 세습에 기반을 둔 전통적 군주제와는 어울리지 않는 내용을 접하게 된다. 예를 들어, 평민 출신이 자기를 따르는 시민들의 호의에 힘입어 자신을 낳은 도시의 지배자가 되는 경우 '시민적 통치권'이 형성된다고 규정한다(9장). 세습 군주제와 '시민적 통치'는 논리적으로 양립할 수 없다. 마키아벨리는 시민들의 정치적 지지를 바탕으로 통치권을 행사하는 '시민적 군주'라는 개념을 군주제의 여러 형태 가운데 하나로 제시하고 있다. 그가 공화적 정치체제를 지지했음을 엿볼 수 있는 대목이다. 그가 꿈꾼 피렌체의 정치체제는 '지도력을 갖춘 군주의 통치 아래 자유로운 시민의 권리가 보장되는 도시국가'라는 것을 알 수 있다.

둘째, 마키아벨리는 권력정치의 화신인가, 냉철한 정치철학자인가? 《군주론》에서 가장 논란이 많은 대목은 15장부터 다섯 장을 할애하며 펼친, 군주가 갖추어야 할 자질에 관한 것이다. '마키아벨리즘', '마키아벨리스트'라는 용어가 부정적인 뉘앙스로 읽히는 이유는 15~19장의 내용이 목적을 위해서라면 수단과 방법을 가릴 필요가 없다는 식으로 해석되면서 마키아벨리에게 권모술수의 대가라는 딱지가 붙었기 때문이다.

그럴 법도 한 게, 그는 군주는 모름지기 악한 짓을 저지르는 방법을 알아야 하며 함정을 피하는 여우의 교활함과 이리를 쫓는 사자의 잔인함까지 갖춘다면 시대의 일인자가 되기에 손색이 없다고 말한다. 군주가 권력을 유지하기 위해서는 악덕도 자질이라고 대놓고 공언한 덕분에 권력정치의 화신이라는 오명까지 얻었다. 그러나 그가 군주의 덕목을 논하기에 앞서 윤리적 기준과 현실 정치의 수단을 구분해야 한다고 강조한 것을 기억해야 한다. 군주라면 인간이 살고 있는 현실과 어떻게 살 것인가 하는 당위의 차이를 알아야 한다. 당위를 위하여 현실을 포기하는 사람은 권력을 유지하기는커녕 파멸을 앞당긴다. 사려 깊은 군주라면 손해를 감수하면서 신의를 지킬 필요가 없으며, 신의를 약속한 이유가 사라지면 지켜서도 안 된다고 그는 단호하게 강조한다.

마키아벨리의 현실 인식은 인간의 본성은 사악하다는 지론에 기반을 둔다. 그가 바라본 인간의 속성은 은혜를 모르고, 변덕스럽고, 가식이 많고, 본심을 드러내지 않으며, 위협을 피하고 싶어 하고, 이익이 되는 일에는 걸신이 들려 있다. 그런 사람들을 다스리기 위해 군주는 때로 무자비한 통치 방식을 취해야 한다는 것이다.

이 모든 주장이 어떤 이에게는 권모술수를 정당화하는 근거로 읽히기도 했지만, 그와 동시에 마키아벨리가 도덕의 세계에서 벗어나 현실 정치의 논리를 냉철하게 들여다보는 방법론을 제공한 정치철학자로 평가받는 근거이기도 하다.

한반도 정치 지도자의 자질

《군주론》을 다시 읽으면서 우리의 정치 현실을 되짚어보게 된다. 대통령선거, 국회의원선거, 지방선거, 보궐선거 등 우리는 거의 해마다 정치 지도자를 뽑는 선거를 치른다. 그때마다 떠오르는 문제는 선거에 출마한 후보자의 정책 능력과 도덕성 검증이다. 정책 능력에 대한 검증은 후보자가 내세우는 선거 공약으로 판단한다. 그런데 대부분의 공약이 제대로 실현되지 못한 채 당선자의 임기가 끝나면 폐기처분되는 게 현실이다. 그 때문인지 여당과 야당뿐만 아니라 일반 유권자들도 공약보다는 후보자의 도덕성 검증에 관심을 기울인다. 특히 대통령 후보의 도덕성 검증에 이르면 사돈의 팔촌까지 탈탈 털어 파헤친다. 마키아벨리가 대한민국에서 벌어지는 도덕성 검증의 한복판에 서 있다면 무슨 생각을 할까? '청렴결백한 것도 중요하지만 정치 지도자의 진정한 덕목은 여우처럼 교활하면서도 사자처럼 용맹해서 국가와 국민의 안위를 잘 지켜내는 데 있다'라고 일갈하지 않을까?

마키아벨리가 강조한 군주의 도덕률과 한반도가 처해 있는 지정학적인 위치를 연결해서 생각해보면 대한민국의 정치 지도자가 갖추어야 할 최우선의 자질은 외교적 안목과 비전이다. 국제정세를 읽는 시야가 좁고 외교라고는 조공밖에 몰랐던 선조들이 범한 우를 되풀이하지 않으려면 한반도를 둘러싼 국제정세를 읽는 안목과 구체적인 목표를 담은 외교적 비전이 필요하다.

통일은 남북한 당국의 합의나 남북한 대중의 열망만으로는 이루어지기 어렵다. 남북한이 통일해서 한반도에 강한 나라가 탄생하는 것을 결코 반기지 않는 주변 강대국들이 눈을 부릅뜨고 있다. 그들은 한반도의 통일이 자신들에게 이익이 되지 않는다면 언제든지 외교적 간섭이나 무력 간섭에 나설 수 있다. 그것이 국제정치의 생리다. 통일을 이루기 전까지 한반도의 생존과 평화를 어떻게 도모할 것인지도 한눈팔 수 없는 과제다. 지금 대한민국에 절실한 정치 지도자는 외교적 안목과 비전을 갖춘 인물이다. 500년 전에 마키아벨리가 통렬하게 부르짖은 가르침이다.

여성 인권과 진화심리학

'호기심'은 인간이 무엇인가를 탐구하게 하는 원동력이다. 어렸을 때 읽은 위인전 가운데 호기심의 끝을 보여준 인물은 상대성이론을 만든 알베르트 아인슈타인이다. 다섯 살이 되는 생일에 아인슈타인은 아버지에게 나침반을 선물 받는다. 나침반은 왜 언제나

한 방향을 가리키는지에 대해 궁금증을 품은 아인슈타인은 아버지에게 그 이유가 무엇인지를 묻고 또 물었다.

아이의 눈높이에 맞춰 쉽게 설명할 줄 몰랐던 아버지는 나침반 바늘은 지구의 자기장에 의해서 움직이기 때문에 언제나 일정한 방향을 가리킨다고 말해주었다. 돌고 돌아 결국은 한 방향만 가리키는 나침반의 첫인상은 그에게 영원히 깊이 각인되었다. 훗날 아인슈타인은 그때가 주체할 수 없을 정도로 호기심이 끓어오르는 것을 처음 경험한 때라고 회상했다.

호기심이 아이들만의 전유물은 아니다. 호기심은 무엇인가에 궁금증을 갖게 하고 금세 몰입하게 한다. 다양한 사회현상에 관해 관심을 가지게 되는 것도 호기심 때문이다. 신문·방송 등 뉴스 미디어를 통해서 또는 누군가가 SNS에 올린 소식을 보고 또는 드라마나 영화를 시청하다가 '어, 저게 뭐지?', '아니, 왜 저런 일이 생기지?' 등 관심이 발동한다. 그것은 역사적 인물이나 사실에 관한 것일 수도 있고, 과학적 발견에 관한 것일 수도 있고, 사회적 편견이나 불평등에 관한 것일 수도 있다.

한두 해 전 일이다. 최신 영화를 소개하는 TV 프로그램을 시청하다가 꼭 챙겨 보고 싶은 영화를 발견했다. 20세기 초 영국에서 여성 참정권 운동을 벌였던 여성들을 주인공으로 하는 영화 〈서프러제트〉였다. 여성의 참정권이 허용된 시기를 1930년대쯤으로 막연하게 기억하고 있던 터에 영화 소개를 보며 당시의 시대적 배경을 자세히 알고 싶어졌다.

'서프러제트(Suffragette)'는 투표권, 선거권을 뜻하는 '서프러지(Suffrage)'에 여성 접미사 '-ette'를 붙인 말로, 20세기 초 영국에서 에멀라인 팽크허스트가 이끌었던 여성 참정권 운동과 그 운동가들을 가리키는 말이다. 서프러제트는 제1차 세계대전이 끝난 1918년 2월, 영국 의회가 21세 이상의 모든 남성과 일정한 자격을 갖춘 30세 이상의 여성에게 투표권을 부여하는 국민투표법을 제정하도록 이끈 주축이었다. 그러나 이때의 투표권은 30세 이상의 여성들 가운데서도 재산을 갖고 있거나 재산을 소유한 남성과 결혼한 여성에게만 주어졌다. 21세 이상의 모든 여성이 남성과 동등하게 투표권을 행사하게 된 것은 1928년에 이르러서다.

영화 〈서프러제트〉는 국왕이 참관하는 경마대회에서 여성 참정권 시위를 하다가 말에 치여 죽는 여성 운동가, 여성 참정권 운동의 지도자가 주관하는 비밀집회, 가두에서 여성 참정권에 관한 유인물을 나눠주는 평범한 여성들의 항거, 경찰의 폭력적인 진압 등 이 모든 것을 비교적 담담하게 풀어낸다. 끝까지 보고 나니 마침내 여성 참정권을 획득했다는 희열보다 불과 100년 전에 여성들이 참정권을 획득하기 위해 그 시대의 편견과 차별에 온몸으로 저항할 수밖에 없었던 사실에 대한 회한과 먹먹함이 더 깊게 남았다.

페미니즘(Feminism)에 관해서는 대학 시절 귀동냥으로 주워들은 게 전부라고 할 수 있는 나에게 영화 〈서프러제트〉는 '여성 인권'에 관한 책 읽기를 시도하는 계기가 되었다. '여성 차별'을 주제어로 해서 인터넷 서점을 검색해보니 여러 권의 책이 나열된다. 추천 도서를 살피다 보니 '진화심리학'이라는 용어가 눈에 띄었다. 이렇게 해서 만나게 된 책이 마리 루티가 쓴《나는 과학이 말하는 성차별이 불편합니다》(김명주 옮김, 동녘사이언스)였다. 이 책은 현대 사회에서도 여전히 통용되고 있는 남녀 성차별 이데올로기의 주범으로 진화심리학을 지목한다.

> 인간의 관계성을 설명하는 일에 관한 한, 진화심리학은 다윈 시대로부터 전해 내려오는 모범 답안을 충실하게 반복한다. - p. 51

루티가 진화심리학을 향해 포문을 연 첫 문장이다. 루티에 따르면, 남성은 구애하고 여성은 선택한다는 성선택은 매력적인 남편감은 돈이 많아야 하고 매력적인 신붓감은 외모가 예뻐야 한다는 영국 빅토리아 시대의 남녀상에 갇혀 있는 구태의연한 이데올로기다.

> 진화심리학자들이 우리들에게 남성과 여성이 어떻게 다른지 알려주겠다고 말할 때, 그들은 대개 문화적 신화 만들기에 가담하고 있다는 점 그리고 그들이 특정한 사회적 이념을 지지하기 위해 자신들이 하고 있는 이른바 '과학'을 이용한다는 점이다. - p. 21

루티는 구애하는 남성과 선택하는 여성이라는 진화심리학의 이분법이 남성 중심의 가부장적 사회질서를 강화하는 데 악용되고 있다고 조롱 섞인 어조로 비판한다. 그녀는 일부 진화심리학자가 이런 이데올로기를 과학으로 포장해서 일반 대중에게 끊임없이 전파하는 일을 하고 있다고 일갈한다.

이쯤 되면 진화심리학이 과학으로 포장해서 남녀의 전형적인 성 역할을 선동하고 있다는 루티의 견해를 비판적으로 검토해볼 필요가 있다. 진화심리학을 사이비 과학쯤으로 치부하는 루티에 대해 진화심리학자들은 어떻게 반박하는지가 궁금해진다.

진화심리학자 전중환은 《진화한 마음》(휴머니스트)에서 많은 사람이 진화심리학을 인간의 번식에만 관심을 두는 학문으로 오해한다고 항변한다. 그에 따르면 "진화심리학자들은 사람들의 다양한 동기가 왜 하필이면 그런 식으로 나타나는가를 진화적인 관점에서 설명할 뿐"이다. 여성들이 풍부한 자원을 가진 남성에게 더 호감을 갖는 이유도 인류의 선조들이 살았던 먼 과거의 환경에서 그런 선택이 번식에 더 유리했기 때문이라는 것이다.

인간 본성이 자연적 진화의 산물이라고 해서 그것이 도덕적으로 정당하고 사회적으로 용인된다는 뜻은 아니다. 예컨대 난민에 대한 거부감은 위험한 병원체를 전파할 수 있는 외부인에 대한 혐오가 번식에 더 유리하기 때문에 갖게 된 심리적 적응일 뿐이다. 난민에 대한 차별이 진화한 인간의 본성이라는 이유로 도덕적으로 정당화되는 것은 아니라는 지적이다. 인간은 자연선택에 의해 호감을 가지거나 경계하는 본성뿐만 아니라 공감 능력이나 이성적 추론과 같은 바람직한 본성들도 갖고 있다.

전중환은 우리가 '왜 이런 식으로 진화했는지'를 밝혀내고 이해하는 지적인 존재이므로 여타 동물과 달리 본성을 제어하고 더 나은 행동을 선택할 수 있음을 강조한다. 개인적인 복수를 금지하는 법률이나 사회복지제도 등은 합리적인 이성을 발휘해 진화가 심어놓은 부적절한 본성을 제어하고 공생을 도모한 사례들이다.

영화 〈서프러제트〉에 등장하는 여성들은 결코 빅토리아 시대의 여성상에 머무르지 않았다. 그들은 여성과 남성의 사회적 가치가 동등하다는 것을 주장하면서 정치 투쟁에 나설 만큼 사회활동가로서의 면모를 유감없이 보여주었다. 인간이 성선택이라는 진화된 본성에 굴종하는 기계가 아니라 합리적 추론을 통해 더 나은 선택을 할 수 있다는 주장에 고개를 끄덕이게 된다.

호기심으로 출발해서 특정 주제에 관한 책을 한두 권 읽었다고 해서 그 분야에 관해 전문적인 식견을 갖출 수 있는 것은 아니다. 그러나 이런 과정이 반복되다 보면 다양한 주제를 섭렵하게 되고, 주제 간의 연관성까지 파악하게 되면 사회현상을 이해하는 나름의 안목을 가지게 될 것이다.

나의 책장 1열을 차지한 사회과학 고전들

정치학

그리스 도시국가 시대에 개인과 국가의 운명공동체 원칙을 서술한 고전. 국가의 형성과 구조, 바람직한 국가의 형태와 통치 방법, 교육 원리 등을 서술하고 있다.

아리스토텔레스 | 천병희 옮김 | 숲

방법서설

근대적 사유의 시작을 상징하는 저서. 데카르트는 진리 탐구를 위해 자신이 설정한 방법과 결실을 보여주기 위해 쓴 글이라고 밝혔다.

르네 데카르트 | 이현복 옮김 | 문예출판사

리바이어던

생존을 위해 만인에 대한 만인의 투쟁이 이루어지는 자연 상태에서 어떻게 질서와 평화를 구축할 것인가를 체계적으로 이론화한 명저. 오늘날 국제정치 무대에서 벌어지는 국가 간의 전쟁과 평화 역시 홉스가 말한 자연 상태에 가깝다는 의미에서도 주목을 끌고 있다.

토머스 홉스 | 진석용 옮김 | 나남

법의 정신

입법·행정·사법 등 삼권분립을 가장 먼저 주창하면서 특히 사법권의 독립을 강조한 선구적 저서. 법은 국민의 자유를 보장하기 위해 존재한다는 것이 몽테스키외가 말한 법의 정신이다. 미국 헌법과 근대 법치국가의 이론적 토대를 제공했다.

몽테스키외 | 이재형 옮김 | 문예출판사

인간 불평등 기원론

인간의 불평등은 경제적 불평등에서 비롯된 것이라고 강조한다. 원시적 자연 상태를 벗어나면서 인간은 점점 불평등에 시달리게 되었으며 인간의 역사는 진보한 것이 아니라 타락하고 퇴보했다고 비판한다.

장 자크 루소 | 고봉만 옮김 | 책세상

국부론

18세기 중상주의 정책에 따른 국가개입을 비판하면서 자유방임을 내세워 자유주의 경제학의 사상적 토대를 세웠다. '보이지 않는 손'에 의해 이기적 경제행위가 전체 복리의 증진에 기여하게 된다고 주장했다.

애덤 스미스 | 김수행 옮김 | 비봉출판사

미국의 민주주의

프랑스의 정치가 토크빌이 1831년 미국을 방문한 후 미국 민주주의 정치체제의 특성을 분석한 책. 신분제가 폐지된 미국 정치제도는 혁명과 반동이 엇갈리던 19세기 초 프랑스의 정치체제가 아직 경험하지 못한 것이었다.

알렉시스 드 토크빌 | 임효선·박지동 옮김 | 한길사

자유론

'타인에게 해를 끼치지 않는 누구든 절대적 자유를 누릴 수 있어야 한다'라는 주장을 담고 있는 자유주의의 교본. 개인의 선택에 대한 사회(국가)의 간섭은 최소한으로 제한되어야 하며, 사상의 자유를 비롯해서 표현의 자유와 결사의 자유가 보장되어야 완벽하게 자유로운 사회가 된다고 주장했다.

존 스튜어트 밀 | 서병훈 옮김 | 책세상

자본론

노동가치설과 잉여가치설 등에 입각해서 19세기 산업자본주의의 속성을 해부한 저작. 당시의 부르주아 시민사회와 자본주의 체제에 대한 내재적 비판을 담고 있어 사회주의의 바이블로 평가된다.

카를 마르크스 | 김수행 옮김 | 비봉출판사

정의론

인간 사회의 집단생활을 지배할 원칙으로서 사회계약은 원초적으로 평등한 위치에서 선택할 수 있어야 한다는 '절차적 정의'를 주장한다. 더불어 사회적 · 경제적 불평등이 불가피하다면 그 불평등은 사회구성원 가운데 약자에게 유리하게 적용되어야 한다는 '차등의 원칙'을 내세운다.

존 롤스 | 황경식 옮김 | 이학사

대담
천문학자와
정치학자의
책 읽기

어려운 자연과학책과 지루한 사회과학책의 문턱을 넘는 방법에 대하여

○ 이명현 □ 문병철

○ 오늘 우리는 진화심리학자 전중환 교수님의 책《진화한 마음》을 가지고 이야기를 시작해보려고 합니다. 이번에 책을 집필하면서 문병철 박사님이 진화심리학에 관한 글을 쓰다가 제 의견을 구하는 과정에서 과학자와 사회과학자의 관점 차이를 알게 되셨죠. 그 상황을 잠깐 소개해주시겠어요?

□ 제가 이 책을 읽기 전에 먼저 알게 된 책은 마리 루티가 쓴《나는 과학이 말하는 성차별이 불편합니다》였어요. 그 책은 진화심리학이 여성에 대한 편견과 성차별을 강화하는 이론이라고 비판하며 불편한 심기를 가감 없이 표출합니다. 처음에는 '아, 그럴 수도 있겠구나' 싶다가, 이런 시각을 과학자는 어떻게 보는지가 궁금해져 이명현 박사에게 의견을 구했지요. 그랬더니 진화심리학에 대한 오해와 편견에 정면으로 맞서는 책이라며《진화한 마음》을 추천해주어 탐독하게 된 겁니다. 이 책을 통해 진화심리학이 무엇이고 어떤 주장을 펼치는지 공감하기도 했지만, 한편으로는 자연과학을 잘 모르는 입장에서 '이런 건 좀 이해가 안 가는데?' 하는 부분도 있더라고

요. 마침 대담을 준비하던 차에 이 책을 통해 자연과학자와 사회과학자의 시각차에 대해 이야기해볼 수 있겠다 싶었습니다.

진화심리학에 대한 오해와 진실

○ 먼저 한 가지 말씀드리고 싶어요. 진화심리학은 엄연한 제도권 내 학문입니다. 기본적으로 과학 저널에 논문을 제출하고, 피어 리뷰를 통과한 결과물이라는 거죠. 피어 리뷰란 그 분야의 전문가들이 연구 주제와 방법론, 증명 과정을 면밀히 검토해 오류나 문제점을 지적하고 수차례에 걸쳐 수정을 거듭하게 함으로써 연구의 신뢰성을 검증하는 프로세스입니다. 진화심리학도 그런 과정을 거쳐 현대 과학에서 정합성과 보편성을 획득한 학문입니다. 이런 부분이 종종 간과되어 루티처럼 진화심리학을 무엇에든 자연선택이나 성선택을 갖다 붙이는 주장이라고 오해하고 비판하는 분들이 적지 않습니다.

□ 진화심리학을 생물학의 한 분야로 인정하고 비판해야 한다는 말씀이시죠? 책 내용 중에서 요즘 사회적으로 문제가 되고 있는 악플에 대해서는 진화심리학적으로도 그 원인을 잘 모르겠다고 하는 대목이 떠오르는데요. 과학적으로 아직 연구되지 않거나 설명되지 않는 부분이 있으니 미완의 이론이라는 뜻일까요?

○ 아, 과학자들이 아직 모른다고 얘기하는 것은 연구를 전혀 안

해서 아무것도 밝혀내지 못했다는 의미가 아니에요. 그 주제와 관련된 여러 가지 가설이 있지만 아직 피어 리뷰를 통해 충분히 검증받지 못한 단계라고 보셔야 합니다. 이 지점이 매우 중요한데요. 진화심리학을 반박하는 사람들이 자주 하는 오해이기도 합니다. 과학 분야의 연구는 하나를 알게 되면 모르는 것 10개가 튀어나와요. 심증이 있어도 나머지 10개를 다 알아내서 데이터로 확실한 증거를 제시해야 동료 전문가들을 설득할 수 있어요. 아직 그 단계에 이르지 못해서 교과서적으로 얘기하지 않는 겁니다. 한 가지 예로 게이나 레즈비언이 타고난 것인가, 환경에 의한 것인가에 대한 연구를 들 수 있어요. 여러 형제 중 막내가 게이로 태어나는 비율이 높은데 그 기전이 밝혀졌어요. 엄마가 남아를 임신했을 때 몸에서 다른 성(性)에 대한 방어기제가 작동해 태아를 여성화하려는 성분이 분비되고, 그로 인해 여성적인 기질을 갖게 되는 거죠. 이처럼 막내 아들이 게이가 되는 화학적인 원인은 잘 알려졌지만, 레즈비언은 어떤 기전에 의한 것인지가 아직 확실하지 않아요. 이런 식으로 알고 있는 것과 모르는 것이 혼재되어 있는 쟁점들에 대해 보편적 원인을 찾아보려고 노력하는 학문이 진화심리학이에요. 다만 이들의 눈길이 사회적인 현상이 아니라 더 근본적인 원인(遠因)에 가 있거든요. 이건 진화심리학자들뿐만 아니라 과학자들의 전반적인 경향이기도 한데요. 사회과학적인 부분에 대한 설명이 부족해 보이는 것도 사실입니다.

◻ 설명을 들으니 진화심리학에 대해 조금 더 알게 된 것 같습니다. 이야기를 나누는 도중에 혹시나 제가 또 오해하는 부분이 있다면 짚어주셨으면 해요.

○ 전문가가 아니시니 당연히 그럴 수 있죠. 어떤 부분에서 의구심이 생겼는지 부담 없이 말씀해주세요.

◻ 책에서 '현대인의 두개골 안에는 석기 시대 마음이 들어 있다'라는 문장이 정말 인상적이었습니다. 우리가 살아가면서 하게 되는 모든 행동의 기원을 거슬러 올라가 보면, 수백만 년 동안 인간이 생존과 번식을 위해 적응하느라 선택해왔던 결과물이 축적돼 오늘날 개개인의 선택과 사회현상으로 나타나고 있다는 것인데요. 여기에 탄복하면서도 의구심을 감출 수 없었던 게, 말씀하신 것처럼 모든 인간의 행동이 과거의 먼 조상들이 우리의 생존과 번식을 위해서 선택했던 것들의 문제로 귀결되는 게 아닌가 하는 점이었어요. 사회과학에서는 모든 것을 구조의 문제로 환원한다거나 결정론적으로 사고하는 것을 경계하거든요.

○ 약간 설명이 필요한 부분이에요. 문화라고 하면 같이 떠오르는 단어가 다양성입니다. 많은 나라에서 일부일처제와 장자상속을 따르지만 딸에게만 상속하는 문화권도 존재합니다. 왜 이렇게 다양한 상속제도가 존재할까 하고 파고들어 보니까, 성적으로 개방된 사회에서는 딸에게 상속을 하더군요. 아빠가 누군지는 모르더라도 엄마는 확실하니까요. 반면 가부장제가

강하거나 권위적인 일부다처제에서는 주로 장자상속을 합니다. 상속제도 이면에 성적 독점에 대한 보편적 맥락이 깔려 있는 거죠. 이런 보편적 맥락이 어떻게 생겨났는지를 따라가다 보면 성선택에 이르게 되고, 이를 따져보는 학문이 진화심리학이에요.

□ 조선 시대 상속제도의 변천 과정을 살펴보면, 조선 전기에서 중기까지는 균분상속제로 자녀들에게 유산을 거의 대등하게 나눠주다가 조선 후기 들어 장자상속으로 바뀝니다. 사회과학자들은 그 이유를 규모의 경제에서 찾아요. 우리나라의 자본주의는 일제 강점기에 일본이 강제적으로 이식하는 방식으로 도입됐다고 하지만, 사실 그 이전부터 조선 내부에 자본주의의 맹아가 싹트면서 규모의 경제를 중요시하는 개념이 생겨났고, 자본이 분산되면 안 되니까 장자상속으로 바뀌었다고 해석하기도 합니다. 이들의 견해에 따르면 성선택의 문제가 아니라 사회적 필요에 의해 상속제도가 달라진 건데요. 이를 진화심리학적으로 연결할 수 있을까요?

○ 규모의 경제 때문이라는 해석은 일부의 생각일 뿐, 모든 상속제도를 끝까지 추적해서 결론에 이른 것이 아니잖아요. 그 사회에서 벌어지고 있는 현상이나 사회가 바라는 것 그리고 사회를 구성하는 요소들을 분석해 도출한 결과죠. 이런 식으로 문화는 지엽적인 사회적 합의와 변천에 따라 생겨나는데, 그게 특정 사회에만 국한되는 게 아니라 다른 시대, 다른 장소에

서도 비슷한 방식으로 나타난다는 점에 주목합니다. 과학자들은 사회적 변혁이나 기후변동, 왕조의 변천이나 시민의식의 성숙과 같은 요소들을 근인(近因)이라고 해요. 진화심리학자들은 이런 근인이 인간 사회에서만이 아니라 영장류 사회에서도 나타난다는 것을 발견했어요. 그렇다면 인간만이 아닌 영장류까지 내려가 공통 뿌리에서 나타나는 보편적 원리가 있는 게 아닐까 생각한 거죠. 그렇게 밀어붙이다가 인간 사회에서 일어나는 현상의 아주 근본적인 원인(原因)이자 오래된 원인(遠因)을 찾아낸 겁니다. 프론트에서 이런 현상들에 대한 원인을 사회과학적으로, 인문학적으로 파악하는 것은 너무나 필요하고 반드시 해야 하는 일이라고 생각해요. 하지만 그 폭을 시간적으로 넓혀서 지금은 고려 대상에도 포함되지 않고 깊숙한 밑바닥에 숨어 있는 원인들을 찾아낸다면 인간을 훨씬 풍성하게 이해할 수 있잖아요. 그렇기에 사회과학 연구와 자연과학 연구를 연결하는 작업이 정말로 중요하고, 그런 역할을 진화심리학이 하고 있다고 생각해요.

◻ 과학자들이 근인, 원인이라고 하는 개념이 사회과학에서 말하는 현상, 본질과 유사한 것 같은데요. 그럼에도 원인은 수백만 년이라는 굉장히 긴 시간의 축적을 배경으로 하고 있어서 언뜻 생각하기에는 체감이 잘 안 되네요.

○ 맞아요. 과학자라고 해서 그것을 다 이해하는 게 쉬운 일은 아닙니다.

◻ 그래서인지 제가 이 책에서 제일 흥미롭게 읽은 대목은 진보와 보수에 대한 이야기였어요. 정치학자의 관심을 제대로 끌어당기는 주제죠. 저자의 주장을 요약해보면, 정치적인 판단에서 '나는 항상 보수야', '나는 언제나 진보야' 이렇게 진화한 게 아니라고 합니다. 즉 일관적인 성향을 띠도록 진화한 것이 아니라 개별적인 사안에 다른 선택을 하는 영역 특이적 모델이라는 거죠. 이를테면 기본소득이라든가 동성애 또는 사회적 평등 같은 각각의 사안에 대해 선택이 달라지는 방식으로 진화한 것이지, 정치적 뿌리가 진보이거나 보수라는 식으로 진화한 것은 아니라고 했어요. 이 주장의 옳고 그름은 차치하고, 저는 다른 맥락의 의문이 생기더라고요. 저자가 미의 기준에 대해서는 '평균이 가장 아름답다'는 보편적인 기준이 있다고 얘기한단 말이에요. 미의 기준은 사람들이 평균적인 얼굴의 조합을 가장 아름답게 느끼는 보편성에 따라 진화했다고 하면서, 왜 정치적 성향의 기준은 보편성에 따라 진화하지 않았다는 걸까요? 이 대목에서 논리적 충돌이 느껴졌습니다.

○ '오래된 연장통'이라는 개념이 있는데요. 이 책의 저자가 쓴 다른 책의 제목이기도 합니다. 인류는 몇백만 년에 걸쳐 진화해오면서 어느 시기에는 아주 공격적인 성향이 생겨났어요. 당시 환경에서는 생존하기 위해 필요하니까 그런 기능이 발달하는 거죠. 또 다른 시기에는 타협을 하고 사람들과 잘 어울리는 게 생존에 유리한 기능이 됩니다. 환경에 맞춰 생존에 유리

한 본성들이 우리 안에 축적되어 있는데요. 인간이라는 연장통 안에는 돌도끼와 전기톱이 다 들어 있어서 상황에 따라 돌도끼를 들 수도 있고 전기톱을 꺼낼 수도 있습니다. 우리 본성이 일관성을 갖고 한 방향으로 진화한 게 아니라 상충하거나 모순되는 것들이 그때그때 적응해야 하는 환경에 따라 누더기처럼 진화했다는 말이에요. 이렇게 뒤죽박죽 섞여 있다 보니 사안에 따라 보수적 성향을 보일 수도 있고 진보적 성향을 보일 수도 있죠. 실제로 투표에서 드러나는 정치적 성향을 조사해보면, 자기 계급이나 정치적 성향에 모순되는 투표율이 상당히 높게 나타납니다. 데이터도 보수나 진보로 양분된 정치적 성향을 타고난다는 게 허상이라는 걸 보여주죠. 진화심리학적으로 보면 어느 시점에는 기득권을 지키려고 노력하는 진화적 적응이 일어났고, 또 어느 시점에는 위험을 무릅쓰고 기득권을 몰아내는 것이 유리하다고 여기고 행동하는 진화적 적응이 일어난 겁니다. 이 적응들이 하나의 성향으로 통합되는 게 아니라 개개의 사안에 대해 각기 다른 입장을 취하는 방식이 보편성의 선택이었던 거죠.

□ 그렇다면 미적 감각은 어떻게 평균이 아름답다는 보편적 기준을 갖게 된 건가요?

○ 통계적으로 다양한 사회의 구성원들이 골라낸 미남·미녀의 모습을 보면, 흔히 떠올릴 만한 아름다운 얼굴과는 거리가 있잖아요. 근데 뽑힌 얼굴들을 잘 보면 대칭성이 뚜렷하게 나타

납니다. 왜 이럴까 하고 진화심리학자들이 연구해보니, 보편적 인 기준이 있더란 말입니다. 자연선택으로 생존한 집단은 번식을 통해 다음 세대에 자기 유전자를 남겨야 해요. 이 번식은 집단(사회) 내에서의 경쟁이에요. 그 안에서 구애를 하고 이성에게 매력을 뽐내려는 행동이 발달하게 되는데, 양극단에 있는 매력은 선택을 별로 받지 못해서 도태됩니다. 긴 세월 동안 성선택(사회적 진화)에 의해 축적된 선택지들을 살펴보니 익숙하지만 균형이 잡힌 얼굴을 선호하는 것으로 나타났고, 그것이 평균 또는 최빈도수(median)가 된 겁니다. 그래서 미적 감각은 시대에 따라 변해도 결과적으로 평균에 수렴하게 된 거죠.

시대의 과학
시대의 진실

ㅁ 과학적 발견, 과학적 진리, 과학적 팩트라는 말이 있잖아요. 그런데 돌이켜 보면 과거에는 과학적 진리였던 것들이 지금에 와서는 반박되거나 사실이 아닌 것으로 밝혀지는 경우가 많습니다. 천동설과 지동설이 대표적인 사례지요. 이 말은 곧, 미래의 어느 시점에서 보면 지금 우리가 과학적 진실이라고 말하는 것들이 진실이 아니라고 밝혀질 수 있다는 건데요. 과학자로서 이명현 박사님은 평생 일구어온 자신의 연구가 언젠가 뒤바뀔 수도 있다고 생각하시는지요?

ㅇ 방금 말씀하신 게 과학의 본질이라고 생각합니다. '시대의 과

학'이라는 말이 있어요. 천동설을 주장하던 과학자들이 어리석어서 틀린 주장을 했던 게 아니에요. 그들 나름대로 당시 가장 과학적인 방법으로 데이터 분석을 충실히 해서 결론을 내린 겁니다. 다만 자신들의 눈앞에 있는 데이터로는 도저히 지동설을 주장할 수 없었던 거죠. 그런데 그들 사이에서 조금 더 창의적이고 그때까지 축적된 데이터 너머의 것을 볼 수 있는 과학자가 나타납니다. 뉴턴이나 아인슈타인 같은 사람이 그 예죠. 약 500년 전에 티코 브라헤라는 당대 최고의 관측천문학자가 있었어요. 망원경도 없던 시절에 그는 엄청난 양의 관측 데이터를 축적했죠. 자료를 분석하면서 마음은 지동설 쪽으로 기울었지만 그것을 뒷받침할 수 있는 증거와 논리가 충분하지 못해 끝끝내 천동설을 고수했어요. 그런데 그가 남긴 데이터를 분석한 케플러는 달랐죠. 그는 지동설을 증명했을 뿐만 아니라 행성운동의 세 가지 법칙을 발견합니다. 과학은 기존의 과학적 견해를 유지하면서 지식을 발전시켜가는 사람과 케플러처럼 툭 튀어나오는 사람들의 상호작용을 통해 진보해왔어요. 저를 포함해 대부분의 과학자는 현대 과학을 지탱하는 양자역학이나 상대성이론이 100년 후까지 유효할지에 대해서는 의문을 가져요. 이미 정론으로 자리 잡은 이론뿐만 아니라 자기 자신도 의심하는 게 과학의 미덕입니다. 그래서 지금의 과학이 영원할 거라고 생각하지 않고 시대의 과학, 시대의 진실이라고 하죠. 그게 과학과 종교의 차이에요. 과학자들은 지금까지 쌓아온 연구 성과를 뒤집는 새로운 이론이 나오잖아요? 그러면 당장 배신하고 떠나버립니다.

□ 동료들조차 새로운 이론으로 확 넘어간다는 거군요.

○ 최근에 한 유명한 과학자가 과거에 공저한 논문을 재현해봤는데, 재현이 안 됐어요. 확인해보니 저자들 중 하나가 연구를 조작했다는 걸 알게 됐어요. 그래서 스스로 자기 논문을 취소하는 논문을 써서 화제가 됐어요. 과학이 어떻게 발전하는지를 보여주는 좋은 사례라고 생각해요. 과학은 기존의 패러다임에 반하는 관측 결과들이 축적되면 위기가 증폭됩니다. 그 위기가 임계점에 도달하면 과학자들은 개종이란 말까지 하며 벌떼처럼 싹 갈아타거든요. 패러다임이 바뀌는 거죠. 토머스 쿤의《과학혁명의 구조》가 그걸 다루고 있는 책입니다.

□ 왜 의심이 미덕이라고 했는지 알겠어요. 그런 의심과 비판적 사고가 축적되어 과학혁명이 일어나는 거고, 과학자들 역시 그런 속성을 아주 잘 알고 있다는 거군요. 일반적으로 생각하기에 과학은 가장 확실한 것만 말해줄 것 같은데 말입니다.

○ 과학자들을 찾아와 이게 맞는가, 틀리는가를 딱딱 정해주길 기대하는 사람들이 많은데요. 과학자들은 보통 "그렇게 될 가능성이 99퍼센트지만, 틀릴 가능성이 없는 것도 아니어서 확답을 드리기 어렵습니다"라는 식으로 대답하죠. 과학을 확실한 것이라고 생각하는 경향이 있는데 현대 과학에서 쓰이는 용어를 보세요. 상대성이론, 불확실성의 원리, 확률적 세계관

등이잖아요. 현대 과학은 기본적으로 불확실한 것을 전제로 전개되죠.

사회과학책과
자연과학책의 문턱

○ 저도 궁금한 게 떠올랐는데요. 자연과학책과 사회과학책 중에서 일반 대중(비전공자들)에게는 어떤 책의 문턱이 더 높을까요?

□ 제가 사회과학자라서가 아니라 일반적으로 생각해봐도 자연과학책이 더 어렵게 느껴지는 것 같아요.

○ 진짜 그렇게 생각하세요?

□ 제 경험을 들어보자면, 어렸을 때는 실험을 하거나 관찰을 하거나 문제를 푸는 방식으로 자연과학의 지식을 습득했잖아요. 책을 읽어서 자연과학적인 지식을 습득한다는 게 익숙한 과정이 아니라는 거죠. 또 나중에라도 자연과학책을 읽으려고 할 때 제일 먼저 걸리는 문턱은 일상적으로 쓰지 않는 용어가 주는 생소함과 과학 개념, 즉 기초가 부족해서 설명을 들어도 잘 이해가 안 된다는 어려움입니다. 방금 말씀하신 불확실성의 원리나 확률적 세계관 같은 용어만 해도 상식적으로 알고 있는 개념과는 도무지 연결이 안 되거든요. 물론 사회과학책도 논리로 깊이 들어가면 어려운 건 마찬가지지만, 적어도 사회생활이나 뉴스 같은 데서 접하는 용어들을 사용하기 때문에 그나마 좀 나은 듯해요.

- 공감합니다. 현대 과학은 미시세계 양자역학과 거시세계 일반 상대성이론이 주축이죠. 그런데 우리의 뇌는 1미터, 2미터 또는 1초, 2초씩 변하는 공간과 시간을 인식하는 데 적합하게 진화했기 때문에 직관적으로 미시세계나 거시세계를 이해할 수 없어요. 21세기에 와 있으면서도 우리 뇌는 계몽주의 시대나 뉴턴 시대의 과학에 익숙한 방식으로 작동하죠. '내가 보고 느끼는 세계와 현대 과학에서 설명하는 세계가 왜 이렇게 다르지?'라는 생각이 끼어드는 순간 훨씬 어려워지거든요. 뇌의 회로를 바꾸지 않으면 좀처럼 머릿속에 그려지지 않으니까 학습을 통해 사고법을 훈련해야 합니다.

□ 뇌의 회로를 바꿔야 한다니 참으로 요원한 일인 것 같습니다만, 일단은 현대 과학의 문턱을 넘어갈 수 있는 첫 단계가 무엇일까요?

- 첫 단계는 개념을 이해하는 것입니다. 학습을 통해서 용어를 정확하게 알아야 해요. 이해를 돕기 위해 쓰는 용어의 뜻을 모른다면 설명을 알아듣지 못해 맥락을 알 수 없으니까요. 익숙해지는 것 외에는 방법이 없어요. 제가 생각할 때 개념을 이해하는 방법 중에서 가장 고전적이고 검증됐으며 손쉽게 접근할 수 있는 방법이 독서예요. 일단 쉬운 책부터 읽어가며 익숙해지면 어느 순간부터 퍼즐이 맞춰지듯 전체 그림이 보이게 됩니다. 한편, 자연과학책은 어렵지만 사회과학책은 지루하다는 의견이 많죠. 사회과학책의 문턱을 넘으려면 어디서 시작해야

할지 저도 궁금해요.

□ 사회과학책을 읽을 때도 자연과학책과 마찬가지로 개념을 이해하는 것이 문해력을 갖추는 데 기본입니다. 하지만 출발점을 물으신다면, 그보다 먼저 요구되는 것이 있어요. 바로 사회현상에 관심을 갖는 겁니다. 경제, 정치, 국제사회에서 어떤 일이 일어나고 있는지 지속적으로 들여다봐야 해요. 이런 것들이 모두 내가 자각을 하든 못 하든 간에 나와 관련되어 있고 나의 생활을 규정한다는 것을 인식해야 합니다. 그게 사회과학책을 읽는 출발점이에요. 먼저 사회현상에 관심을 갖게 되면 그것을 체계적으로 이해하는 데 독서가 매우 유용하다는 것을 금세 알게 돼요. 독서를 통해 자신의 지식을 재구성하면서 기본적인 개념을 습득하게 되고, 그런 개념들을 함축한 맥락에 익숙해지면 독서의 효능감이 높아지면서 지루함이 끼어들 새가 없을 겁니다.

사회과학과
자연과학이 만나는 곳

○ 방금 사회현상을 자각하는 데 사회과학책 읽기가 효용이 있다고 말씀하셨는데요. 거기에 과학책 읽기도 연결해볼 수 있어요. 사회현상을 자각하면 곧 우리 일상에서 일어나는 문제들에 질문을 던지고 그것을 이해하는 나름의 논지를 펼치게 되잖아요. 기후 위기 같은 문제들은 당장 사회적인 합의를 도출

해서 행동을 해야 하는 사안이고요. 그런 합의를 끌어내기 위해서는 기후 위기 문제를 자연과학적인 사고방식과 태도로 바라보는 것이 꼭 필요해요. 난민이나 빈곤 문제를 정치적 분쟁과 분배의 문제로 접근하는 것도 중요하지만, 지구라는 행성 규모에서 기후와 생산성, 물 부족과도 연관되어 있다는 것을 알게 되면 먼 나라의 난민이나 빈곤 문제가 내 삶의 문제가 될 수도 있다는 인식이 생겨나죠. 우리 앞에 놓인 대부분 문제는 뛰어난 개인이나 하나의 학문 분야가 해결할 수 있는 수준을 훌쩍 넘어섭니다. 이런 것들을 연계시킬 수 있는 생각이 점점 더 중요해지고 있는데 과학이 그 역할을 할 수 있거든요.

□ 전적으로 동감합니다. 우리가 연구를 하다 보니 구체적인 분야로 쪼개져 있는 것일 뿐 실제 삶에서 자연과학과 사회과학은 잘 구분되지 않습니다. 기후변화는 자연과학적인 현상이지만, 인간의 삶에 미치는 영향은 실로 막대하고 그 과정도 매우 복잡합니다. 자연과학적인 사실과 사회과학적인 현상을 이해하려는 노력이 결합될 수밖에 없어요.

○ 사회과학이나 자연과학이나 결국 인간의 문제를 따지는 거니까 저는 결국 모든 학문은 인간을 공부하는 인문학이라고 생각해요. 과학을 통해 우리는 우리에게 축적된 본성 중에는 폭력성과 이타심처럼 모순된 요소들이 섞여 있다는 것을 자연스럽게 알게 됐죠. 그렇다고 '나의 이런 폭력적인 행동은 내 안에 축적된 진화한 마음이 저지른 거야'라고 합리화할 수는 없

어요. 자연스럽다는 것과 현대 사회에서 정치적 · 사회적으로 올바르다는 것은 엄연히 다르니까요. 현대의 사회과학은 진화적으로 자연스러운 것과 도덕적으로 올바른 것을 구분하게 해주는 역할을 할 수 있습니다. 그렇다면 진화심리학과 사회과학이 양립하는 게 아니라 사회과학이 진화심리학을 포괄하면서 현시대의 자연과학이 되어야 하는 것은 아닐까요?

복잡한 세상을 횡단하여
광활한 우주로 들어가는 사과책

ㅇ 우리가 자연과학책과 사회과학책 읽기를 한 권에 담는 시도를 한 것도 그런 맥락이었죠. 둘을 따로 읽는 경향이 있는데, 이를 통합할 수 있는 계기를 마련하고 싶었거든요.

ㅁ 각자의 전공 분야를 살려서 독자들에게 책 읽는 방법을 안내한다는 목적 때문에 자연과학과 사회과학을 나눈 것일 뿐, 우리가 시작할 때 공유한 키워드는 '과학적인 책 읽기'였어요. 어떻게 하면 독서를 더 과학적으로, 체계적으로 할 수 있을까라는 질문에서 출발했죠. 어릴 적에는 독서를 통해 교양과 마음의 양식을 쌓기 위해 문학 작품이나 인문서를 주로 읽었는데요. 세월이 흐르니 인간이 학습을 하는 가장 중요한 방식이 독서라는 것을 알겠더라고요. 그래서 한 권을 읽더라도 체계적인 독서를 통해 지적인 능력과 사고를 함양하는 데 보탬이 될 수 있는 나름의 과학적인 방법론을 제시하고 싶었죠.

○ 중요한 말씀을 해주셨어요. 저희가 사회과학과 자연과학을 나눠놓았지만 궁극적으로는 어떤 분야가 됐건 과학적인 책 읽기를 하자는 게 핵심이었어요. 과학적인 책 읽기는 훌륭한 학습도구입니다. 책을 읽을 때 문맥을 이해하는 능력을 키우는 방법이니까요. 그렇다고 과학적인 책 읽기가 대단한 방식은 아니고, 책을 읽을 때 비판적으로 사고해야 한다는 게 핵심입니다. 당연하다고 생각할지도 모르지만, 사실 우리는 과학적인 책 읽기 방법을 배운 적이 없거든요. 익숙한 방식으로 책을 대하다 보면 과학적인 책 읽기와 괴리된 독서를 하게 되죠. 사실 저도 과학적인 책 읽기 방법론을 찾기까지 적지 않은 시간이 걸렸어요. 수많은 검증을 거치며 축적한 방법이니 그 필요성을 느끼는 분들께는 분명히 도움이 될 거라 생각합니다.

□ 현대 과학의 복잡한 내용을 다 이해한다거나 사회과학적인 방법론을 공부한다는 것은 전문가의 영역이고요. 지금 우리에게 필요한 것은 종합적인 사고 능력과 올바른 판단을 내릴 수 있는 태도니까요. 과학적인 책 읽기는 그런 측면에서 꽤 효과가 있어요.

○ 특히 지금은 워낙 불확실한 요소도 많고 가짜 뉴스가 횡행하고 있으니 어떤 결정을 할지 판단하기가 어려운 시대예요. 그래서 현대 사회에서 어떤 현상에 대한 원인을 파악하고 그 결과가 무엇인지를 종합적으로 인식하고 판단하는 일이 더 중요해진 것은 분명합니다. 과학적인 책 읽기가 그런 판단을 내리

는 데 필요한 태도를 길러준다는 것에 전적으로 동의합니다. 자기가 처해 있는 위치를 제대로 파악하려면 자신을 객관적으로, 냉정하게 볼 수 있어야 하죠. 그런 태도가 미래를 예측하고 예컨대 주식투자를 잘하게 해줄 수도 있지만, 그런 것은 부가적인 이점이고 기본적으로 주어진 사회에서 좀 더 행복하고 잘 살아갈 수 있는 동력이 됩니다.

□ 맞습니다. 종합적인 독서를 통해 우리가 얻는 것은 행복하게 잘 사는 거예요. 요즘에는 인터넷, 유튜브, TV 프로그램 등 미디어를 통해 정보를 얻는 방법이 다양해졌어요. 이런 시대에 책을 읽는다는 게 낡은 방식으로 느껴질 수도 있지만 저는 독서야말로 우리가 행복하게 잘 사는 데 가장 도움이 된다고 생각해요.

○ 제 생각은 조금 다른데요. 지식이나 정보를 얻는 유일한 방법이 책이었던 시대는 완전히 저물었어요. 이제는 독서의 범위를 비독서 행위로까지 넓혀야 한다고 생각해요. 다른 사람의 이야기를 듣는 거나 서평을 읽거나 유튜브 영상 또는 다큐멘터리를 보면서 새로운 지식을 습득할 수 있으니까요. 책이라는 게 여전히 가장 저렴하게 깊이 있는 정보를 얻을 수 있는 편리한 도구임은 분명하나, 종합적으로 책의 내용과 관련된 여러 가지 채널을 활용해보길 적극적으로 권장하고 싶어요.

□ 비독서 행위라는 게 꼭 책을 보는 것만이 아니라 큰 틀에서 다른 경로를 활용해보는 것까지 포함한다는 말씀에는 동의하지

만, 우려도 됩니다. 미디어와 SNS가 인간의 인식 능력에 미치는 영향을 분석했더니, 책 읽기가 아닌 다른 방식으로 정보를 습득하는 데 익숙해지면 인간의 뇌가 퇴화한다는 결과가 나왔어요. 뇌가 퇴화한다는 것은 조직적인 사고 체계나 비판적인 사고 체계가 발전되기 이전의 과거로 되돌아간다는 거죠. 인간이 창조적이고 비판적으로 사고하고 판단하는 능력을 키우는 유일한 방법은 독서라는 건 검증된 사실입니다. 비독서 행위를 강조하는 것은 독서의 영역을 확장하라는 것이지 책 대신 다른 것을 하라는 뜻이 아님을 분명하게 짚어야 합니다.

- 누가 저한테 넘쳐나는 정보를 거르고 수용하기도 벅찬데 독서까지 해야 하냐고 물으면, 그럴 필요 없다고 말합니다. 대신 인터넷이나 미디어가 아닌 물성을 가진 책을 활용해 세상을 보는 것은 남들이 하지 않는 또 하나의 무기를 장착하는 건데, 이렇게 접근성 좋은 방법을 마다할 이유가 있냐고 우회적으로 독서를 강조해요. 책을 읽는 게 솔직히 쉬운 일은 아니잖아요. 시킨다고 하는 것도 아니고. 오히려 남들 다 하는 정도에 맞춰 사는 사람이 독서까지 장착하면 훨씬 확장성 있게 현대를 살아갈 수 있지 않겠냐고 반문하는 게 더 효과적이더라고요.

아름답지
않습니까?

- 그러고 보니 궁금하네요. 문병철 박사님은 사회과학책을 읽고

통찰력을 갖게 되면서 세상을 보는 관점이나 살아가는 방식이 어떻게 달라지셨나요?

□ 긍정적인 답변을 해야 할 것 같은데, 일단 저한테 통찰력이 있다기에는 부족함이 너무 많아서 섣불리 답하기가 어렵네요. 다만 사회과학책을 읽으면 세상의 이면에 숨어 있는 구조가 무엇인지 파악하게 되고, 왜 이런 사회현상들이 벌어지는가에 대한 이해도가 높아지는 것은 사실입니다. 그러다 보면 오히려 비판적인 안목이 생겨서 세상을 마냥 아름답게 볼 수만은 없어요. 질문에 답변을 드리자면, 정치학을 공부할 때 마키아벨리의《군주론》을 읽으면서 '아, 이런 통찰이 있구나' 하고 감탄한 적이 있어요. 통상적으로 마키아벨리는 권모술수에 능한 사람이라는 이미지를 갖고 있잖아요. 그런데 막상《군주론》을 읽어보니 그렇게 바라볼 게 아니더라고요. 마키아벨리가 거짓도 필요하고 위선도 필요하고 야만성도 필요하다고 주장한 것은 맞아요. 왜? 한 나라의 운명을 책임지고 있는 정치 지도자라면 외교 관계에서 때로는 헛된 약속도 하고, 자국에 불리한 과거의 약속을 파기하기도 하고, 거짓말도 해야 한다는 거죠. 그는 국가를 책임지는 리더가 갖추어야 할 이중적인 도덕 기준을 제시한 건데, 후대의 사람들이 자기의 필요에 의해 일부만 끌어와서 나쁜 이미지를 만들어낸 거죠. 국제정치를 공부해보니 그가 강조한 면모가 외교적으로 굉장히 유용한 자질이더라고요. 저 역시 부정적인 이미지를 갖고 있었는데《군주

론》을 깊이 읽으면서 그 고정관념에서 벗어나 새로운 안목으로 국제정치를 바라보게 됐고 삶이 확장되는 느낌을 받았습니다. 제가 그랬듯이 일반 독자들도 사회과학책을 읽으면서 기존의 고정관념이 깨지거나 새로운 인식 체계가 만들어지는 경험을 충분히 하게 될 거라 생각합니다.

○ 한 가지 덧붙이자면 진화심리학을 공부하고 마키아벨리의 《군주론》을 펼치면 훨씬 풍성하게 읽을 수 있어요. 자연스럽게 생긴 본성을 실제 사회에서 적용할 때는 올바름을 고려해야 하잖아요. 이때 정치적 올바름과 사회적 올바름이 반드시 일치하는 것도 아니고, 집단이나 개인 또는 가족에게 적용되는 올바름도 기준이 다르죠. 또 예전에는 맞았지만 지금은 틀린 올바름이 있을 수 있고요. 진화심리학적인 개념을 갖고 보면 또 달리 보이는 부분이 있을 겁니다.

□ 자연과학적인 지식을 토대로 사회과학책을 읽으면 같은 책도 새롭게 해석될 거예요. 우리가 사회과학책과 자연과학책 읽기를 따로따로 하지 않고 같이 묶어보려고 한 것도 그런 취지였잖아요. 인간의 본성과 세상의 이치에 대한 이해를 토대로 비판적 사고를 할 수 있게 되면, 분별력이 생기고 스스로에 대한 줏대를 세울 수 있죠. 그러면 사회를 읽어내는 문해력도 높아지고 올바른 판단을 할 수 있어요. 현대 사회에서는 그런 능력이 정말 필요하다는 것을 저도 절실하게 느낍니다.

○ 세상을 비판적으로 보게 되면 마냥 아름답지만은 않다고 하셨

는데요. 저는 사람들이 그렇게 사고하는 것 자체가 굉장히 아름답다고 생각해요. 깊이 있게 생각하고 모순된 것을 받아들이면서 어떤 행동을 선택하는 행위 자체가 엄청 아름답지 않습니까? 우리 자신을 이해하는 데에도 도움이 되니 긍정적이고요.

◻ 맞습니다. 정치학자로서 사회과학을 공부하다 보면 세상을 점점 더 비판적으로 보게 되거든요. 그런데 비판적으로 본다는 게 비관적으로 본다는 뜻은 전혀 아닙니다. 세상이 돌아가는 맥락을 조금 더 잘 이해하고 이 사회에서 나는 어디에 있는가, 나의 위치를 파악하는 데 도움이 되죠. 그런 안목으로 사회를 보고 개인의 생활을 영위해나갈 수 있는 것 자체가 아름다운 거라는 말씀에 전적으로 동의합니다.

○ 누군가가 이 책을 읽고 사회과학과 자연과학을 연결해 우리 삶의 문제로 받아들일 수 있으면 좋겠어요. 그렇다면 우리는 목적을 달성한 거죠.

◻ '복잡한 세상을 횡단하여 광활한 우주로 들어가는 사과책'이라는 제목에 그 의미가 담겨 있다는 걸 알아채시는 분들이 많을 거라 기대합니다.

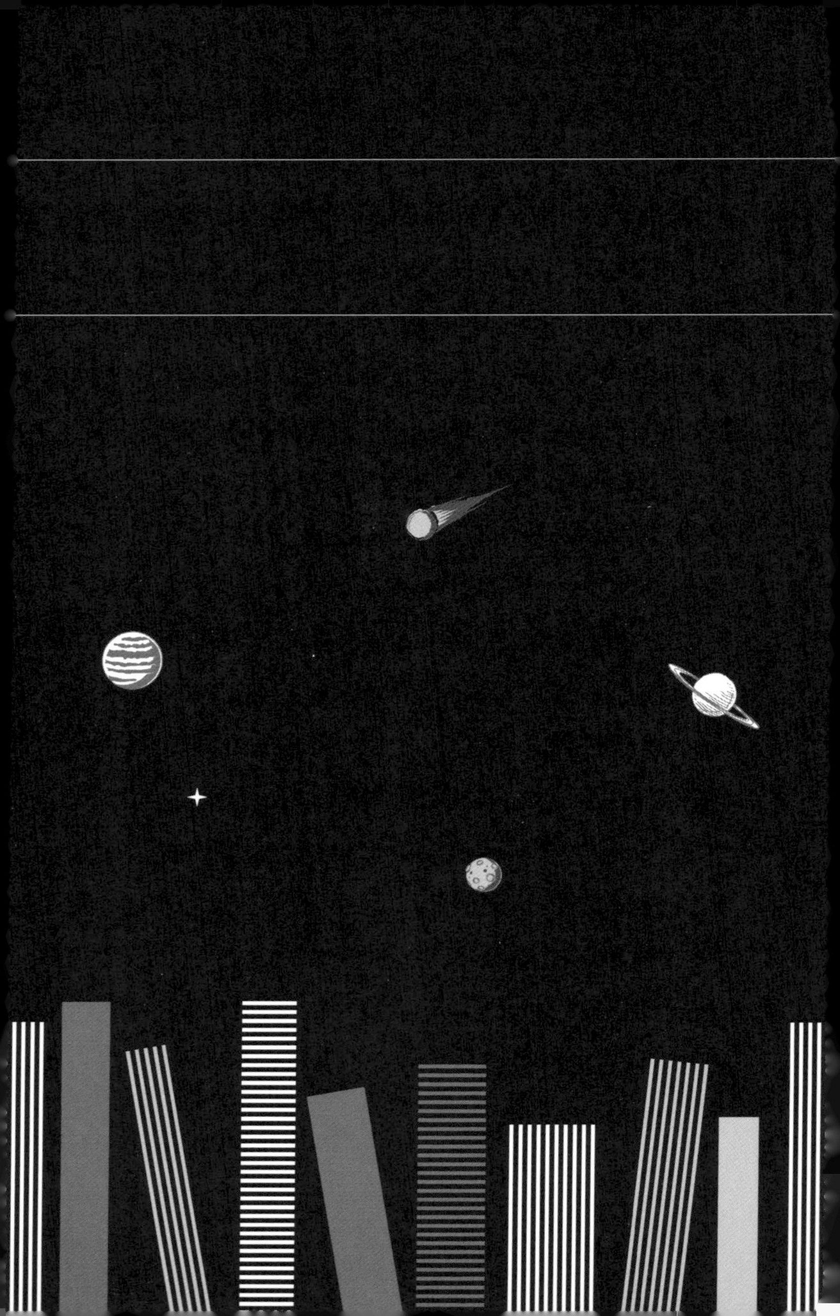

우리는 이렇게 책을 읽는다

3

01.

과학이 문화가 되는 과학책방

갈다를 만든 사람들

2015년 겨울 어느 날, 장대익 교수와 함께 제주도로 출장을 가는 길이었다. 부모님으로부터 경복궁 근처 삼청동의 한 건물을 활용해서 문화 활동을 할 생각이 있느냐는 문자를 받았다. 그동안 사용하던 비영리단체가 다른 곳으로 옮겨간다고 했다. 사실 그곳은 내가 고등학교 1학년 때부터 유학을 가기 전까지 살았던 집이라 개인적인 추억이 많이 녹아 있는 장소다. 우리는 제주도에 있는 동안 출장의 목적도 잊은 채 삼청동 건물을 활용해서 어떤 일을 할지 이야기하고 또 이야기했다. 둘 다 현장에서 과학 문화 활동을 하고 있었기 때문에 자연스럽게 과학 문화 공간이 되었으면 좋겠다는 생각을 했다. 하지만 구체적으로 어떤 작업을 해야 할지에 대해서는 막연한 상상과 바람을 서로 교환하는 데 머물렀다.

이런저런 궁리를 하던 나와 장 교수는 서울로 돌아오자마자 과학 문화 활동을 하던 사람들을 모았다. 무엇을 할지 의견을 나누던 중 과학책방을 열면 좋겠다는 아이디어가 나오자, 너나없이 박수를 쳤다. 생각 외로 많은 사람이 어릴 적 자신의 꿈이 책방 주인이었다고 고백하기도 했다. 대표는 과학저술가로 프리랜서 활동을 하고 있던 내가 맡기로 했다. 본격적으로 과학책방 만드는 일을 같이할 사람을 뽑았다.

어느 날인가 10여 명이 한자리에 모여서 책방의 이름을 정했다. 장 교수가 '갈릴레이(Galilei)'와 '다윈(Darwin)'에서 앞 글자를 딴 '갈다(GALDAR)'라는 이름을 제안했다. '코스모스', '백만 광년' 같은 이름도 후보에 올랐지만 문자 투표를 통해서 '갈다'가 채택되었다. '갈다'의 사전적 의미가 과학정신을 반영하는 '일구다', '갈고닦다', '갈아엎다'이니 중의적인 맥락을 갖는다는 점이 많은 사람의 지지를 받았다. 여행 드로잉 작가 이미영이 매니저로 합류하면서 책방 설립이 가속화되었다. 1년 동안 준비 작업을 한 끝에 100명이 넘는 과학자, 과학 커뮤니케이터, 작가, 아티스트들이 모여서 2017년 2월 20일 주식회사 갈다를 만들었다.

과학 문화가 꽃피는 공간

주식회사 갈다의 첫 번째 오프라인 프로젝트 과학책방 갈다는 2018년 5월 27일 탄생했다. 책방으로 시작하는 만큼 정량적 성과를 향해 달려가기보다는 과학 문화 커뮤니티의 허브가 되어 일반 대중과 소통하면서 정성적 목표를 지향하기로 했다. 현재는 '과학이 문화가 되는 과학책방 갈다'라는 목표를 향해 나아가고 있다.

책방이라는 이름에 걸맞게 과학책과 관련된 작업들을 최우선으로 생각한다. 기존에 출간된 과학책 중에서 가독성 높고 동시대성이 강한 책 위주로 특별 섹션을 구성해 전시하고 판매한다. 직접 만나서 교류할 수 있는 국내 작가들의 작품을 따로 큐레이션하는데, 특히 여성 작가나 신인 과학저술가의 책을 더 비중 있게 소개하고 있다.

과학책방 갈다가 문을 열면서 시작한 '칼 세이건 전작 읽기' 프로그램을 통해 국내에 번역된 칼 세이건의 책을 모두 읽었다. 내가 가이드를 하면서 각 권을 여러 번에 나눠서 읽는 프로그램으로, 2021년에는 시즌 2를 진행했다. 《코스모스》 읽기로 시작한 전작 읽기 프로그램에 모두 참여한 독자도 나왔다. 과학책방 갈다의 책 읽기 프로그램은 전문가 가이드나 과학책 읽기 모더레이터가 진행하는 것이 특징이다. 숙련된 가이드의 도움을 받으면서 과학책을 읽는 이 프로그램은 과학을 어려워하는 사람들에게 과학의 세계로 들어오는 문턱을 낮춰주는 나름의 역할을 하고 있다. 자연스럽게 과학책 읽기 모더레이터를 교육하는 프로그램도 진행하게 되면서 과학 커뮤니케이터, 교사, 사서들을 위한 프로그램도 운영하고 있다.

또한 과학책방 갈다에서는 과학 커뮤니케이터를 길러내는 프로젝트를 꾸준히 진행해왔다. 과학을 문화로 스며들게 하려면 무엇보다 그런 작업을 하는 사람이 중요하기 때문이다. 문화예술 분야 활동가들과의 교류도 진행하고 있다. 과학이 교양이 되고 문화가 되기 위해서는 문턱을 낮추는 것이 무엇보다 중요하다.

일반인을 위한 과학 강좌에 유독 공을 들이는 것도 같은 이유다. 이 밖에도 많은 과학자와 과학 커뮤니케이터가 모인 집단인 만큼 과학 문화 콘텐츠를 기획해서 만들고 있다.

과학책방 갈다는 과학이 문화가 되는 꿈을 안고 탄생했다. 사람들이 과학을 문화로 받아들여서 향유하는 세상을 꿈꾼다. 그러기 위해서 과학은 우리의 일상에 녹아들어야 하며 우리 시대 핵심 교양으로서의 역할을 톡톡히 해내야 한다.

02.

효과적인 책 읽기 프로그램

초대형 천문학 강의
'우주의 이해'

연세대학교에서 오랫동안 '우주의 이해'라는 제목의 교양천문학 강의를 했다. 과학을 전공하지 않는 학생들이 주로 수강하는 교양 과목이었다. 처음 이 과목을 맡았을 때, 당혹감을 감출 수 없었다. 수강생만 470명이 넘었다. 그나마 강의실이 감당할 수 있는 최대치로 인원수를 제한한 것이라나. 강의 내용도 중요하지만 수업을 진행하는 방식에 대해서 고민하지 않을 수 없었다.

내가 제일 먼저 한 작업은 수업 홈페이지를 만드는 것이었다. 내가 강의를 시작할 때만 하더라도 학교 차원에서 운영하는 학사 관리 시스템이 제대로 도입되기 전이었다. 직접 만드는 수밖에 없었다. 홈페이지에는 학생들의 실명 회원가입 기능을 넣어서 개별 학생의 활동을 추적할 수 있게 했다. 게시판 기능을 응용해서 강의 자료를 올리는 게시판, 과제를 제출하는 게시판, 질문과 답변을 하는 게시판, 조별 토론을 하는 게시판 등등을 만들었다. 어설프게나마 온라인으로 운영할 수 있는 학사 관리 시스템을 도입한 것이다.

아마추어 천문가 활동을 오랫동안 했기 때문에 과학을 전공하지 않는 학생들의 눈높이에 맞는 커리큘럼을 짜는 것은 어렵지 않았지만, 470명의 학생을 앞에 두고 강의만 하는 고전적인 수업을 한다면 학생들도 나도 고역일 게 뻔했다.

먼저 외국에서 이루어지고 있는 교양천문학 수업 방식을 조사했다. 세상에는 비슷한 고민을 하는 사람들이 많았다. '우주의 이해'는 일주일에 3시간 강의를 하는 3학점 과목이었다. 하루는 2시간, 다른 날은 1시간 수업으로 진행됐다. 수업 내용에 따라서 다소 차이는 있지만 2시간 수업은 강의 50분, 소그룹 조별 활동 40분, 학생 발표와 강사의 보충 설명 10분 정도로 구성했다. 1시간 수업은 강의 20분과 소그룹 조별 활동 30분으로 이루어졌다. 한 학기 내내 이런 방식을 기본으로 하면서 수업 내용에 따라서 변화를 줬다.

소그룹 조별 활동의 성과 검증

소그룹 조별 활동을 원활히 진행하기 위해서 강의 내용을 바탕으로 내용을 더 깊이 이해할 수 있는 문제가 출제된 수업용 프린트물을 만들었다. 학생들은 네 명씩 소그룹을 이뤄 프린트물을 보면서 같이 의논하고 토론하면서 수업에 참여했다. 토론 수업이 진행되는 동안 강사와 조교들이 강의실을 돌아다니면서 학생들의 질문을 받고 답을 해주었다. 소그룹 조별 활동이 끝나면 몇몇

조가 자신들의 작업 결과를 발표하고 강사가 보충 설명을 하면서 수업을 마무리했다. 수업에 능동적으로 참여하게 했던 계획이 제대로 먹힌 까닭에 학생들의 수업 만족도가 꽤 높았다.

470명의 수강생을 대상으로 했던 초대형 강의 '우주의 이해'는 몇 년 뒤 100명 정도가 수강하는 여러 분반으로 나누어졌다. 분반을 맡게 된 나는 470명의 학생을 위해 궁여지책으로 시작했던 소그룹 조별 활동의 성과를 검증해보기로 했다. 제대로 해보자는 마음에 교육학 전공 교수와 커뮤니케이션 전공 교수를 찾아가 공동 연구를 제안했다. 다른 반을 맡은 교수들의 도움을 받아서 비교 연구를 시작했다.

학기를 시작하면서 수강생 모두에게 사전 설문 조사와 천문학 지식 진단 테스트를 했다. 설문지에는 천문학에 대한 호감도, 커뮤니케이션 능력, 리더십 같은 지수를 정하는 데 유용한 질문들이 포함되었다. 사전 테스트의 결과는 분반별로 차이를 보이지 않았다. 각기 다른 방식으로 한 학기 동안 진행한 수업 방식에 따라 학업 성취도에 차이가 있는지 검증할 수 있는 조건이 갖춰졌다. 내가 담당하는 반에서는 그동안 해왔던 소그룹 조별 활동으로 수업을 진행했다. 다른 반에서는 담당 교수의 취향과 교육 철학에 따라 강의만 하기도 하고, 강의에 몇 차례 소그룹 조별 활동을 도입하는 경우도 있었다. 학기말이 되자 같은 문제로 천문학 지식 진단 테스트와 사후 설문 조사를 진행했다. 사전 설문지에 포함되었던 내용뿐 아니라 수업 만족도 지수를 끌어내기 위한 질문도 포함되었다.

거의 모든 분반에서 천문학 지식이 늘어난 것으로 나타났다. 한 학기 수업을 마쳤으니 당연한 결과였다. 그런데 분반별로 유의미한 차이가 나타났다. 소규모 조별 활동을 10회 이상 실시한 내가 맡은 반의 평균 점수가 확연히 높았다. 사후 천문학 지식 진단 테스트뿐만 아니라 모든 분반에서 같은 문제로 치른 학기말 시험에서도 내가 맡은 반이 상당한 점수 차를 내며 최고 평균을 차지했다. 재미있는 것은 소그룹 조별 활동을 진행한 횟수가 많을수록 학기말 시험 점수가 높았다는 점이다. 학생들의 수업 만족도, 커뮤니케이션 능력, 리더십 등도 비슷한 결과를 보였다. 특히 커뮤니케이션 능력에 차이가 있는 학생들을 섞어서 네 명으로 소그룹을 편성했을 때 모든 지수에서 가장 좋은 결과가 나왔다.

이 공동 연구를 5년 이상 지속하면서 충분한 데이터를 쌓았다. 마침내 소그룹 조별 활동이 학습 효과를 높이는 데 중요한 요소라는 것을 확실히 증명하는 근거가 마련되었다. 학업 성취도뿐만 아니라 수업 만족도, 커뮤니케이션 능력 그리고 리더십도 증진시키는 것으로 나타났다. 공동 연구진은 각자가 활동하고 있는 국내외 교육학회, 커뮤니케이션학회, 천문학회에서 이 결과를 발표했고 일부는 논문으로 나왔다. 나도 교양천문학 수업을 하는 강사들이 모인 국제 워크숍에서 이 결과를 발표한 적이 있는데, 경험적으로 알고 있던 내용을 정량적으로 확인할 수 있어서 좋았다며 관심을 보이는 사람들이 많았다.

독서와 토론:
과학의 창으로 본 인간

연세대학교에서 내가 15년이 넘도록 진행한 또 다른 수업은 '독서와 토론'이었다. 일주일에 2시간 수업하는 2학점짜리 과목이었다. 주로 국문학과 교수들이 문학 작품과 철학책을 중심으로 진행하는 분반들과 달리 내 수업은 과학책을 읽고 토론하는 분반이었다. 나는 공동 연구를 통해 검증한 소규모 조별 활동을 '독서와 토론' 수업에도 응용했다.

수업의 전체 주제를 '인간이란 무엇인가: 과학의 창으로 본 인간'으로 정했다. 과학의 틀 속에서 인간을 이해하고 이를 바탕으로 자신에 대한 과학적 성찰을 끌어내는 것이 이 과목의 목표였다. '인간이란 무엇인가'를 가상의 책 제목으로 정하고 매주 한 권씩 읽고 토론할 책들의 제목으로 차례를 만들었다. 주제와의 연계성이 높은 책, 역사적인 의미가 있는 책, 그러면서도 가독성이 높은 책, 다른 책들과의 연계성과 상호보완성이 높은 책을 선택해서 맥락이 이어질 수 있게 배치했다. 물론 수업의 장악력을 높이기 위해서 내가 잘 아는 책으로만 목록을 구성했다.

첫 시간에는 전체 주제에 대한 이해를 돕는 내용과 수업 진행 방식에 대한 강의를 했다. 학기 초반에는 '인간'을 과학적으로 이해하기 위해서 과학과 과학자에 대한 이해를 돕는 책 몇 권을 읽는 것으로 시작했다. 우리 시대의 과학의 역할과 의미를 생각해보기 위해서 C. P. 스노우가 지은《두 문화》(오영환 옮김, 사이언스북스)를 첫 번째 읽을 책으로 선택했다. 이어서 과학과 과학자에 대한 이해를 높이기 위해 리처드 파인만의 글을 모은《발견하는 즐거움》(승영조 · 김희봉 옮김, 승산)과 토머스 쿤의《과학 혁명의 구조》(김병자 · 홍성욱 옮김, 까치)를 읽을 거리 목록으로 제시했다.

다음 책으로는 칼 세이건의《코스모스》를 골랐다. 이 책 한 권을 갖고 한 학기 수업을 진행할 수도 있지만 인간을 과학의 틀 속에서 어떻게 바라볼 것인가에 주목해서 읽도록 권했다. 과학과 인간을 연결하는 인식론을 갖추는 일종의 징검다리로《코스모스》를 활용했다.

인간을 이해하기 위해서 인간 자체에 대해 탐구하는 책들과 함께 인간 주변을 살펴보는 책들도 포함시켰다. 하나의 생물 종으로서 인간을 이해할 수 있어야 인간의 본성을 더 깊이 이해하고 객관적으로 성찰하는 길이 열리기 때문이다. 제인 구달의《인간의 그늘에서》(최재천 옮김, 사이언스북스)를 통해 침팬지와 인간을 비교하면서 상대적으로 인간에 대해 생각해볼 기회를 가졌다. 케빈 워릭이 쓴《나는 왜 사이보그가 되었는가》(정은영 옮김, 김영사)를 읽고 사이보그나 로봇과 인간을 비교해보았다. 칼 세이건의《콘택트》(이상원 옮김, 사이언스북스)를 읽고 인간의 반영인 외계인에 대해서 생각해보면서 인간의 위치를 확인해보는 시간을 가졌다. 글렌 예페스가 엮은《우리는 매트릭스 안에 살고 있나》(이수영 옮김, 굿모닝미디어)를 통해서는 가상현실의 거울에 비친 인간의 모습을 성찰해

보도록 했다.

이어서 인간 자체에 대한 과학적 탐구를 하는 책들을 읽어나갔다. 수전 그린필드가 쓴《브레인 스토리》(정병선 옮김, 지호)와 에드워드 윌슨의《인간 본성에 대하여》(이한음 옮김, 사이언스북스) 그리고 리처드 도킨스가 쓴《이기적 유전자》를 통해 특히 분자 단위에서 인간의 본성에 대해 생각해보았다. 장대익의《다윈의 식탁》과 전중환의《오래된 연장통》(사이언스북스)을 통해서는 인간의 본성에 대한 이해를 체계적으로 정리하는 시간을 가졌고, 마크 뷰캐넌이 쓴《사회적 원자》(김희봉 옮김, 사이언스북스)와 김범준의《세상물정의 물리학》을 통해서는 개체가 아닌 집단 속에서 인간의 문제를 다뤘다.

마지막으로 읽을 책은 한 학기 동안 다루었던 내용을 종합적으로 정리해볼 수 있는 에드워드 윌슨의《통섭》(최재천·장대익 옮김, 사이언스북스)을 선택했다(실제로는 일정상 이 책을 다루지 못하는 경우가 많았다). 학기말 보고서는 마이클 샌델의《정의란 무엇인가》(김명철 옮김, 와이즈베리) 같은 책이나 잘 알려진 사람의 자서전 또는 평전을 읽고 서평을 쓰는 것이었다. 그동안 수업 시간에 다룬 책들을 반드시 인용하라는 단서를 달았다. 한 학기 동안 접한 과학의 창으로 각자 관심 있는 인간을 살펴보는 것이 이 수업의 대미였다.

'인간이란 무엇인가'라는 가상의 책을 구성한 이 과학책 목록은 15년간 수업에서 실제 사용된 것이다. 과학의 창으로 본 인간이라는 큰 주제 아래 각각의 의미와 맥락을 지닌 이 책들은 인간이 무엇인지 궁금해하는 사람들에게 여전히 유용한 과학책 목록이라고 생각한다.

갈다식 책 읽기의 핵심, 쪽글의 탄생

'독서와 토론' 수업은 '우주의 이해' 수업과 비슷한 방식의 소그룹 조별 활동으로 진행했다. 다만 '독서와 토론'을 하면서 새롭게 도입한 게 있는데 지금도 갈다식 책 읽기 프로그램에서 가장 유용한 도구로 활용하는 '쪽글'이다.

쪽글의 종류는 두 가지다. 내가 수업을 할 때 직접 작성해 제시하는 '가이드 쪽글'과 학생들이 읽은 책에 대해 토론을 하기 위해 작성하는 '쪽글'이다. 먼저 내가 작성하는 가이드 쪽글은 수업 시간에 이야기할 내용을 정리한 것이다. 책에 따라 내용이 달라지는데, 예를 들어 《코스모스》 가이드 쪽글은 자연과 생명을 연결하는 패러다임을 생각해보게 하는 것이 이 책을 채택한 목적이기 때문에 책에서 패러다임을 떠올릴 수 있는 내용을 뽑고 질문을 적는다. 학생들은 100분 수업을 기준으로 보통 30분 정도 각자 쪽글을 작성한다. 내가 제시한 가이드 쪽글의 질문에 답을 적거나 예상되는 토론 주제에 대한 생각을 쪽글로 정리해서 이어지는 토론에서 의견을 발표하는 재료로 활용한다.

돌이켜 보면 '우주의 이해'를 진행하면서 연구한 수업 모델을 '독서와 토론'에 적용하고 발전시키면서 기대 이상의 성과를 얻었다. 한 학기 동안 같은 방식의 수업을 반복하면서 학생들은 토론에 익숙해졌고, 시간이 갈수록 학습 효과가 커졌다. 학생들의 만족도가 높았을 뿐 아니라 학업 성취도와 커뮤니케이션 능력도 향상되었고 리더십도 길러졌다. 한 학기 동안 수업을 직접 경험한 학생들의 좋은 평가야말로 이 방식의 긍정적 효과를 보증하는 게 아닐까. 실제로 학생들의 강의 평가로 선정하는 우수강의상도 수차례 받았다. 과학책방 갈다의 책 읽기 강좌는 대학에서 수많은 학생들과 함께 직접 실행하면서 조금씩 개선하고 다듬어온 과학책 읽기를 훌륭한 전문가들과 함께 한층 더 발전시킨 최종 버전이라 할 수 있다. 이제부터 가장 최신 버전의 갈다식 책 읽기를 공개하겠다.

03.

갈다식 책 읽기

칼 세이건 살롱

과학책방 갈다에서는 다양한 과학책 읽기 프로그램을 운영한다. 내가 직접 진행하는 과정도 있고 다른 전문가들이 진행하는 과정도 있다. 과학책 읽기를 진행하는 사람의 개성을 존중하면서도 갈다만의 책 읽기 방식을 특화하기 위해 책 읽기 모델을 구축하는 데 심혈을 기울였다. 갈다식 책 읽기는 지금까지 이야기한 과학책 읽기의 주요 요소들을 한데 모아 단계적으로 구성한 것이다. 많은 것을 병렬식으로 늘어놓기보다는 현장에서 실제적인 성과를 낼 수 있도록 가능한 한 절차를 단순화해 패턴으로 만들었다.

갈다식 책 읽기의 핵심은 비독서 행위를 전폭적으로 포괄해서 사적인 독서를 공적인 독서의 영역으로 확장하고 참여자들 각자가 책에서 얻은 소양을 융합해 독서를 완성하는 것이다. 과학책방 갈다를 대표하는 책 읽기 프로그램인 《코스모스》 읽기의 프로세스와 노하우를 상세하게 공개하는 이유는 과학책 읽기에 관심 있는 독자들은 부분적으로라도 시도해보길 진심으로 바라기 때문이다.

'칼 세이건 전작 읽기'의 한 과정으로 진행되는 《코스모스》 읽기는 일요일 오전 11시부터 오후 1시까지 진행된다. 일요일 오전에 《코스모스》 읽기에 참여하고 오후 시간에는 다른 일정을 소화한다면 보람찬 주말을 보낼 수 있다는 여성 직장인의 의견을 반영해 일정을 정했다. 수업의 횟수도 고민이었다. 《코스모스》는 정독하고 완독하자면 긴 시간이 필요한 책이다. 하지만 여러 사람이 참여하는 독서 강좌를 마냥 늘어지게 할 수는 없으니, 이 책의 맥락을 파악하는 데 물리적으로 필요한 최소한의 시간을 계산해 6주 프로그램으로 설계했다.

《코스모스》 읽기는 내가 도맡아서 하는 프로그램이다. 나는 천문학을 전공한 과학자이며 칼 세이건의 아내인 앤 드루얀과 직접 교류하는 전문가 자격으로 《코스모스》 읽기를 진행하고 있다. 갈다식 책 읽기 프로그램의 특징 중 하나는 그 분야의 전문가나 모더레이터 훈련을 받은 전문가가 가이드가 되어 진행을 맡는다는 것이다. 독서 프로그램을 만들 정도의 과학책은 그 분야를 모르는 일반인들로서는 쉽사리 읽어볼 엄두가 나지 않는다. 이럴 때 해당 분야의 내용을 잘 알고 있는 전문가의 해설은 문턱을 낮춰준다. 실제로 과학책방 갈다의 《코스모스》 읽기에 참여한 사람들 중에는 전문가 가이드가 과학적 사실에 대해 설명하는 프로그램이라서 찾아오는 경우가 많다.

《코스모스》 읽기는 다음과 같은 과정으로 진행된다.

⓪ 사전 독서(120분): 칼 세이건 및 《코스모스》 책에 대한 배경지식 강의(첫 시간에만 진행)

① 혼자 독서: 각자 집에서 《코스모스》 해당 부분 읽기
② 같이 독서(20~30분): 모두 함께 쪽글 쓰기
③ 보충 독서(40~50분): 전문가의 과학 팩트 체크와 비하인드 스토리 강의
④ 토론 독서(40~50분): 네 명 정도의 소그룹별로 나눠서 토론하기

6주 수업 중 첫 번째 시간에는 '사전 독서'를 한다. 그 책과 관련해 초청한 전문가나 전문가 가이드의 강의로만 구성된다(1주차에만 진행해서 ⓪번이다). 참여자들은 책을 읽지 않은 상태로 첫 수업을 듣는다. 나머지 5주 동안은 ①번 '혼자 독서'에서 ④번 '토론 독서'까지의 과정을 매주 순서대로 반복한다. 총 13장으로 구성된 《코스모스》는 2주차부터 5회에 걸쳐 읽는데 1~2장, 3~5장, 6-8장, 9~11장, 12~13장으로 나누어진다. 참여자들이 같은 형식의 책 읽기 과정을 반복하며 점차 프로그램에 익숙해지고 더 능동적으로 '토론 독서'에 참여하는 순간부터 갈다식 책 읽기의 효과가 본격적으로 나타난다.

2019년까지 과학책방 갈다의 책 읽기 프로그램은 모두 오프라인에서 소규모 모임으로 진행되었다. 적은 인원이 참가하기 때문에 전문가 가이드와 참여자 사이에 그리고 참여자들 간에 직접적인 소통이 활발하게 이루어졌다. 이것은 갈다식 책 읽기 프로그램의 큰 미덕 중 하나였다. 그런데 2020년부터 코로나 팬데믹으

로 오프라인 모임을 할 수 없게 되면서 온라인 수업을 도입하게 되었다.

이 또한 익숙해지니 장점이 드러났다. 팬데믹이 지나가도 다시 전면적인 오프라인 소모임으로 돌아가지 않고 '블랜디드 러닝' 방식을 채택하려고 한다. 소규모 오프라인 모임과 온라인 책 읽기 모임을 혼용해서 새로운 과학책 읽기 프로그램을 만들어볼 계획이다. '사전 독서'는 실시간 온라인 모임으로 진행하고 '보충 강의'는 비실시간 온라인 강의로 수강하며 오프라인 모임은 그야말로 토론에 집중하는 방식으로 자리 잡을 듯하다.

사전 독서:
책의 역사적·과학적 맥락 파악

과학책방 갈다에서 진행하는 모든 과학책 읽기 프로그램의 첫 시간은 전문가의 강의로 이루어진다. '사전 독서'의 강의는 전문가 가이드가 할 수도 있고 외부 전문가에게 맡길 수도 있다. 참여자들이 책을 읽지 않았다는 전제로 책과 관련된 정보와 이슈, 비하인드 스토리를 들려준다. 물론 이미 책을 읽은 사람도 들을 만한 내용이다.

문학책을 읽을 때는 보통 그 작품의 역사적 맥락을 이해하는 것을 중요하게 생각한다. 작가의 인생과 작품이 탄생한 시대를 살펴보는 것에 익숙하다. 하지만 과학책을 읽을 때는 이런 점들이 간과되기 일쑤다. 과학이야말로 시대를 반영하는 대표적 산물이다. 과학책은 당대의 과학 이슈나 과학적 성과에 대한 저자의 판단과 의견을 담고 있다. 따라서 책을 읽을 때 그 책의 과학적·역사적 맥락을 당연히 살펴봐야 한다.

《코스모스》 읽기 첫 시간에는 이 책이 탄생한 배경과 저자인 칼 세이건에 대해 이야기한다. 역사적인 맥락에서 본 《코스모스》의 중요성과 책의 주제, 내용을 키워드로 뽑아서 전체적인 틀을 파악할 수 있도록 설명한다. 다큐멘터리에 대한 설명도 빼놓을 수 없다. 앤 드루얀이 만든 다큐멘터리 〈코스모스〉 시즌 2와 시즌 3 그리고 드루얀이 쓴 《코스모스: 가능한 세계들》에 대한 설명도 곁들인다. 앤 드루얀과의 인연을 비롯해 그녀에게 직접 들은 칼 세이건의 생각을 생생하게 전하는 대목은 나만이 제공할 수 있는 서비스이기도 하다. 과학책 읽기 워밍업에서 책의 서문, 차례, 찾아보기, 해제 같은 것을 먼저 읽어보라고 권하면서 워밍업 요소들에 숨어 있는 의미를 해설하기도 한다. '사전 독서'는 《코스모스》 읽기에 참여한 사람들이 앞으로 읽을 책에 대해 사전 지식을 충전시키는 비독서 과정이다.

책을 읽는다는 것은 텍스트를 이해하는 것이기도 하지만 그 맥락을 파악하는 것이기도 하다. '사전 독서'는 강의라고 하는 비독서 행위를 통해 참여자들이 책의 전반적인 맥락을 탐색하며 기대감을 높이고 이해의 토대를 마련해 더 완전한 독서를 할 수 있게 도와준다. 이렇게 '사전 독서'라는 비독서 행위로 독서를 시작하는 것이 갈다식 책 읽기의 특징 중 하나다.

혼자 독서:
오롯이 사적인 독서

'혼자 독서'는 해당 주에 지정된 《코스모스》의 일부분을 각자 읽어 오는 과정이다. 《코스모스》는 모두 13장으로 구성되어 있는데, 한 번에 읽을 분량은 참여자들이 5주에 걸쳐서 읽어야 할 분량을 비슷하게 나누는 데 초점을 맞추었다. 《코스모스》 읽기에서는 2주차 혼자 독서를 할 때 1~2장을 읽어 오게 된다. 2주차의 첫 번째 혼자 독서는 오롯이 사적인 독서에 속한다. 사적인 독서는 무엇에도 구속되지 않고 자유롭게 책을 읽는 게 핵심이다. 내가 즐겨 사용하는 '왔다 갔다 읽기'와 '건너뛰면서 읽기'를 활용해도 좋다. 편안한 자세로 칼 세이건에게 사적인 질문도 던지고 마음대로 상상하면서 책을 읽으면 더할 나위 없다.

사적인 독서에서는 전통적인 방식의 정독이나 완독을 고집할 필요도 없다. 책이 거의 유일한 정보 습득 수단이었을 때는 한 권의 책을 정독하고 이해가 될 때까지 심화 독서를 하는 것이 미덕이었다. 하지만 여러 가지 비독서 행위를 통해서도 같은 효과를 낼 수 있고, 대체 가능한 책들이 많이 있는 지금 시대에는 정독이나 완독을 해야 한다는 강박을 내려놓는 편이 더 낫다. 다양한 매체를 통한 입체적인 독서와 비독서가 오히려 원래 정독과 완독을 하고자 했던 목적에 더 부합한다.

'사전 독서'라는 비독서 행위로 이미 독서를 시작한 상태이니 '혼자 독서'를 할 때도 적극적인 비독서 행위를 곁들여보길 권한다. 여력이 있다면 1980년 판 〈코스모스〉 다큐멘터리를 찾아보자. 책과 다큐멘터리가 상보적이기 때문에 각각의 미덕과 매력을 맛볼 수 있다. 칼 세이건이 직접 설명하는 모습을 보고 듣는 즐거움은 덤이다.

다른 다큐멘터리를 보거나 유튜브에서 관련 영상을 보는 것도 비독서 행위에 포함된다. 《코스모스》와 관련된 가이드 영상으로는 EBS '클래스e'에서 내가 강의한 〈칼 세이건의 《코스모스》 읽기〉 10강을 보는 것도 추천한다. 1주차 '사전 독서'의 전문가 강의보다 더 자세한 내용을 담고 있다. 내 이름으로 검색을 해보면 《코스모스》와 관련하여 여러 매체에서 강의한 내용도 쉽게 찾아볼 수 있다. 과학책방 갈다와 사이언스북스가 함께 만든 유튜브 콘텐츠 '칼 세이건 살롱'도 있다. 《코스모스》의 장마다 몇 개의 키워드를 뽑고 몇 문장을 발췌해서 그것들을 중심으로 해설을 하는 영상이다. 이런 자료들을 활용한 비독서 행위는 《코스모스》 읽기를 입체적으로 완성시킨다.

다른 사람이 《코스모스》에 대해서 쓴 글을 읽는 것도 좋다. 《코스모스》를 번역한 홍승수가 쓴 《나의 코스모스》(사이언스북스)는 번역가가 직접 원작을 객관적이고 정량적인 방식으로 분석하고 정리한 내용이 담겨 있어 꽤 유용하다. 먼저 이 책을 읽은 사람들의 견해를 엿보는 것만으로도 자연스럽게 사적인 독서에서 공적인 독서로 영역을 확장하게 된다.

2주차 '혼자 독서'와 달리 3주차 '혼자 독서' 과정에서는 사적인 독서를 하면서 서서히 공적인 독서의 시동을 건다. 2주차 수업을 하고 나면 수업이 앞으로 어떻게 진행될지를 예상할 수 있기에 효능감을 높이는 쪽으로 책을 읽게 된다. '같이 독서'와 '토론 독서'를 염두에 두고 다른 사람이라면 어떻게 생각할까, 어떤 질문을 던질까 생각하는 것이 공적인 독서의 태도다. 과제는 아니지만 책을 읽으면서 《장정일의 독서일기》 식으로 메모를 남기는 것도 도움이 된다. 이때부터 갈다식 책 읽기가 지향하는, 사적인 독서가 공적인 독서의 영역으로 확장되는 입체적인 책 읽기가 시작된다. 나의 오랜 독서 경험에 따르면, 사적인 독서와 공적인 독서가 중첩 상태로 책을 읽을 때야말로 독서의 효과를 가장 풍성하게 누릴 수 있다.

같이 독서:
쪽글을 함께 작성

매주 프로그램 수업을 시작하면 참여자들이 제일 먼저 하는 작업이 '쪽글'을 작성하는 것이다. 갈다식 책 읽기를 할 때 쪽글 작성 단계를 '같이 독서'라고 부른다. '혼자 독서'는 다른 참여자들을 의식하면서 슬쩍슬쩍 공적인 독서를 넘나들지만 여전히 사적인 독서에 속한다. 반면 '같이 독서'는 참여자들의 사적인 독서 경험을 아예 공적인 독서 영역으로 끌어내는 과정이다.

'같이 독서'를 하기 전에 나는 나대로 '가이드 쪽글'을 준비하며 공적인 독서를 한다. 전문가 가이드는 참여자들이 《코스모스》를 잘 읽을 수 있도록 지도하고 유도하는 역할을 맡고 있다. 책을 읽는 목적이 독서 지도라는 태도를 분명하게 견지해야 한다. 구체적으로는 가이드 쪽글을 만들기 위해 책을 읽는다. '같이 독서'를 하기 전에 나는 나대로 '가이드 쪽글'을 준비하며 공적인 독서를 한다. 전문가 가이드는 참여자들이 《코스모스》를 잘 읽을 수 있도록 지도하고 유도하는 역할을 맡고 있다. 책을 읽는 목적이 독서 지도라는 태도를 분명하게 견지해야 한다. 구체적으로 가이드 쪽글을 만들기 위해서 읽는다.

사실 혼자서 《코스모스》 읽기 강좌를 준비하던 시기에는 토론 주제에 맞춰 가벼운 메모 형식으로 쪽글을 작성했다. 앞으로 소개할 '쪽글 형식 표'는 '칼 세이건 살롱' 유튜브 채널을 제작하는 과정에서 다듬어진 것이다. 특히 쪽글 형식표의 체계를 잡고 좋은 예시를 마련하는 데에 갈다의 총괄기획 이사 이미영과 과학저술가 이한결의 역할이 주요했음을 꼭 밝히고 싶다. 과학책 읽기 프로그램은 누구 한 사람이 만든 것이 아니라 여러 사람들의 참여와 협조에 힘입어 계속해서 진화하는 모델이기 때문이다.

'같이 독서'를 진행하기 위해 가이드 쪽글을 작성하는 방법은 두 단계다. 전체적으로 책을 읽으면서 다음과 같은 쪽글 형식의 표를 끝까지 작성한 다음, 주차별로 나눠진 분량을 다시 보며 형식 표를 참고해 가이드 쪽글을 작성한다.

쪽글 형식 표

프롤로그	제목에 대한 해석	
	키워드	
	개인적 질문	
	토론 주제	
1장 **코스모스의 바닷가에서** (The Shores of the Cosmic Ocean)	제목에 대한 해석	
	키워드	
	개인적 질문	
	토론 주제	
2장 **우주 생명의 푸가** (One Voice in the Cosmic Fugue)	제목에 대한 해석	
	키워드	
	개인적 질문	
	토론 주제	

《코스모스》 1장부터 13장까지 이런 방식으로 가이드 쪽글을 작성하기 위한 표를 채워간다. 이때는 철저하게 공적인 독서를 한다. 내용을 이해하고 지식을 습득하고 향유하기 위한 것이 아니라 질문을 만들기 위한 책 읽기다.

쪽글 형식 표: '각 장의 제목에 대한 해석' 예시

1장 **코스모스의 바닷가에서** (The Shores of the Cosmic Ocean)	제목에 대한 해석	**코스모스가 바다라고 생각한다면 우리는 바닷가에서 발가락을 적시는 수준**
	키워드	
	개인적 질문	
	토론 주제	
2장 **우주 생명의 푸가** (One Voice in the Cosmic Fugue)	제목에 대한 해석	**번역에서 잘라먹었다. 푸가의 겨우 한 부분을 들었으니 나머지 전체를 들어야 한다는 내용이 사라짐**
	키워드	
	개인적 질문	
	토론 주제	

각 장의 '제목에 대한 해석'은《코스모스》처럼 제목 작성에 심혈을 기울이는 저자들의 책을 읽을 때 알아두면 유용하다. 특히《코스모스》를 읽을 때는 칼 세이건의 제목 붙이기 문법을 이해하면 그의 글에 접근하기가 한결 수월해진다. 칼 세이건의 책들은 제목에서부터 중의적인 단어를 사용하는 경우가 많고, 각 장의 소제목도 글의 내용과 관련된 상징과 의미를 띠는 경우가 많다. 각 장의 제목을 적고 참여자들은 제목에 대해 어떻게 생각할까, 그리고 나는 그들에게 무엇을 설명할까를 질문하며 쪽글 형식 표를 채운다.

쪽글 형식 표: '키워드' 예시

1장 **코스모스의 바닷가에서** (The Shores of the Cosmic Ocean)	제목에 대한 해석	코스모스가 바다라고 생각한다면 우리는 바닷가에서 발가락을 적시는 수준
	키워드	**앎, 우주, 도서관, 우주 속 인간의 위치**
	개인적 질문	
	토론 주제	
2장 **우주 생명의 푸가** (One Voice in the Cosmic Fugue)	제목에 대한 해석	번역에서 잘라먹었다. 푸가의 겨우 한 부분을 들었으니 나머지 전체를 들어야 한다는 내용이 사라짐
	키워드	**진화, 외계 생명체, 우리를 이해하기, 인위 선택, 자연선택, 우주적 필연**
	개인적 질문	
	토론 주제	

'키워드'를 고를 때는 다른 참여자들은 어떤 키워드를 떠올릴지 생각하며 개인적인 지향점과 보편성 사이에 균형을 잡아야 한다. 전문가 입장에서 가이드 쪽글을 작성할 때 무조건 기계적 중립을 취할 필요는 없다. 키워드는 참여자들에게 전달할《코스모스》의 내용과 주제를 압축한 것이다. 키워드를 정리하면 조직적이고 균형 있게 해설할 수 있다. 참여자들도 키워드를 보며 글의 전체 얼개를 파악할 수 있다. 이렇게 각 장을 관통하는 키워드를 쭉 쌓으면 각 키워드에 대해 정확한 개념을 몰라도 책 전체의 흐름을 파악할 수 있다.

세 번째 '개인적 질문'은 내 영역이 아닌 참여자들의 영역이라

비워둔다. 참여자라면 '개인적 질문' 칸에 '혼자 독서'를 할 때 메모해둔 내용을 질문 형태로 옮겨 적으면 된다. 자신이 궁금한 것이나 이미 답을 알고 있지만 다른 사람들은 궁금해할 것 같은 내용을 질문으로 만들어도 좋다. 답을 찾기보다 질문을 성실하게 만드는 게 중요하다. 쪽글 형식 표는 질문하면서 책을 읽는 방법을 터득하기 위한 훈련법이나 다름없다.

마지막으로 '토론 주제'는 참여자들이 어떤 점을 궁금해할 것인지를 궁리해서 뽑는다. 앞서 쪽글 형식 표에 써넣은 내용을 참고하면서 앞으로 진행할 '토론 독서'에서 다루어볼 법한 주제를 중심으로 질문을 작성한다. 토론을 통한 비독서 행위가 갈다식 과학책 읽기에서 중요한 역할을 하기 때문에 그 재료가 되는 토론 주제를 잘 선택하는 것이 무척 중요하다.

쪽글 형식 표: '토론 주제' 예시

1장 **코스모스의 바닷가에서** (The Shores of the Cosmic Ocean)	제목에 대한 해석	코스모스가 바다라고 생각한다면 우리는 바닷가에서 발가락을 적시는 수준
	키워드	앎, 우주, 도서관, 우주 속 인간의 위치
	개인적 질문	
	토론 주제	**▪칼 세이건이 도서관 이야기를 길게 한 이유는 무엇일까?**

2장 **우주 생명의 푸가** (One Voice in the Cosmic Fugue)	제목에 대한 해석	번역에서 잘라먹었다. 푸가의 겨우 한 부분을 들었으니 나머지 전체를 들어야 한다는 내용이 사라짐
	키워드	진화, 외계 생명체, 우리를 이해하기, 인위 선택, 자연선택, 우주적 필연
	개인적 질문	
	토론 주제	■ **'우리가 지구 생명의 본질을 알려고 노력하고 외계 생물의 존재를 확인하려고 애쓰는 것은 우리 자신이 누구인지 알고 싶기 때문이다.'**(p. 65) **'왜냐하면 그것이 우리 자신을 더 잘 이해할 수 있게 해줄 것임에 틀림없기 때문이다.'**(p. 103) **이 말들에 동의하는가, 아닌가? 그 이유는?** ■ **'생명의 기원과 진화는 시간만 충분히 주어진다면 하나의 우주적 필연인 것이다.'**(p. 65) **동의하는가, 아닌가? 그 이유는?** ■ **'진화는 이론이 아니라 현실이다.'**(p. 75) **무슨 뜻인가?**

1장의 토론 주제로 '칼 세이건이 도서관 이야기를 길게 한 이유는 무엇일까?'를 선택한 것은 책을 읽다 보면 중요한 분기점마다 도서관이 등장하기 때문이다. 칼 세이건은 어린 시절 도서관에서 최초의 지적인 도약을 경험했다. 그는 도서관을 인류 뇌의 확장으로 여겼고 우주적인 규모로 발전할 수 있다고 생각했다. 1장에서 칼 세이건이 굳이 도서관을 언급한 맥락을 알게 되면 저자의 메시지를 이해하는 데 도움이 된다. 분명히 내가 해줄 이야기

가 있는 질문인 동시에 참여자들이 궁금해할 만한 내용의 질문이다. 2장은 생명체의 진화에 대한 내용이므로 우주적인 시각에서 바라본 생명의 본질은 무엇인지, 그것이 인간과 어떻게 연계되는지 이야기해보는 주제를 선정했다.

'토론 주제'를 뽑을 때 나는 〈코스모스〉 다큐멘터리를 다시 시청하며 비독서 행위를 적극 활용한다. 책에서 빠지거나 다소 약하게 드러난 내용이 다큐멘터리에 실려 있는지를 다시 살펴보면서 토론 주제를 보완하거나 수정한다.

나는 매번 《코스모스》 읽기 프로그램을 시작할 때마다 13장 전체에 대해서 쪽글 형식 표를 다시 작성한다. 쪽글 형식 표는 최종적인 가이드 쪽글을 작성하기 위한 준비 과정이다. 쪽글 형식 표를 토대로 가이드 쪽글을 작성할 때는 과학적인 내용은 제외하고 ('보충 독서'에서 다룬다) '토론 독서'를 할 때 안건이 될 만한 내용으로 구성한다. 가이드 쪽글의 궁극적인 목적은 참여자들이 공통의 주제에 대해 자신의 생각을 쪽글로 정리하고 그것을 재료이자 무기로 삼아 토론을 원활하게 할 수 있게 돕는 것이다.

'같이 독서'를 할 때 참여자들은 20~30분 정도 각자 쪽글을 작성한다. 뒤이어 40~50분 정도 토론을 하는데, 그때 써먹을 수 있는 내용을 쪽글에 충분히 담을 수 있는 시간을 고려한 것이다. 참여자들이 쪽글을 작성하기 전에 나는 먼저 4~5개 정도의 질문으로 된 가이드 쪽글을 제시한다. 참여자들은 내가 제시한 질문에 대한 답을 각자 쪽글로 작성하는데, 이를 통해 참여자 모두 반강제적으로 동일한 화두에 대해 생각해보게 된다. '혼자 독서'에서는 각자 자유롭게 질문하고 상상하면서 책을 읽지만, 공통 화두에 대한 쪽글을 작성하는 것은 결과적으로 한 권의 책에 대해 같은 질문을 놓고 다 같이 생각해보는 것이므로 '같이 독서'라고 한다.

〈2주차 '같이 독서' 《코스모스》 1~2장 가이드 쪽글 예시〉

- 가장 인상 깊었던 장면은? 그 이유는?
- 다른 사람들과 토론해보고 싶은 주제는? 그 이유는?
- 칼 세이건이 도서관 이야기를 길게 한 이유는 무엇일까?
- '우리가 지구 생명의 본질을 알려고 노력하고 외계 생물의 존재를 확인하려고 애쓰는 것은 우리 자신이 누구인지 알고 싶기 때문이다.'(p. 65)
  '왜냐하면 그것이 우리 자신을 더 잘 이해할 수 있게 해줄 것임에 틀림없기 때문이다.'(p. 103)
  이 문장에 동의하는가, 아닌가? 그 이유는?
- '생명의 기원과 진화는 시간만 충분히 주어진다면 하나의 우주적 필연인 것이다.'(p. 65)
  이 문장에 동의하는가, 아닌가? 그 이유는?

가이드 쪽글은 보통 4~5개의 질문으로 구성된다. 첫 번째 질문은 '가장 인상 깊었던 장면이나 같이 이야기하고 싶은 주제는? 그 이유는?'이다. 참여자 각자가 사적인 독서를 통해서 던졌던 질문이나 품었던 의문을 다른 사람에게 내보이는 행위를 유도하기 위해서다. 이 질문에 답하다 보면 자연스럽게 사적인 독서의 결과가 공적인 독서의 영역으로 넘어오게 된다.

〈3주차 '같이 독서' 《코스모스》 3~5장 가이드 쪽글 예시〉

- 인상 깊었던 장면, 토론하고 싶은 주제? 그 이유?
- '케플러와 뉴턴은 인류의 역사의 중대한 전환을 대표하는 인물이다.'(p. 160)

  왜 그리고 어떻게?
- 점성술에서 주장하던 것들이 모두 거짓으로 밝혀졌는데도 점성술이 여전히 성행하는 이유는 무엇이라고 생각하는가?
- '알고 보니 지구는 참으로 작고 연약한 세계이다. 지구는 좀 더 소중히 다루어져야 할 존재인 것이다.'(p. 215)

  칼 세이건이 이 문장을 통해서 진짜 하고 싶었던 말은 무엇일까?
- 화성에 생명이 있다면 그들을 존중해서 화성을 그대로 보존해야 할까?(p. 269 참조)

쪽글은 완성된 문장으로 작성해도 좋고 장정일 식의 독서 메모로 작성해도 무방하다. 쪽글을 작성하는 과정은 서평을 쓰는 것과 마찬가지로 비독서 행위에 속한다. '사전 독서'에서 강의를 듣는 것과 더불어 책을 읽고 글을 써보면서 갈다식 책 읽기가 지향하는 비독서 행위를 포괄하는 독서를 수행하게 된다.

가이드 쪽글을 토대로 참여자들이 쪽글을 작성하는 '같이 독서'는 갈다식 책 읽기에서 가장 강조하는 부분이다. 그만큼 실효성이 높기 때문이다. '같이 독서'가 제대로 이루어지기 위해서는 그만큼 가이드 쪽글이 중요하다. 프로그램 운영 초반에는 나 혼자 쪽글을 작성했지만 그동안 내가 작성한 가이드 쪽글 외에도 참여자들이나 다른 전문가 가이드가 쓴 내용까지 모아서 아카이빙하면서 가이드 쪽글 데이터베이스를 늘려가고 있다. 갈다식 책 읽기에서 가이드 쪽글은 전문가 가이드가 '혼자 독서'를 제외한 나머지 과정에서 수업을 장악하는 도구이기도 하다.

보충 독서:
입체적인 독서

'같이 독서' 단계에서 쪽글 작성이 끝나면 '보충 독서'를 한다. '보충 독서'는 40~50분 정도 진행한다. 주차별로 나눈 범위에 나오는 과학적인 내용에 대해 팩트 체크나 배경 설명 등을 보충하는 강의를 한다.

> 우주에는 은하가 대략 1000억 개 있고 각각의 은하에는 저마다 평균 1000억 개의 별이 있다. - p. 41

《코스모스》는 1980년에 출간된 책이다. 우리가 알고 있는 관측 가능한 우주에 얼마나 많은 은하가 있는지에 대한 연구 결과를 바탕으로 이 문장을 고쳐 쓰면 이렇다.

관측 가능한 우주에는 대략 1조 개의 은하가 있는 것으로 알려져 있다. 왜소은하를 포함하면 약 2조 개다. 각각의 은하에 속한 별의 개수는 은하의 크기에 따라서 변한다. 보통 큰 은하일수록 더 많은 별을 거느린다. 은하당 별의 개수만 해도 수천억 개에 이른다.

40년 동안 과학기술이 발전하면서 관측 장비의 성능이 좋아졌고 더 많은 데이터를 얻게 되면서 이런 숫자 개념이 변한 경우가 많다. 《코스모스》를 맥락으로 읽는 데는 별문제 없지만 현재 사용하고 있는 숫자를 확인하는 것은 필요하다.

태양 광선을 멀찍이서 받는 명왕성에서는 태양이 칠흑의 어둠 속에서 작게 빛나는 점으로밖에 보이지 않는다. - p. 45

2006년 여름 이후로 명왕성은 더 이상 태양계의 아홉 번째 행성이 아니다. 명왕성과 비슷한 열 번째 행성 후보 에리스가 발견되자 이와 비슷한 천체가 아주 많이 발견될 가능성이 제기되었다. 그때까지 천문학자들은 '행성'에 대한 물리적 정의를 내린 적이 없었다. 관행적으로 행성이라고 부르는 천체를 받아들이고 있었다. 명왕성과 비슷한 천체들이 속속 발견되면서 행성의 기준에 대한 논란이 제기되었고, 마침내 행성의 정의를 마련했다. 명왕성과 에리스가 그 기준에 맞지 않아 탈락하면서 태양계의 행성은 8개가 되었다. 명왕성이 퇴출될 거라 예상하지 못한 칼 세이건은 책의 곳곳에서 명왕성을 태양계의 아홉 번째 행성으로 언급한다. 현재 시점에서 명왕성은 행성이 아니라 '왜소행성'으로 분류되고 있다.

이 밖에도 《코스모스》에는 시대의 흐름에 따라서 숫자가 달라지거나 과학적 사실이 변한 것들이 꽤 있다. '보충 독서'를 통해 《코스모스》 전체에 걸쳐서 이런 부분을 확인할 뿐만 아니라 1980년 당시에는 가능성의 영역이었지만 시간이 지나면서 새롭게 발견된 과학적 사실에 대해서도 이야기한다.

오늘날 천문학자들은 현재 우주의 나이를 138억 년이라고 한다. 칼 세이건이 《코스모스》를 집필할 당시에는 현재 우주 나이의 범위를 150억 년에서 200억 년 사이로만 특정할 수 있었다.

> 이제 우리는 우주의 나이가-적어도 가장 최근에 부활한 우주가-약 150억~200억 년 되었다는 사실을 안다. - p. 65

1990년에 허블우주망원경이 우주공간으로 쏘아 올려졌다. 이 망원경의 핵심 임무는 허블상수를 정밀하게 구하는 것이었다. 허블상수는 우주가 얼마나 빨리 팽창하는가를 나타내는 지표인데,

이 값의 역수를 취하면 우주의 나이를 구할 수 있다. 허블우주망원경이 허블상수를 정밀하게 측정함에 따라 현재 우주의 나이가 획기적으로 줄었다. 관측 기기의 발달이 우주의 나이를 바꾼 것이다. 현재 우주의 나이는 다른 관측을 통해서도 정밀하게 측정되고 있으며 몇천만 년의 오차를 둘러싼 논쟁도 이어지고 있다.

우주의 나이 문제는 우주의 진화와 미래와도 연관된다. 1980년에는 우주의 미래에 대해서 여러 가능성이 공존했다. 우주가 영원히 팽창하거나, 팽창을 어느 순간 멈추고 수축하거나, 임계점을 향해서 천천히 팽창하는 등 모든 가능성이 열려 있었다. 현재 천문학자들 사이에서는 우리가 살고 있는 우주는 가속 팽창을 하고 있고, 다른 가능성이 있기는 하지만 중론은 영원히 팽창하는 쪽으로 기울고 있다. 전체 맥락을 이해하는 데 지장은 없지만 책 전반에 걸쳐 우주의 나이를 150억~200억 년이라고 언급한 부분은 138억 년으로 바꿔서 읽어야 한다.

'보충 독서' 과정에서 《코스모스》에 나오는 과학 원리에 대해 설명하기도 한다. 《코스모스》 2장은 생명에 대한 내용으로 진화론에 대한 칼 세이건의 설명이 나온다. 진화론은 생명 현상을 이해하고, 나아가 외계 생명체를 이해하는 데 필수적이고 기본적인 원리다. 여기서 나는 《코스모스》에서 다루는 진화론을 재구성하고 부족한 내용을 보완해서 설명을 보충한다. 상대성이론에 대한 내용이 나올 때도 같은 방식으로 보충 강의를 한다.

'보충 독서'는 비독서 행위의 전형적인 사례이자 입체적이고 풍성한 독서를 하도록 돕는 촉매제다. 책이나 저자와 관련된 에피소드 중에서 해당 부분의 책 내용을 이해하는 데 도움이 될 만한 내용도 좋은 '보충 독서'의 소재가 된다. 칼 세이건이 책에서 추론한 것과 현대 천문학이 밝혀낸 내용을 비교해보는 것도 또 다른 재미다.

> 다른 별들 주위를 돌고 있을 수많은 외계행성들에도 생명이 살고 있을까? - p. 65

외계행성은 태양계 밖에 존재하는 행성을 뜻한다. 칼 세이건은 《코스모스》에서 합리적인 추론으로 외계행성의 존재를 당연하게 여겼다. 하지만 실제로 외계행성이 발견된 것은 1992년의 일이며, 1995년 무렵부터 본격적으로 외계행성이 발견되기 시작했다. 2009년에 외계행성 관측 전용 망원경인 케플러 우주망원경이 발사되면서 발견되는 외계행성의 개수가 급격하게 늘었다. 2021년 6월 기준 약 4500개에 이른다.

칼 세이건은 외계행성을 하나도 발견하지 못했던 시대에 행성 형성 이론을 토대로 컴퓨터 시뮬레이션을 사용해서 외계행성의 특성을 연구했다. 그 결과의 일부가 《코스모스》에 실려 있다. 놀랍게도 현재 발견되고 있는 외계행성의 분포와 특징이 거의 그대로 반영되어 있다.

과학은 여전히 문턱이 높기 때문에 과학책을 읽을 때 이런 방식의 보충 강의는 매우 유용하다. 과학책방 갈다에서는 《코스모스》 외에 《에덴의 용》이나 《잊혀진 조상의 그림자》(칼 세이건 · 앤 드루얀, 김동광 옮김, 사이언스북스) 등 칼 세이건의 다른 책들에 대해서도 책 읽기 프로그램을 운영하고 있다. 관점을 새롭게 한다는 면에서 젊은 천문학자 지웅배가 가이드하는 《코스모스》 책 읽기 강좌를 개설하기도 했다. 천체물리학자 이강환이 진행한 스티븐 호킹의 《그림으로 보는 시간의 역사》나 브라이언 그린의 《우주의 구조》도 갈다식 책 읽기의 방식으로 진행되었다. 《이기적 유전자》 읽기는 진화심리학자 전중환이 진행했다.

토론 독서:
과학책 읽기 완성

제대로 설계된 토론은 과학책 읽기를 완성하는 데 아주 중요한 비독서 행위다. 혼자서 과학책을 읽는 단계를 넘어 다른 사람과 토론을 하는 것은 정서적인 외로움뿐 아니라 지적인 고립에서 벗어날 수 있는 기회이기도 하다. 같은 책을 읽은 사람들이 모여 토론을 한다는 것 자체가 유대감을 느끼며 적극적으로 소통하는 행위이기 때문이다. '토론 독서'에서는 참가자들이 4~5명씩 그룹을 이뤄서 40~50분 동안 책에 대한 토론을 진행한다.

책을 읽고 토론하는 것은 현안을 두고 하는 쟁점 토론과는 다르다. 쟁점 토론은 주로 찬성과 반대 입장을 견지하는 뚜렷한 상대방을 상정하고 이루어진다. 경우에 따라 쟁점을 두고 찬반 토론을 하기도 하지만, '토론 독서'의 가장 큰 목적은 그 책을 읽은 사람들이 각자의 관점에서 책에 대해 하는 이야기를 경청하는 것이다. 같은 책을 읽어도 기저에 깔려 있는 세계관과 가치관이 달라 책 내용을 받아들이는 감수성이 다르다. 지식의 양이나 수준에 따라 차이가 날 수도 있고 관심도에 따른 간극도 존재한다. 그래서 혼자 책을 읽을 때는 생각하지 못했던 이야기를 다른 사람들을 통해 들으며 나의 인식이 넓어지는 것을 경험할 수 있다. 토론이야말로 독서를 완성하는 가장 좋은 비독서 행위라 하겠다.

'토론 독서'의 덕목 중 중요한 것을 꼽으라면 다음 세 가지를 들 수 있다.

첫 번째는 경청하는 태도다. 정당한 비평과 비판을 위해서는 과학책을 읽는 동안에도 저자의 말을 경청하며 인내심을 갖고 견디는 태도가 필요하다. 비평과 비판은 과학책 읽기가 다 끝난 후 자신만의 근거와 판단이 생겼을 때 시작하는 것이 올바른 자세다. 개인적인 소회나 의견이라면 그저 '나는 이렇게 느낀다', '이렇게 생각한다' 정도로 피력하면 되지 그것을 가지고 자신의 주장을 관철하기 위해 상대를 비판해서는 안 된다. 관점이 다른 사람들에게는 자극이 되는 신선한 시각일 수도 있지만 그뿐이다. 시비조의 문제 제기나 반론은 두말할 것도 없이 나쁜 태도이고, 접근 방식 자체가 잘못된 것이다.

두 번째는 완결성이다. 일반적인 토론에서는 토론의 주제와 목적에 대한 뚜렷한 인식이 중요한 반면, '토론 독서'에서는 소그룹 구성원의 이야기를 골고루 빠짐없이 듣는 것이 핵심이다. 또한 제한된 시간 내에 다뤄야 할 주제를 다 소화해서 완결하는 것도 중요하다. 자신의 발언 기회가 왔을 때 핵심만 간추려 쉬운 표현으로 정확하게 전달하려고 노력해야 한다.

세 번째는 열린 태도다. 당당한 태도로 자신의 생각을 이야기하고 토론에 적극적으로 참여하는 것이 중요하지만, 설득을 당하거나 인정해야 할 시점에 빨리 결정하는 것도 중요하다. 그러기 위해서는 상대방을 설득할 수도 있고 내가 설득당할 수도 있다는 열린 태도로 임해야 한다.

'토론 독서' 단계에서는 참여자들이 '혼자 독서'와 '같이 독서'를 통해서 토론을 시작하고 이끌어갈 많은 재료를 이미 갖고 있다. 혼자 책을 읽으면서 자유롭게 떠올린 질문과 키워드를 갖고 있으며, 다른 사람들과 함께 쪽글을 작성하면서 공통 질문에 대한 나름대로의 답도 갖고 있다. 이야기를 이어갈 수 있는 질문 목록이 이미 존재하기 때문에 토론을 할 수 있는 구조적 토대를 갖춘 상태다. 더군다나 '사전 독서'와 '보충 독서'를 통해서 과학적인 내용에 대한 팩트 체크나 의문점은 어느 정도 해소된 상태이니 가치 토론에 더 집중할 수 있다. 책을 읽으면서 혼자 생각한 것, 쪽글을 통해서 같이 생각해본 것, 보충 강의를 통해서 정리된 것 등을 바탕으로 토론을 하게 된다.

《코스모스》 읽기의 토론은 자율적으로 이루어진다. 이때 누군가가 자연스럽게 진행을 맡으면 좋겠지만, 서로 머뭇거릴 때는 가이드 쪽글의 첫 번째 질문인 '가장 인상 깊었던 장면은? 그 이유는?'을 던질 사람을 지정하기도 한다. 네 명의 소그룹 구성원들이 이 질문에 각자 답을 하면서 다른 사람의 사적인 독서 경험을 듣게 된다. 상대의 경험과 나의 사적인 독서 경험을 비교해보는 것만으로도 훌륭한 공적인 독서가 된다.

첫 번째 질문이 끝나면 한 사람씩 돌아가면서 가이드 쪽글에 제시한 질문 중 관심 있는 것부터 이야기하고 거기에 다른 사람이 의견을 덧붙이는 식으로 토론을 진행한다. 꼬리에 꼬리를 물고 의견이 덧붙여지지 않아도, 제시된 질문에 순서대로 빠짐없이 답변하고 다음 질문으로 넘어가는 것도 괜찮다. '토론 독서'의 목적이 다른 사람의 이야기를 듣고 나의 생각을 완성하는 것이기 때문이다.

2주차에는 갈다식 책 읽기의 전 과정을 처음 경험한 참여자들에게 이 수업의 틀은 동일하며 빨리 익숙해지면 훨씬 효과적이라고 말해준다. 실제로 수업이 반복되면서 참여자들이 토론에 익숙해지면 저절로 질문이 다양해지고 답을 하는 부담도 줄어든다. 가이드 쪽글의 질문에서 벗어나 과학적인 내용에 대해서 서로 이야기하기도 하고, 내가 미처 생각하지 못한 의미와 가치에 비중을 둔 토론이 이어지기도 한다. 익숙해질수록 참여자들이 체감하는 토론 시간은 짧아지는 반면, 서로 주고받는 생각은 질적·양적으로 풍성해진다.

전문가 가이드는 '토론 독서'가 이루어지는 동안 그룹별로 자리를 옮겨 다니며 경청하다가, 필요하면 토론에 참가해서 보충 설명을 한다. 나는 되도록 토론에 끼어들지 않으려고 노력하는데, 토론을 제때 시작하지 못하거나 진행이 매끄럽지 않아 우왕좌왕하거나 한 사람이 독주할 때만 개입해서 진행 절차를 바로잡아주곤 한다.

지금까지 과학책방 갈다에서 내가 직접 진행하는《코스모스》 읽기를 통해 갈다식 책 읽기가 무엇인지 소개했다. 전문가가 책과 저자에 대해 강의하는 '사전 독서'를 시작으로, 사적인 독서 단계인 '혼자 독서'를 거쳐, 쪽글을 쓰면서 다른 사람들과 같은 화두로 생각해보는 '같이 독서'를 하고, 전문가 가이드의 '보충 독서'까지 마치면《코스모스》에 대한 입체적인 독서가 어느 정도 이루어진 상태다. '토론 독서'를 통해 다른 사람의 사적인 독서 경험을 자신의 것으로 포괄하는 공적인 독서에 이르면 갈다식 책 읽기가 완성된다.

과학책을 혼자서 읽어볼 생각이라면 갈다식 책 읽기 과정을 자신에게 맞게 응용하면 된다. 그럴 때는 '칼 세이건 살롱'과 관련어로 검색해서 공개된 자료를 바탕으로 '사전 독서'와 '보충 독서' 단계에서 비독서 행위의 비중을 높이는 게 도움이 된다. 갈다식 책 읽기 과정을 학생이나 주변 사람들과 함께 진행해보고 싶은 경우도 있을 것이다. 핵심은 '같이 독서'의 쪽글 작성하기다. 쪽글 형식 표를 활용해 가이드 쪽글을 쓰는 작업과 참여자들이 쓰는 쪽글 둘 다 해보기를 강력히 권한다. 과학책방 갈다에서는 전문가 가이드에게 '사전 독서'와 '보충 독서' 그리고 가이드 쪽글 등 아카이빙 자료를 제공하고, 갈다식 책 읽기 프로그램을 진행할 수 있도록 훈련하는 과학책 읽기 모더레이터 과정을 준비하고 있다.

에필로그

“병철아! 선민이, 민구하고 책 쓰는 얘기를 하고 있는데 너도 같이했으면 좋겠어.”
어느 날 수화기 너머로 들려온 이명현 박사의 뜬금없는 제안은 나의 일상에 활력을 불어넣은 단비였다. 고등학교 시절 문학동인회를 만들어서 함께 활동했던 친구들이 40년 만에 다시 모여 교육학, 수사학, 천문학, 정치학을 아우르는 독서론으로 다시 뭉치자는 기획은 나뿐만 아니라 모두를 들뜨게 하기에 충분했다.
책으로 내놓을 원고에 관해 기획회의를 할 때면 8할 이상의 시간은 학창 시절의 추억을 회상하느라 보내기 일쑤였다. 4월이면 학교 앞 산등성이를 붉게 물들여 등굣길에 탄성을 자아내게 하던 진달래꽃, 나른한 오후에 꾸벅꾸벅 졸고 있는 까까머리의 콧구멍을 찔러대던 5월의 아카시아 향기 같은 교정의 풍경에 더해, 방과 후에 몰려다니며 문학과 우주를 논하던 일, 인근 학교 남녀 학생들에게 갈고닦은 실력을 뽐내던 가을 문학의 밤 등 타임머신을 타고 펼치던 수다삼매경이 끝나고서야 책 읽기에 관한 책을 어떻게 쓸 것인지 토론이 시작되곤 했다.
1년 넘게 논의하는 과정에서 우선 사회과학책과 자연과학책을 읽는 독서 방법에 대해 안내하는 방향으로 정리됐다. 애초의 기획 의도보다 규모가 축소되어 아쉬움이 남지만, 40년 만에 마침표를 하나 더 보태는 기분이다. 많은 사랑을 부탁드린다.

- 문병철

즐거운 작업이었다. 어린 시절부터 책과 더불어 성장했고, 책을 통해서 자신의 이야기를 세상에 내놓는 직업을 가진 사람인 나는 책 읽기에 관한 책을 쓰는 내내 참 즐거웠다. 나의 책 읽기 여정을 다른 사람과 나눌 수 있으니 더 즐거울 따름이다. 과학책은 '과학'이라는 말 때문에 실제보다 더 어렵다고 생각하는 사람들이 많다. 나는 천문학을 공부한 과학자이면서 일반인들을 위한 교양과학책을 쓰는 사람이라서 약간의 의무감을 갖고 이 책을 쓴 것도 사실이다. 과학의 세계와 독서의 세계를 직업적으로 모두 겪어본 내 글이 과학책을 읽는 독자들에게 조금이라도 도움이 되면 좋겠다. 그래서 내겐 온전히 즐거운 작업이었다.

고등학교 시절 문학동인회를 같이 만들고 동인지를 발간했던 오랜 친구인 문병철과 함께 이 책을 내게 되어서 나의 즐거움과 기쁨이 더욱더 커졌다. 처음에는 숭실고등학교 문학동인회 '활천'의 다른 친구들인 김선민과 나민구도 이 책의 작업을 같이 시작했다. 프로젝트가 진행되면서 두 사람은 물러나고 두 사람의 책이 됐다. 이 책을 쓰면서 문학과 독서학을 전공한 김선민과 수사학을 전공한 나민구의 도움을 많이 받았다. 책 읽기와 글 읽기에 대해서는 그들이 나보다 더 전문가다. 기술적인 도움도 많이 받았지만 무엇보다 그들의 응원이 큰 힘이 됐다. 문학청년 시절 동인지를 같이 만들던 느낌을 되살릴 수 있어서 기뻤고 즐거웠다. 이 책을 쓴 저자들이 즐겁게 작업했으니 그 행복이 독자들에게도 전해지리라 생각한다.

- 이명현

복잡한 세상을 횡단하여
광활한 우주로 들어가는

사×과×책

초판 1쇄 인쇄 2021년 10월 21일
초판 3쇄 발행 2024년 7월 29일

지은이 문병철 이명현
펴낸이 김선식

부사장 김은영
콘텐츠사업본부장 박현미
콘텐츠사업9팀장 차혜린 **콘텐츠사업9팀** 강지유, 최유진, 노현지
마케팅본부장 권장규 **마케팅1팀** 최혜령, 오서영, 문서희 **채널1팀** 박태준
미디어홍보본부장 정명찬 **브랜드관리팀** 안지혜, 오수미, 김은지, 이소영
뉴미디어팀 김민정, 이지은, 홍수경, 서가을
크리에이티브팀 임유나, 변승주, 김화정, 장세진, 박장미, 박주현
지식교양팀 이수인, 염아라, 석찬미, 김혜원, 백지은
편집관리팀 조세현, 김호주, 백설희 **저작권팀** 한승빈, 이슬, 윤제희
재무관리팀 하미선, 윤이경, 김재경, 임혜정, 이슬기
인사총무팀 강미숙, 지석배, 김혜진, 황종원
제작관리팀 이소현, 김소영, 김진경, 최완규, 이지우, 박예찬
물류관리팀 김형기, 김선민, 주정훈, 김선진, 한유현, 전태연, 양문현, 이민운

펴낸곳 다산북스 **출판등록** 2005년 12월 23일 제313-2005-00277호
주소 경기도 파주시 회동길 490 다산북스 파주사옥
전화 02-704-1724 **팩스** 02-703-2219 **이메일** dasanbooks@dasanbooks.com
홈페이지 www.dasan.group **블로그** blog.naver.com/dasan_books
종이·인쇄·코팅 후가공·제본 북토리
ISBN 979-11-306-4163-8 03800

- 책값은 뒤표지에 있습니다.
- 파본은 구입하신 서점에서 교환해드립니다.